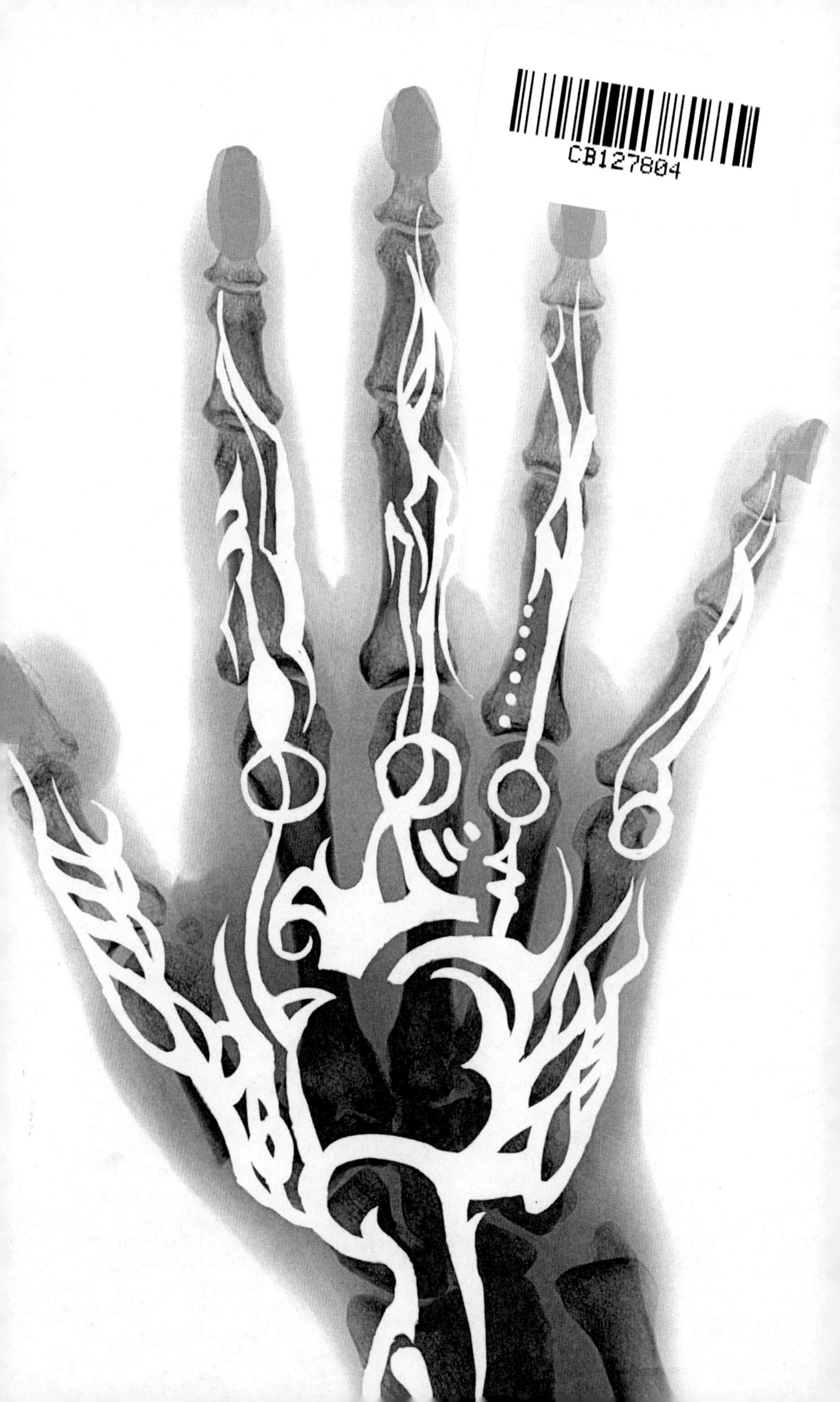

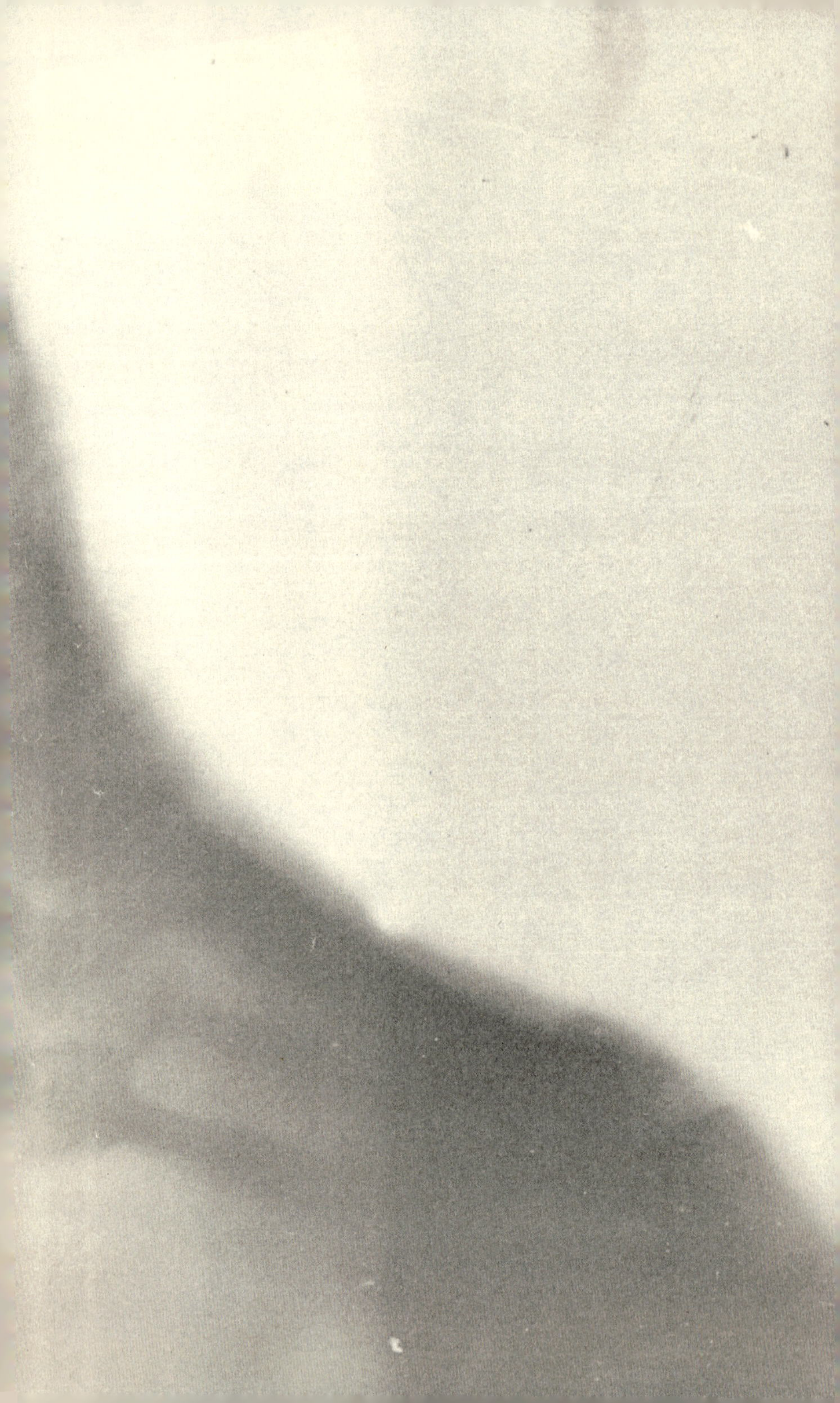

UM TOQUE DE MORTE

LUIZA SALAZAR

Editora Draco

São Paulo
2013

Luiza Salazar
Nascida em Belo Horizonte e formada em jornalismo, divide suas horas livres entre escrever, desenhar, assistir filmes e ler o máximo de livros que consegue. Apaixonada por histórias e atormentada pelo mal de não poder olhar para um papel branco e preenchê-lo com palavras, tem uma fome insaciável de chocolate e de experimentar coisas novas. Acredita na noção antiquada de que sonhos podem se tornar realidade e admira muito pessoas que realizam o impossível. *Um Toque de Morte* é sua terceira obra. BLOG luizasalazar.wordpress.com

Publisher: Erick Santos Cardoso
Edição: Eduardo Kasse
Ilustração de capa: Ericksama

Dados Internacionais de Catalogação na Publicação (CIP)
Ana Lúcia Merege 4667/CRB7

Salazar, Luiza
Um toque de morte / Luiza Salazar. – São Paulo: Draco, 2013

ISBN 978-85-8243-060-6

1. Romance brasileiro I. Título

CDD-869.93

Índices para catálogo sistemático:
1. Ficção : Literatura brasileira 869.93

1ª edição, 2013

Editora Draco
R. César Beccaria, 27 - casa 1
Jd. a Glória – São Paulo – SP
CEP 01547-060
editoradraco@gmail.com
www.editoradraco.com
www.facebook.com/editoradraco
twitter e instagram: @editoradraco

UM TOQUE DE MORTE

LUIZA SALAZAR

Você só vive duas vezes.
Uma quando você nasce.
E a outra quando você encara a morte de frente.

Ian Fleming

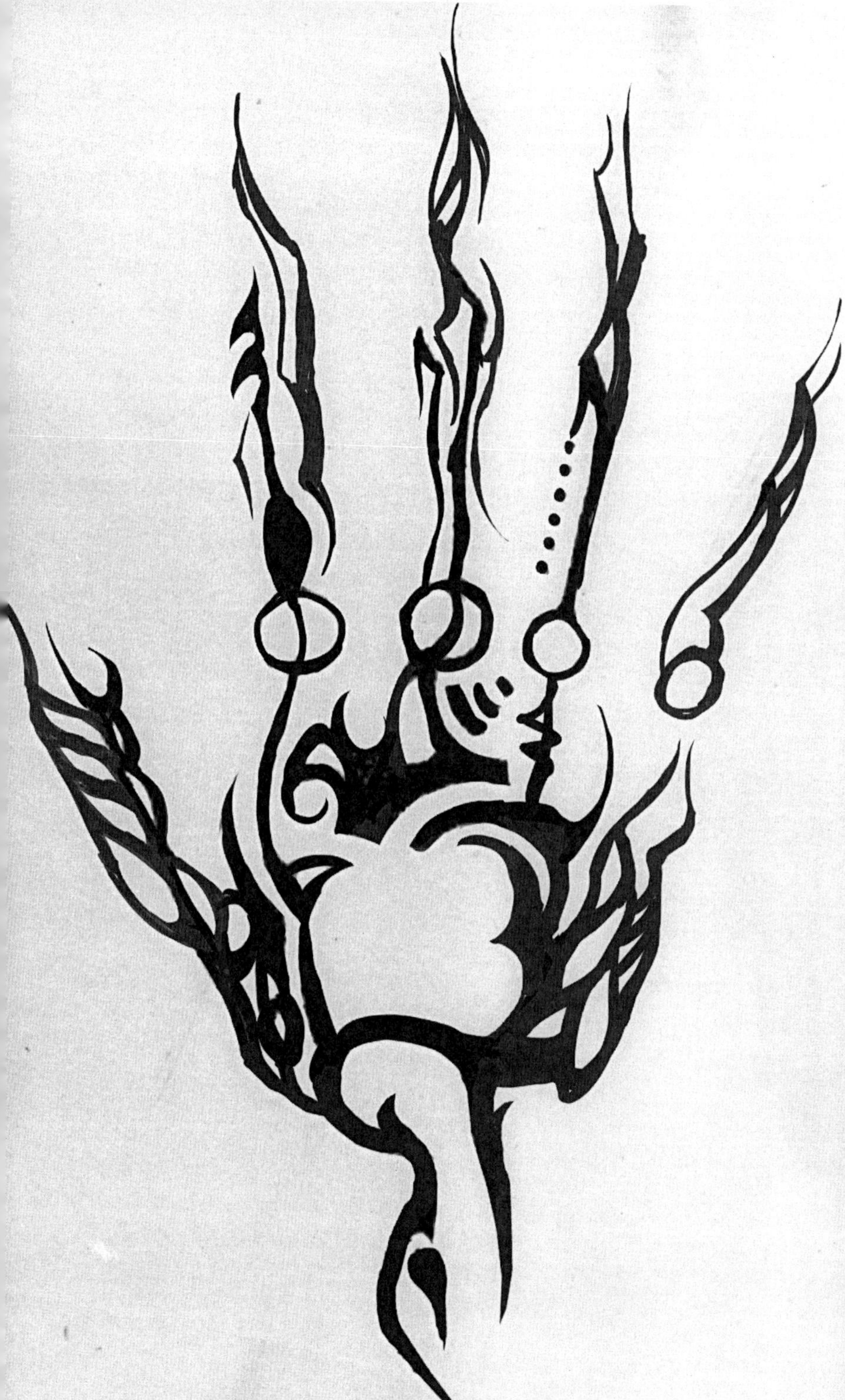

Muita gente tem medo de morrer. Medo de não fazer tudo o que sempre quis, medo de ter a vida tragicamente arrancada, mesmo se ela não for tão boa. As pessoas tendem a se sentir injustiçadas quando não morrem exatamente do jeito e na hora que estavam esperando.

Eu não estou sendo religiosa, nem esotérica. Eu não estou divagando sobre o além e nem tirando a razão das pessoas que não saem de casa porque têm medo de morrer. Eu só estou dizendo que medo de morrer não é nada se comparado ao medo de matar.

Acredite em mim, eu sei.

1

Melhor começar pelo começo. Meu nome é Katherine. Eu nasci e fui criada em Nova York. Bom, eu nasci, mas não fui exatamente criada. Acontece que eu não sei quem são os meus pais. Fui deixada em um orfanato quando era bebê e fiquei lá até ter quatorze anos. E não era o orfanato bonitinho e feliz de filmes de TV a cabo, era do tipo depressivo e frio, daqueles em que seus pais te jogam se eles *realmente* não te querem.

Eu tenho dezessete anos agora, frequento a escola pública, saio com meus amigos, vou a festas, tudo que uma adolescente normal faz. Tenho cabelos loiros muito claros, altura mediana e uma pele que deixa bem óbvio que eu não saio muito ao sol. Fora a história trágica do meu nascimento, eu sou tão comum quanto se podia esperar.

Ah, espere. Não sou não.

Outro aspecto terrível da minha vida, é que eu não sou exatamente como qualquer outra garota da minha escola. Ou como nenhum garoto, pra falar a verdade. Eu nasci com o que algumas pessoas chamariam de um "dom". Engraçado como é sempre um "dom", se não é com você.

Imagine por um instante que você tem cinco anos de idade e na inocência da infância quer ajudar um passarinho que caiu do ninho no quintal do orfanato e quebrou uma das asinhas. Você anda até ele, se agacha sujando o vestido, sabendo do castigo que vai receber e pega o bichinho nas mãos, com toda a intenção de ajudá-lo a voar de volta sobre o muro opressivo de tijolos pretos. Só que, ao invés de ajudar o pobre coitado, você sente a vida se esvair dele, sumir como fumaça. Você sente suas mãos quentes e a presença de um pássaro imóvel em suas mãos. E mesmo com cinco anos de idade, mesmo sem sequer saber ler direito, você tem a certeza de que ele está morto. E de que a culpa é sua.

É, bem-vindo ao inferno.

Hoje em dia, eu sou o que algumas pessoas chamam de Ceifadora. Adorável, certo? Isso basicamente significa que eu posso, não, que eu *mato* tudo em que encosto. Simples assim. Adeus normalidade.

Eu nasci com uma série de marcas pretas nas mãos, como tatuagens e um monte de riscos. Claro que hoje eu digo pra todo mundo que elas *são* tatuagens, mas já houve um tempo em que eu não era tão esperta. Eu não sei se elas têm a ver com o que eu posso fazer, já que nunca conheci ninguém como eu, mas suspeito que seja esse o caso. Existem outras pessoas "especiais" por aí, nenhuma delas trabalhando do lado certo da lei, mas nunca vi ninguém com marcas nas mãos. Eu juro que me sinto a mais perseguida das criaturas. É ridículo.

Ser uma Ceifadora significa que sou e sempre serei uma assassina, afinal foi a natureza que me fez assim, certo? Minha consciência está em um estado de constante adormecimento, já que não consigo lidar com o julgamento da minha própria cabeça vinte e quatro horas por dia. Eu não posso ter um namorado, por razões óbvias, e prefiro me manter longe de amizades. Quando se vive no meu mundo, é melhor assim.

Mesmo que eu queira me afastar de amizades, elas me acham, o que é, no, mínimo irônico. Eu moro com Rebecca, uma garota da minha escola que tem um apartamento em Upper East Side, Manhattan, um presente dos seus pais ricos.

Eles não se dão muito bem. Moram em Los Angeles, nunca ligam e não dão espaço para as escolhas da filha. Não que eu entenda muito sobre estruturas familiares, mas me parece que a única razão pela qual eles a deixaram morar sozinha na costa oposta do país é para não terem que dialogar realmente com ela. Rebecca queria ser artista, eles a obrigaram a entrar para uma universidade de negócios. Ela queria morar em uma cidade pequena no interior, eles jogaram a pobre coitada em Nova York. Ela queria uma vida totalmente diferente. Então, para se vingar da negligência dos pais ausentes,

Rebecca convidou uma órfã falida e com uma vida suspeita para morar com ela. Eu não estou reclamando, mas me pergunto por quanto tempo eles vão tolerar essa situação. Em todo caso, estou sempre pronta para cair fora. Eu sempre vivi pronta para me mudar e nem mesmo a gentileza de uma pessoa como Rebecca vai me fazer esquecer disso.

Ainda que Rebecca seja o mais próximo que tenho de uma amiga, ela não sabe muito sobre mim. Não sabe dos lugares onde cresci, dos lugares horríveis em que estive desde então e, *definitivamente,* não sabe do que sou capaz de fazer. Quer dizer, você consegue se imaginar sustentando um assassino? Pior do que isso, colocando um assassino para morar dentro de casa? Pois é, nem eu. Se minha consciência não estivesse dormindo permanentemente eu consideraria contar a verdade para ela, mas isso não ajudaria.

Eu estou deitada no sofá vermelho da sala de estar, assistindo a algum dos milhões de seriados médicos na TV, quando Rebecca entra carregando sacolas de praticamente todas as lojas da Quinta Avenida. Ela esboça um sorriso enquanto fecha a porta com seu pé calçado de Prada e coloca tudo em cima da mesa. Rebecca é muito bonita. Tem cabelos cor de palha anelados até a cintura, olhos azuis, um corpo perfeito e pele clara. Ainda assim, ela se acha baixa demais.

– Kat – ela diz, tentando se desvencilhar das sacolas e tirando os óculos escuros gigantes. – Eu comprei uma blusa *muito* linda pra você!

Eu suspiro. Rebecca tem esse hábito de me comprar coisas e, embora eu aprecie a gentileza, está começando a ficar estranho. O dinheiro que eu dou de aluguel e comida é bem menos do que nós realmente gastamos, então ela já está me fazendo um grande favor.

– Becks, o que foi que eu disse? Você precisa parar de comprar coisas pra mim. Sério, eu adoro que pense em mim e tal, mas eu estou ficando desconfortável.

Ela torce o nariz em uma expressão infantil e irritada.

– Kat, minha vida é um tédio. A única coisa que eu posso fazer é comprar e eu estou cansada de comprar coisas pra mim. Ao menos você usa as coisas que te dou! – ela me lança seu sorriso mais radiante, abrindo uma sacola rosa bebê. *Meu Deus, nada de bom pode sair de uma sacola rosa bebê.*

Ela puxa uma blusa branca de mangas bufantes com fitas por todos os lados. Nem sei como se veste aquilo, mas consigo sorrir em agradecimento. Não posso deixar de pensar que Rebecca não me conhece muito bem, se uma blusa com fitas foi a sua escolha de presente.

– Você pode pelo menos experimentar? – ela implora com olhos grandes. – Por favor?

Eu estou tão cansada de ontem à noite, que nem sequer tenho vontade de sair do sofá, muito menos de experimentar aquela coisa. Mas Rebecca está implorando, então eu me levanto, arranco a blusa das mãos dela e dou um sorriso amarelo.

Ela bate palmas de excitação e eu me sinto uma Barbie idiota. Mas, se é pra deixar Rebecca feliz, eu consigo fazer um esforço.

Depois de algum tempo lutando com as fitas, consigo vestir o meu presente. Quando saio do banheiro, Rebecca me olha e deixa a cabeça pender de lado, confusa.

– Ei, Kat, eu acho que você vestiu do lado contrário.

Eu olho para baixo e percebo que o decote quadrado e baixo não está onde deveria estar. Perfeito. – A gente pode fazer isso depois? – pergunto tirando a blusa.

– Claro – ela responde com um sorriso triste. – Você vai fazer alguma coisa hoje?

– Você sabe que eu tenho que trabalhar, Becks.

– Mas é sábado à noite! Que tipo de horário lunático é esse?

– Eu sei, mas é a noite de maior movimento e eu preciso do dinheiro. Becks, desculpe.

– Tá. A gente pode pelo menos ver um filme amanhã? Eu estou *muito* entediada!

– Claro.

Eu saio da sala para me vestir no quarto. Rebecca acha que eu trabalho como bartender em um pub, mas é claro que não é isso que eu faço. Eu gostaria que minha vida fosse assim tão simples. Para ser justa, eu realmente *vou* a um pub quase todas as noites, mas eu não misturo bebidas, só falo com clientes. *Meus* clientes.

Para cada pessoa "especial" por aí, existe uma dúzia de outras pessoas dispostas a pagar pelos seus serviços. Eu conheço, por exemplo, uma garota que contratou um Ilusionista pra fazer um cara se apaixonar por ela. Os Ilusionistas são mestres dos sonhos, conseguem ver e manipular os sonhos das pessoas e os mais experientes conseguem até implantar uma ideia bem no subconsciente da pessoa. No caso, a ideia era implantar que a menina era o amor da vida desse cara. O tiro saiu pela culatra, a vítima ficou tão obcecada com a garota que a esfaqueou em um beco e colocou suas cinzas em um jarro perto da cama. Foi a história mais horripilante que eu já ouvi.

Eu tento ficar de olhos abertos para qualquer pessoa com talentos por aí, para que eles não consigam usá-los contra mim. Eu já me treinei contra Ilusionistas, ao máximo que consegui – o que não é muita coisa – mas ainda assim há coisas piores lá fora.

Eu abro o armário, cheio de roupas que Rebecca me deu e escolho um par de calças pretas e uma blusa branca. Jogo uma jaqueta preta de gola alta por cima de tudo e calço tênis. Eu sempre saio de tênis. Já tive que correr antes e não há calçado mais adequado.

– Estou indo – grito para Rebecca, abrindo a porta. Eu espero por uma resposta, em vão. Ela provavelmente ainda está chateada por eu ter que trabalhar de novo, mas eu tenho que sobreviver, certo? Eu não consigo arrumar um trabalho normal, não um que me pague tanto quanto esse e o mesmo acontece com todas as pessoas que eu conheço que têm poderes. O submundo é feito de pessoas como nós. É a escolha lógica.

Eu fecho a porta e ando pelo corredor. Quando chego ao elevador, percebo que estou atrasada. O relógio escuro na parede diz 9:15 e eu deveria estar lá às nove. Ah, ótimo, isso pode me custar um trabalho! Eu aperto o botão do elevador furiosamente, implorando para que se mova mais rápido, mesmo sabendo que isso não vai acontecer. Quando a porta se abre, eu xingo antes de conseguir me segurar.

A Sra. Dawson, nossa vizinha de alguns andares acima está dentro do elevador com seu filho de quatorze anos. O garoto é um pirralho mimado e a Sra. Dawson não gosta muito de mim desde que eu topei com ela tentando contratar os serviços de um Ilusionista. Uma mulher com a reputação dela certamente não pode se dar ao luxo de ser vista naquele tipo de lugar.

Eu entro no elevador e noto que ambos dão um passo atrás. Ela sabe que sou capaz de fazer alguma coisa, mas acho que a incomoda não saber exatamente o quê. Não consigo evitar o sorriso que se espalha em meu rosto.

– Tudo bem, Sra. Dawson? – eu pergunto em um tom de brincadeira.

– Tudo ótimo – ela responde, abraçando o filho como se ele tivesse cinco anos de idade. – Você não deveria ir pela escada?

Que tipo de pergunta é essa? Eu me viro para encará-la e ela arqueja, nervosa, quando vê meus olhos de cor lilás pálida, com pupilas como as de um felino. Uma característica das pessoas como eu.

– Por que eu faria isso quando posso aproveitar sua companhia?

– Pode ser perigoso, tipos como você ficarem em lugares apertados conosco – ela nem hesita para responder.

Isso me deixa furiosa. Eu odeio quando as pessoas nos chamam de "tipo", como se não fôssemos humanos ou coisa assim. Eu dou um giro completo e um passo em direção a ela, lançando um sorriso ameaçador ao filho assustado.

– Se eu fosse você, Sra. Dawson, eu tomaria mais cuidado com o que fala. Sabe melhor do que ninguém que todo mundo tem segredos certo? Eu detestaria ver seu filho ser levado pela polícia quando a mãe gorda for indiciada por ligações criminosas.

A Sra. Dawson dá um gritinho e seu filho parece confuso.

– Você é uma menina horrível! – a porta do elevador se abre e ela se retorce para alcançá-la como se eu estivesse pegando fogo. – Eu espero que você saiba que vai para o inferno!

– Bom, ao menos os vizinhos vão ser melhores, certo? – eu digo ainda sorrindo. – Tenha uma boa noite, Sra. Dawson! – grito enquanto ela praticamente corre para fora do prédio.

De repente eu me lembro de que estou atrasada. Eu corro também, empurrando a porta, sentindo o ar gelado da noite nos pulmões enquanto me dirijo à estação de metrô. Meu cartão, claro, falha umas cinco vezes antes de me deixar passar, mas consigo pegar o trem segundos antes de a porta se fechar. Fico nele até o centro de Manhattan, as pessoas me encarando o tempo todo. Normalmente eu enfio as mãos nos bolsos e baixo os olhos, mas hoje estou atrasada demais para ligar.

Assim que chego ao destino, trombo nas pessoas para conseguir descer, tomando cuidado para que minhas mãos não toquem em ninguém. Seria um verdadeiro espetáculo ter algum fulano caindo morto no meio do nada. Já aconteceu. Eu corro escada acima, pulando dois degraus de cada vez e disparo rua abaixo, desviando de adolescentes bêbados que saem de um bar.

O pub Noturno fica a dois quarteirões da estação de metrô, então foi bem fácil chegar lá, mas eu estou ofegante quando finalmente paro diante da porta vermelha. Talvez eu deva começar a fazer exercícios entre a escola e minhas atividades criminosas. Mas eu me sinto um hamster sempre que piso em uma esteira.

Abro a porta, ofegante, e vejo um homem enorme, um armário de pele escura em um terno preto.

– Eu estou atrasada, Leo. Me deixa entrar, por favor.

– Eu sei que você está atrasada. O Chefe já perguntou por você duas vezes.

– Ah, merda! Ele está muito bravo? – não consigo acreditar no meu azar. Ele está sempre atrasado, por que hoje, entre todos os dias, ele está adiantado?

– Um pouco, mas você vai sobreviver. O cliente ainda não chegou.

– Graças a Deus – eu passo por Leo sem sequer dizer obrigada, o que é um pouco rude, e abro outra porta. Está escuro dentro do pub, então demora um pouco para meus olhos se acostumarem com as formas, mas conheço o lugar de cor. Eu provavelmente conseguiria andar aqui de olhos vendados.

O lugar está lotado. Muitos rostos diferentes, como de costume. Nenhum trabalhador que eu nunca tenha visto antes, no entanto. Talentos como o meu são raros. Eu acho que vi um ou dois desde que comecei a trabalhar para o Chefe.

Falando no Diabo, ele está sentado em uma mesa no fundo do pub, um cigarro brilhando nos lábios finos e uma chama inteligente nos olhos. O Chefe tem dons, disso todo mundo sabe, mas ninguém sabe quais. Ele é quieto, provavelmente com pouco mais de quarenta anos, cabelo preto muito escuro e uma barba perfeitamente cortada. Ele parece afável quando sorri, mas quase nunca sorri. E não é gentil. Nem perto disso.

Eu engulo com força e ando na sua direção. Mesmo com o lugar lotado, consigo sentir o olhar do Chefe queimando buracos na minha cara e, quando finalmente chego à mesa, ele só me encara por um longo tempo, provavelmente esperando que eu diga alguma coisa. Mas eu não sei realmente o que dizer.

– Você está atrasada, Kat – tamborila com os dedos na mesa.

– Eu sei. Desculpe, minha colega de quarto tinha umas coisas e...

– Parece que eu ligo para a sua vida pessoal? Eu não pago você para se atrasar.

– Claro – eu sinto uma vontade quase incontrolável de socar a cara dele ou de esfregar minhas mãos no seu nariz, mas me controlo. Eu não consiguiria achar clientes sem me expor sem a sua ajuda. É um mediador necessário. Idiota, mas necessário. O único problema de *ter* um mediador é que você não fica com todo o dinheiro. Na verdade, eu desconfio que o Chefe fique com a maior parte dos lucros, mas o que eu posso fazer? Eu trabalho para ele desde os quatorze anos, é a única vida que eu conheço. – E então, cadê o cliente?

– Não chegou ainda – a resposta do Chefe é seca. – Esse é um homem importante.

– Todos são... – as palavras saem da minha boca antes que eu consiga impedi-las. Eu tenho esse hábito.

O Chefe me olha com fúria.

– Acho bom você começar a segurar essa sua língua, *senhorita* Brown, antes que lhe custe outro cliente.

Eu não consigo evitar o sorriso que se espalha pelos meus lábios.

– Eu sou sua única Ceifadora, *Chefe*. A única em um raio de muitos quilômetros pelo que eu sei. Se você me perder, aí sim você perde seus clientes. Minha língua é um preço pequeno para pagar pelas minhas mãos, você não acha?

Ok, essa não é exatamente a melhor coisa para se dizer ao seu empregador furioso, mas, como eu disse, é um hábito. E era verdade, ele tinha sorte por eu estar trabalhando para ele e não para algum outro chefão.

Ele provavelmente compartilha da minha opinião, já que não diz nada. Eu dou um passo atrás quando ele subitamente se levanta da mesa, alisando rugas imaginárias no terno e indicando a direção da porta com a cabeça. Eu sigo seu olhar e vejo um homem gordo entrar, tentando parecer discreto, mas isso só faz com que ele chame mais atenção, como aquelas celebridades que se cobrem de panos para ir ao supermercado.

Santa mãe de Deus! É o prefeito de Nova York. Eu me pergunto o que seus eleitores diriam se o vissem frequentando esse tipo de lugar.

Ele puxa o chapéu mais para baixo, tentando cobrir o rosto rechonchudo e se move desconfortavelmente pela multidão. Eu me viro para olhar para o Chefe, antes de o prefeito se aproximar de nós, pedindo silenciosamente alguma explicação, mas ele só sorri, como se esse fosse o melhor dia da sua vida. Falando em mudança de humor...

O prefeito se junta a nós, cumprimentando o Chefe com um leve aceno de cabeça. Então ele olha para mim, com uma mistura de medo e nojo nos olhos. Eu *realmente* odeio esse homem.

– Essa é sua *assassina*? – ele pergunta, como se não eu não fosse capaz de ferir um pernilongo.

– Sim... – o Chefe responde secamente. – Essa é...

– Sem nomes, por favor – eu peço. Já é ruim o suficiente que esse traste tenha visto meu rosto, o que definitivamente não é o procedimento padrão. Sem dúvida o Chefe acredita que um cliente dessa importância tem o direito de pedir para ver a pessoa que está contratando. – Eu tenho certeza que o senhor compreende a necessidade de discrição, *prefeito*.

O prefeito acena satisfeito e entrega um envelope para o Chefe, que o abre, folheando as fotos e papéis dentro dele. Depois, ele me passa o envelope e é minha vez de analisar o seu conteúdo. Enquanto eu faço isso, o Chefe convida o prefeito para alguns drinques, sem dúvida para discutir o custo da operação.

A vítima é um homem cujo nome ou rosto não reconheço. Ele provavelmente é rico, dadas as fotos que o mostram dirigindo caríssimos carros esportivos em um terno bem alinhado, provavelmente um Armani, embora eu não seja exatamente a melhor pessoa para reconhecer esse tipo de coisa. No pacote há também uma foto bem indiscreta do homem com uma loira e eles não estão usando muitas roupas. Então o prefeito quer que eu mate esse imbecil por dormir com a mulher dele. Patético!

Eu reviro os olhos, mas nem o Chefe nem o prefeito parecem notar. Eles estão ocupados demais rindo das piadas um do outro para sequer perceber que eu estou lá. Eu não estou me sentindo muito bem essa noite, especialmente aqui, então dou uma olhada no endereço da vítima e o do clube de cavalheiros do qual ele é membro e devolvo o envelope. Minha memória é excelente.

O Chefe nota que eu estou indo embora, mas não diz nada nem tenta me impedir. Ele sabe que eu vou terminar o serviço, eu sempre termino. Mas me irrita muito ter que voltar amanhã para pegar meu pagamento. Eu realmente odeio esse lugar. Odeio os cheiros, os sons, odeio até as cores estúpidas nas paredes.

Enquanto saio de volta para a noite fria, não consigo deixar de me perguntar por que o prefeito teria colocado a foto daquele homem com a mulher no pacote. Todo mundo sabe que nós não fazemos perguntas e não ligamos para os motivos contanto que você possa pagar o que cobramos. É mais simples assim. Talvez ele só estivesse tentando se justificar. Muitas pessoas fazem isso, tentam pintar sua vítima como uma pessoa que merece morrer. Mas eu não tenho nenhuma ilusão. Eu não sei quem merece ou não morrer, não é meu trabalho pensar sobre isso. E algum dia, quando tiver dinheiro suficiente, eu vou sair dessa cidade imbecil e não vou precisar pensar na vida que tive até hoje... Nunca mais.

Não custa sonhar.

Agora, no entanto, eu tenho um serviço para fazer. Normalmente eu não consigo fazer mais que três trabalhos em uma semana. É extremamente exaustivo o que faço, me deixa enjoada e fraca. Não é uma crise de consciência, nem nada disso, o processo literalmente suga toda a energia do meu corpo. Então, já que não estou a fim de voltar para o apartamento agora, eu resolvo passar na casa do fulano e ver se ele está por lá.

Vou andando. Ele não mora longe e a noite fria está agradável, silenciosa. Não tenho medo de assaltantes nem de nenhuma outra ameaça de violência urbana. Não existe nenhuma coisa lá fora pior do que eu. De verdade.

A rua onde esse cara mora tem casas baixas com flores nas janelas e árvores altas na calçada, bem melhor que as áreas cinzentas e tediosas do centro da cidade. Eu olho para cima e vejo uma garotinha com seu nariz contra o vidro olhando para mim. Ela provavelmente deveria estar dormindo agora, mas ali está ela, observando os mistérios de uma noite que é proibida para alguém da sua idade. Ela apoia as duas mãozinhas no vidro embaçado pelo seu hálito e levanta o rosto para o céu. Eu arquejo quando a luz ilumina brevemente seus olhos, revelando o violeta pálido deles, o formato felino e bonito.

Pobrezinha, sua vida vai ser um inferno, não importa quanto dinheiro seus pais tenham. Eu deveria ter me acostumado com esse tipo de coisa a essa altura, mas a visão daqueles olhos em uma criança me deixa tão desolada que eu poderia chorar. Eu me lembro de como era crescer sozinha, mesmo com um milhão de pessoas à sua volta, como era ver as pessoas olhando para mim com medo e desprezo, sem ninguém para entender o meu problema e me dizer que ia ficar tudo bem. Alguns de nós não sobrevivem, outros ficam loucos, se matam ou se tornam ferramentas para os propósitos escusos de outras pessoas. De uma maneira ou de outra, esperança não é uma palavra que faça parte do nosso vocabulário.

Eu desgrudo meus olhos da garotinha, procurando pela casa de tijolos que é a do meu alvo. É no meio do quarteirão, não exatamente o melhor lugar para uma rota de fuga, mas felizmente a rua está vazia. Enfio as mãos nos bolsos, olhando em volta para ver se estou sendo vigiada, se alguém além daquela menina consegue me ver. Subo as escadas que levam à porta e, com cuidado, vejo que alguém dentro da casa ainda está acordado. A luz da sala perto da janela não está acesa, mas mais para dentro eu consigo ver uma sombra se movendo sob uma luz fraca. Pode ser o meu alvo, mas eu não sei se ele mora sozinho.

Deus, espero que ele não tenha filhos. Eu não consigo lidar com isso.

Respiro aliviada quando vejo uma mulher bonita, com cabelos cor de fogo, subir as escadas. Ela está usando um robe de seda que marca seu corpo enquanto sobe graciosamente os degraus, sua mão deslizando sobre o corrimão de madeira polida. Se aquela é a mulher dele, porque diabos esse idiota está tendo um caso com aquela Barbie vagabunda? Que imbecil. Ter sua esposa em casa e acordada, torna meu trabalho muito, muito mais difícil.

Eu não sei onde o cara está, nem se ele está em casa. Olho para o lado, para as videiras subindo pela parede à minha direita e tenho uma ideia louca. Vou tentar subir por ali até o segundo andar. Não sei se vai aguentar meu peso, mas eu posso tentar.

O mais silenciosamente possível, piso no corrimão e agarro as videiras ao meu alcance. Eu as puxo com força, me assegurando de que sejam resistentes e então enfio o pé em uma fresta, tentando achar um suporte para meu peso e onde eu possa me equilibrar nas videiras ao mesmo tempo. Não foi o movimento mais gracioso do mundo, mas funcionou e agora estou pregada contra a parede, como uma aranha que não é muito boa no que faz.

Arrisco outro movimento e levanto meu pé esquerdo para outro lugar na parede, me impulsionando para cima e agarrando as plantas mais próximas da entrada. Eu tenho sorte de a janela do segundo andar não ser longe ou eu nunca iria conseguir. Repito isso duas ou três vezes e quando estou prestes a alcançar o peitoril, as videiras se desgrudam da parede e eu perco meu equilíbrio. Com reflexos que eu nem sabia que tinha, eu pulo e me apoio enquanto as plantas caem na grama abaixo de mim.

Acho que o barulho não foi tão alto, ninguém aparece na janela para ver o que aconteceu. Então eu presumo que está tudo bem. No entanto, ainda não posso subir. As luzes estão acesas e eu consigo ver alguém se mexendo dentro do quarto, sua silhueta bloqueando a luz por alguns instantes. Eu escuto vozes, a mulher dizendo algo e uma voz masculina respondendo. Eles conversam por um tempo, discutem, e então tudo fica quieto quando as luzes se apagam.

Eu espero por uns dois minutos. Meus braços estão tremendo e queimando com o esforço e, antes que caia, eu me arrisco a levantar a cabeça para olhar dentro do quarto. A mulher tem o rosto virado para a janela, mas seus olhos estão fechados, seu rosto na expressão relaxada do sono. O homem está ao seu lado, ambos confortavelmente enfiados debaixo das cobertas.

Agradecendo aos céus por não ter que me segurar mais, eu me puxo para cima, meus dentes trincando com a dor do esforço e cuidadosamente abro a janela, só o suficiente para que eu consiga deslizar para dentro. Uma brisa fria entra pela abertura e a mulher estremece e se mexe na cama fazendo-me congelar, mas ela não acorda.

Com o coração martelando no peito, eu entro, meus tênis velhos sentindo o carpete macio debaixo deles. Eu ando ao redor da cama, agradecida pelo quarto não ser excessivamente decorado, o que significa que eu não tenho muitas coisas em que tropeçar. A mulher se mexe de novo e, dessa vez, ela tira as cobertas com um resmungo impaciente e se levanta.

Eu salto no chão, arrastando-me para debaixo da cama, fazendo o melhor que posso para não emitir um único som. Agradeço a presença do carpete. Eu consigo ver os pés dela andando até a janela e fechando-a com um xingamento baixo. Ela se arrasta de volta para a cama e o colchão desce sobre mim com o peso dela enquanto ela volta a dormir.

Alguns minutos se passam antes que eu reúna a coragem necessária para sair do meu esconderijo. Agacho-me ao lado da cama olhando para a minha vítima adormecida e me levanto sentindo-me como se fosse um monstro que sai do armário de uma criança (é assim que me sinto toda vez que faço isso. Não vai melhorar, eu sei). Ele está respirando calmamente e, com muito cuidado para não acordá-lo, eu coloco minhas mãos na sua testa.

Quando faço isso, eu consigo ver tudo que o mantém vivo, sinto cada batida do seu coração e cada movimento dos seus pulmões. Um véu cinzento cobre o quarto, como se a cor tivesse sido sugada do ambiente e eu sinto frio, muito frio. Nuvens de fumaça saem da minha boca quando eu respiro e sinto como se gelo se formasse nas pontas dos meus dedos.

Algumas vezes os clientes dão um histórico médico da vítima, para que nós possamos escolher uma causa de morte mais apropriada, mas como esse não é o caso, eu simplesmente imagino uma artéria se partindo dentro do seu cérebro. A forma com que eu faço isso não importa realmente, a sensação é sempre a mesma.

O corpo dele fica frio sob as minhas mãos. e eu consigo sentir sua vida se esvaindo como água sendo escoada por um ralo. Seu coração para de bater e sua respiração cessa. Minhas mãos esquentam à medida que ele esfria e o cinza do mundo se torna cada vez mais preto.

Quando o calor das minhas mãos é insuportável, eu sei que não há mais nenhuma energia vital que eu possa tirar dele, então eu o largo e dou um passo para trás, ofegante. Eu fico tonta por vários instantes enquanto as cores lentamente voltam aos seus lugares e a sensação desaparece. Uma dor intensa ataca meu coração e eu cerro os punhos, esperando que ela passe. As dores estão ficando piores. Todos que temos poderes sofremos consequências ao usá-los e acho que a minha é a dor. Só espero que essa dor não seja sinal de algo pior que está por vir.

Eu abro os olhos para ver o homem imóvel, seu peito sem subir ou descer, seus lábios pálidos. A mulher ao seu lado ainda está dormindo. Isso é o que eu chamo de um sono pesado.

Assim que eu garanto que ele está morto, eu mexo nas cobertas e encontro suas mãos, tirando de uma delas um anel extravagante com o símbolo do clube do qual ele faz parte. Sem dúvida o prefeito vai reconhecer isso. Eu enfio o anel dentro do bolso e o cubro de novo. Olho para o corpo uma última vez e então algo frio toca meu pulso. Uma mão pálida está me segurando e eu salto para trás, assustada, quando vejo os olhos violeta da mulher ruiva me encarando com um brilho cruel e curioso. Meu Deus, estou ferrada.

– Quem é você? – ela pergunta. Sua voz não se parece com a voz de alguém que acabou de acordar. Eu não respondo. Eu simplesmente tropeço para fora do quarto, dolorosamente consciente de que tive contato físico e visual com uma pessoa cujos poderes eu não conheço. E essa mulher viu meu rosto. Corro escada abaixo, direto para a porta e a destranco, meu coração saltando. Não olho para trás até que eu esteja na rua e, na janela do segundo andar, eu vejo os olhos da mulher brilhando na escuridão.

Mas o que realmente me assusta é que, mesmo que eu tenha acabado de matar o marido desta mulher e ela saiba disso, seus dentes brancos e perfeitos estão brilhando ainda mais que seus olhos, em um sorriso que ocupa o seu rosto.

2

Quando eu acordo na manhã seguinte, vejo um bilhete no meu criado mudo, letras perfeitas e redondas em um pedaço de papel rosa.

Não se esqueça do cinema.

Becks.

Cinema, claro! Eu acho que consigo sentar dentro de uma sala agora e aproveitar uma comédia romântica com minha colega de casa, comendo pipoca e tomando refrigerante. Afinal de contas, eu não destruí completamente minha vida ontem à noite.

Ah é, destruí sim.

Eu penso no que aconteceu e sinto vontade de me chutar. Ao menos o trabalho está feito, então o Chefe não vai pegar no meu pé, mas o rosto daquela mulher me assombrou a noite toda. Quem era ela? Será que importava? Ela tinha visto meu rosto, mas não sabia meu nome, então eu estava bem, certo? Ela não podia provar que eu tinha matado o marido dela, podia? Eu toquei tudo no quarto com minhas *mãos nuas,* então falta de digitais não vão ser um problema.

Merda. Eu vou parar na prisão.

O relógio de metal no meu criado-mudo marca duas e meia da tarde. Eu dormi tanto que Rebecca deve chegar em casa a qualquer minuto e eu nem sequer me aprontei. Se eu cancelar com ela hoje, ela vai suspeitar que tem alguma coisa errada. Eu realmente não preciso de mais atenção no momento, mesmo que seja de alguém tão inofensivo quanto ela.

Meu telefone toca e eu quase caio da cama. Eu estico o braço para pegar o aparelho, mas e se for a polícia? Se bem que eu não acho que eles fossem ligar.

– Alô? – eu digo em uma voz falsa que até uma criança de cinco anos conseguiria dizer que é minha. Patético.

– *Ei, Kat.* – Eu reconheço a voz do outro lado da linha como sendo de Brad, o namorado, ou caso, ou sei lá, da Rebecca. – *A Becks está aí?*

– Ah, oi Brad. Não, ela não está aqui, foi mal.

– *Você está bem? Sua voz está um lixo.*

– Eu estou bem, eu só acabei de acordar, ainda estou meio grogue. Quer deixar recado?

– *Nah* – ele responde e eu consigo sentir que ele está sorrindo. – *Só fala pra ela que eu vou ligar depois.*

– Ok. – eu desligo sem esperar uma resposta. É, é grosseiro, mas eu tenho coisas mais importantes com que me preocupar agora, tipo escapar da prisão

Eu me forço a me levantar e vou direto para o banheiro. Eu olho para o meu rosto no espelho, com cara de... bom... lixo. Meu cabelo loiro, quase branco, está caindo em ondas bagunçadas nas minhas costas e há manchas escuras debaixo dos meus olhos. Eu ligo o chuveiro e escovo os dentes enquanto espero a água esquentar. Quando o banheiro está cheio de vapor, eu tiro a roupa que uso para dormir e piso dentro do box.

A água escaldante me faz dar um gritinho e eu a esfrio um pouco. Eu costumo lavar meu cabelo com um shampoo infantil, do tipo que tem cheiro de fruta e isso me faz rir um pouco. Eu já consigo ver as manchetes: Assassina encontrada em seu apartamento. Polícia encontra dinheiro de trabalhos anteriores e shampoo de melancia...

Saio do chuveiro e desembaraço meu cabelo com uma escova velha, enrolando-me em uma toalha macia cheia de personagens de desenhos animados que está comigo desde a época do orfanato. Quando abro a porta para voltar para o meu quarto, eu grito e dou um passo para trás, segurando as cortinas do chuveiro para impedir uma queda.

– Uau, olha quem está agitada hoje!

Rebecca ri, mas eu estou realmente assustada. Ela nota que eu não rio enquanto conserto minha postura, então levanta uma sobrancelha.

– O que aconteceu? Você está horrível!

Passo por ela na porta. – Eu não dormi bem.

Ela se vira para me seguir com seus olhos enquanto eu procuro uma calcinha no armário. – São duas horas da tarde, Quanto mais você queria dormir?

– Deixa pra lá. – Eu visto uma camiseta e jeans velhos e passo as mãos pelos cabelos, tentando deixá-los mais ou menos arrumados. Consigo sentir que Rebecca ainda está me olhando.

– Você viu meu bilhete? – ela pergunta.

Eu aceno com a cabeça, ainda de costas para ela. – Vi, mas Becks...

– Nem vem com "mas Becks"! Você prometeu! – eu me viro para olhá-la, as mãos nos quadris como um bule de chá e uma expressão furiosa no rosto. – Você já trabalhou ontem à noite e nenhum bar precisa de você em um domingo à tarde.

Eu suspiro. Talvez eu deva sair com ela, tirar esses pensamentos de morte da cabeça. Mas eu vou precisar sair de fininho e pegar meu dinheiro mais tarde. Ah, que diabos. – Tudo bem, Becks. Mas eu posso escolher o filme? Eu realmente não dou conta de um romancezinho agora.

Rebecca sorri triunfante e me pega pelo braço. – Você pode escolher o que quiser. Pode ter explosões, sangue, aliens, você é quem sabe! Eu só estou feliz de tirar você de casa para alguma coisa além de trabalho.

Rebecca está falando, mas eu não estou realmente ouvindo. Eu não tenho uma vida social. Nunca tive e não me importo de verdade. Muitas pessoas são como eu, certo? Eu conheço muitas pessoas da minha idade que andam pelo submundo de Nova York, então eu presumo que eles não têm exatamente uma vida social ativa também. O que é estranho. Quero dizer, se eu fosse um Ventríloquo – é o nome que nós damos para alguém com poderes de persuasão – eu não poderia controlar a garota mais popular da escola para gostar de mim ou algo assim? Talvez esse tipo de prazer seja imaturo demais para alguém que tem que lidar com as consequências de ter essas habilidades.

Antes que eu perceba, estamos no carro da Rebecca, o motorista nos levando para o seu cinema preferido. Eu normalmente não gosto de pegar o carro, me faz sentir como alguém que eu não sou.

Alguém rico, eu acho. Mas Rebecca odeia o metrô e com todos os olhares suspeitos que eu recebo, eu não posso dizer que eu amo também. É como se o mundo inteiro soubesse que há algo errado comigo.

Nós chegamos ao cinema e, muito para a minha surpresa, algumas das garotas da nossa escola estão lá. Não, elas não são *cheerleaders* ou loiras platinadas irritantes, mas elas têm aquele olhar de como-você--ousa-frequentar-o-mesmo-lugar-que-eu. Só que ele parece ser só para mim. Um dos maiores benefícios de ser como eu: não importa quão bonita você seja, quanto dinheiro você tenha ou quão simpática você se esforce para ser, parece natural que as pessoas te odeiem. É como ter medo de um tubarão, não dá pra evitar.

Nós saímos do carro, agradecemos Jimmy, o motorista muito silencioso da família de Rebecca, e atravessamos a rua para entrar no cinema. A fila está enorme e eu olho para os pôsteres nas paredes, tentando resolver qual filme horrível eu vou assistir. Tem que haver alguma coisa ali no meio que tire minha cabeça dos eventos de ontem à noite. Depois de olhar para cada um, mais ou menos um bilhão de vezes, eu desisto.

– Você escolhe, Becks.

– Sério? – ela pergunta, soando bem feliz consigo mesma. – Qualquer coisa?

– É. Vai lá!

Ela bate palminhas e vai direto para a fila para comprar nossos ingressos. Eu posso apostar que ela já estava contando que eu ia desistir. Eu sou tão previsível assim? Ou ela simplesmente consegue ver que eu não estou no humor de escolher filmes?

De uma maneira ou de outra, Rebecca escolhe alguma comédia romântica careta sobre uma mulher que trabalha demais e que conhece um homem durão que ensina a ela a beleza da simplicidade da vida. A última cena provavelmente envolve alguém perseguindo um táxi com uma música pop famosa de fundo. Jesus, alguém é pago pra escrever essas idiotices?

A fila para entrar está enorme e nós demoramos muito para finalmente achar um lugar na sala. Rebecca está animada, provavelmente porque eu finalmente concordei em sair de casa, mas eu ainda estou nervosa, remexendo no assento.

Os créditos iniciais aparecem na tela e todos param de falar. Eu fico olhando rapidamente de um lado para o outro, com a estranha sensação de que estou sendo observada. Procuro por olhos violeta e cabelos cor de fogo, mas não vejo nada. O cinema está escuro demais de qualquer maneira.

– O que você está fazendo? – Rebecca sibila, com raiva. – Pare de sacudir a cadeira!

– Desculpe – eu murmuro. – Acho que eu só estou animada.

Eu dou um sorriso, mas meu rosto é provavelmente o oposto de animado porque Rebecca olha para mim e revira os olhos, voltando a se concentrar no filme. Eu estou consciente das pessoas sussurrando, de casais se beijando, de risos ocasionais, mas não consigo prestar atenção em nada do que está acontecendo na tela.

As duas horas e pouco passam terrivelmente devagar e eu tenho a distinta impressão de que o tempo está tirando uma com a minha cara. Quando as luzes finalmente se acendem, eu pulo da cadeira e quase tropeço num encosto de poltrona.

– Ei, o que você tem? – Rebecca pergunta. Eu consigo dar um sorriso de desculpas e dou de ombros, esperando que ela deixe para lá. E é isso que ela faz. Rebecca é boa em ignorar minhas esquisitices. Se eu não fosse tão grata por isso, eu provavelmente estaria desconfiada. Eu não tenho certeza de por que eu estou com tanta pressa para sair dali, mas corro escada abaixo, subitamente sentindo falta de ar. Escuto Rebecca correndo atrás de mim, se desculpando com todas as pessoas que quase derrubei na saída.

Eu piso na rua, respirando fundo e rápido, meio zonza. Minhas mãos estão fervendo e eu agarro as laterais de uma lata de lixo, pronta para vomitar. As garotas da nossa escola estão ali, sussurrando umas para as outras e apontando para mim, o que não é novidade, exceto pelo fato de que dessa vez elas tem razão para apontar.

– Kat, você está bem? – Rebecca pergunta de trás de mim. Ela não parece mais brava.

– Eu estou bem. Eu acho que minha pressão caiu ou alguma coisa assim, talvez seja melhor a gente ir embora.

– Claro. Eu tenho tarefa de inglês de qualquer jeito.

Nós não esperamos por Jimmy, simplesmente fazemos sinal para um táxi e entramos. Hoje eu estou grata por Rebecca ser uma aluna tão aplicada. Ela faz todas as aulas extras que pode e sem dúvida vai entrar em uma faculdade Ivy League[1]. Eu, por outro lado, vou ter sorte se durar até o fim do ano. E quanto à faculdade, eu não acho que exista uma que me ensine o que eu preciso saber para trabalhar. Eu tenho que ser realista, certo?

Eu observo enquanto as luzes brilhantes dos painéis de neon projetam reflexos distorcidos nas janelas. Rebecca está sentada ao meu lado no banco de trás e eu posso sentir que ela está preocupada, mas essa não é a primeira vez que ela teve que ignorar alguma coisa estranha a meu respeito.

O táxi para na frente do nosso prédio e Rebecca joga o dinheiro para o taxista, sem se incomodar em esperar o troco, como as pessoas fazem nos filmes. O motorista agradece, mas nós nem ouvimos, já que estamos no meio da rua.

Enquanto olhamos os números piscarem no painel do elevador, eu noto que Rebecca está inquieta, trocando o peso de uma perna para a outra. Ela sempre fica assim quando alguma coisa estranha acontece, como se ela quisesse perguntar alguma coisa, mas de alguma forma tivesse medo da resposta.

– Então, – ela diz depois de algum tempo. – Eu vou mais cedo pra escola amanhã. Você quer que eu te acorde?

– Ah, por favor. Eu tenho que olhar umas coisas antes da aula também.

Ela assente. Eu sei o quanto Rebecca odeia ir a pé até a escola sozinha, o que é um mistério, já que ser vista comigo é bem perto da pior coisa que você pode fazer na escala social, mas Rebecca não liga.

Nós chegamos ao apartamento e cada uma vai direto para seu quarto. Eu estou com um pouco de fome, então depois de colocar o pijama eu vou para a cozinha e pego um saco de batatas fritas meio comido, levando-o para a cama.

Meu quarto está uma bagunça, como sempre, mas eu não ligo pra isso. Eu *deveria* esquecer aquela mulher, esquecer aquele sorriso maldoso, mas como posso fazer isso? É a mesma coisa que pedir

---

1 Ivy League: grupo das oito universidades privadas de maior prestígio dos EUA e no mundo, sendo sinônimo de excelência acadêmica

para que você esqueça sua própria aparência. Algumas informações você não consegue apagar do cérebro.

Caio na cama, olhando para o teto como se ele pudesse me dar respostas ou alguma coisa assim. Rolo para o lado uma, duas, cem vezes, antes de sequer começar a me sentir remotamente cansada. Quando eu não trabalho é como se tivesse energia demais armazenada dentro de mim, gritando para sair. É esse poder estúpido me dizendo que o meu lugar é lá fora, matando pessoas. É um saco.

Aperto meus olhos com força, dizendo a mim mesma que é só disso que eu preciso para conseguir dormir. Eu ainda consigo ouvir os barulhos de carros e pessoas nas ruas, mas eventualmente eles diminuem, se tornando nada além de um zumbido, e eu adormeço.

* * *

Eu estou em um beco com água no chão. De início, eu acho que estou sozinha, porque está tão quieto, mas então escuto passos vindos de trás de mim. Eu giro e vejo um par de olhos violeta me olhando do escuro. Eu sei que estou sonhando, porque eu me treinei para me proteger de Ilusionistas – mais ou menos – mas o sonho parece incrivelmente real. Nenhuma sensação anuviada, nenhum poder no ar, nada que normalmente acompanha a manipulação de sonhos. Quem quer que esteja fazendo isso – se alguém de fato fez – é realmente bom.

– Olá? – eu chamo, sabendo que é perigoso falar em sonhos manipulados, mas eu não consigo evitar. Lá se vai meu treinamento. Ninguém responde, mas, de repente, sai alguém da cobertura das sombras. É um garoto, provavelmente da minha idade, com cabelo preto até os ombros largos. Ele está usando uma camiseta preta e jeans surrados e simplesmente me encara, sorrindo, isso me deixa nervosa.

Eu volto minha atenção para sair do sonho. Preciso expandir minha mente, achar algum elemento que denuncie a ilusão para que o meu cérebro entenda que eu não aceito aquela realidade, que preciso acordar. Preciso dar um tapa psicológico no meu rosto, forte o suficiente para que eu me livre daquela prisão. Tento com muita, muita força, de verdade. Eu consigo sentir a tontura do esforço.

– Você está tentando sair? – o garoto pergunta com um sorriso satisfeito. Eu abro meus olhos e o vejo de braços cruzados em frente o peito. Antes que eu sequer responda, ele sacode a cabeça. – Não se incomode, eu saio.

Ele desaparece em um piscar de olhos e eu sinto um puxão no meu estômago, como se eu tivesse sido fisgada por um anzol que me leva de volta ao meu corpo. Eu me levanto na cama, ofegante e suada. Ele me chutou do sonho? Ilusionistas podem fazer isso?

Meu relógio de pulso marca oito horas. Perfeito. Cedo demais para ir para a escola e tarde demais para voltar a dormir. Resmungando, fico de pé e ando até o banheiro para tomar uma chuveirada. Lavo meu cabelo, demorando mais tempo do que os amigos da natureza julgariam ser sensato. Saio pingando, e escovo os dentes, ainda enrolada na toalha.

Meu armário é pequeno, o que seria perfeito para a quantidade de roupas que eu tenho, mas já que Rebecca vive me dando novas peças, é meio difícil fazer com que todas elas caibam no espaço apertado. Pego um par de jeans, uma camiseta branca e meu tênis preto surrado e vou para a cozinha, penteando o cabelo no caminho.

Eu não cozinho – não nasci com essa habilidade – então simplesmente sirvo um copo de suco de laranja e bebo, esperando Rebecca acordar. Eu nem estou com fome, de qualquer maneira. Contra a minha vontade, minha mente volta ao sonho e ao garoto. Tenho certeza que nunca o vi antes, mas ele obviamente não é só um garoto comum. Ele poderia ter feito uma ilusão sem que eu o visse? Não. Para um Ilusionista entrar na sua cabeça, era preciso fazer contato visual direto, e eu me lembraria daquele rosto.

– Bom, isso é novo. – A voz de Rebecca me assusta. Ela está de pé na porta, de banho tomado e vestida, com a mesma aparência radiante de todas as manhãs, nem um fio de cabelo fora do lugar, enquanto eu pareço alguma coisa que o gato arrastou depois de uma noite improdutiva. – Você caiu da cama?

– É, mais ou menos. Eu não estava com muito sono.

Eu confio em Rebecca, eu realmente confio. Eu só não confio na sua habilidade de não ter um ataque de pânico se eu contasse a ela sobre meu lado estranho. Quem eu estou enganando? Eu não *tenho* outro lado.

Rebecca pega o cereal de uma caixa no balcão e abre a geladeira, procurando pelo leite. Eu tomo cereal com café o que é diferente, eu sei, mas acho que minhas diferenças em relação à maioria das pessoas já ficaram bem estabelecidas.

Nós comemos em silêncio. Eu não sei dizer se é por causa do que aconteceu no cinema, mas não importa realmente. Rebecca e eu temos o tipo de relação em que silêncio não é um problema, o que é perfeito quando uma das partes é uma mentirosa profissional.

– Vamos? – ela diz, já se levantando. Eu sei muito bem que nada consegue impedir que ela marche até a escola, decidida e responsável, com uma postura militar. Impressionante como duas pessoas tão diferentes conseguem conviver juntas. Eu dou todo o crédito para ela.

Termino de comer o mais rápido que posso sem morrer engasgada, enquanto Rebecca prende os cabelos em um rabo de cavalo tão apertado que eu me pergunto como a cabeça dela não explode.

Nós andamos juntas para a escola todos os dias desde que começamos o último ano. Ela costumava estudar em uma das escolas particulares da região, mas ao menos nisso ela conseguiu ganhar dos pais. Com a quantidade de trabalho voluntário, médias impecáveis e recomendações dos professores e profissionais mais importantes da cidade, não importa qual escola ela frequente. Ela pode escolher a faculdade em um catálogo.

Como sempre, Rebecca está irritantemente focada. Ela anda pelas ruas com determinação e eu me arrasto no frio, fazendo o possível para acompanhar seu ritmo. A rua já está cheia, carros e pessoas passando em todas as direções, fumaça subindo dos bueiros e o cheiro de café fresco saindo de cada cafeteria e lanchonete por que passamos no caminho. Mas aparentemente, o que quer que seja que faz os nova-iorquinos acordarem tão cedo, não atingiu os estudantes de Eastern High.

Os poucos alunos que já estavam lá não compartilhavam da determinação de Rebecca ou dos alunos do clube de álgebra, que estão andando em direção às portas com as cabeças enfiadas nos cadernos. Para um grupo de pessoas sem absolutamente nenhum controle motor para esportes, é impressionante como eles não caem.

– Kat, eu vou procurar o Sr. Harris ok? A gente se vê no almoço.

Eu até gostaria de ter respondido qualquer coisa educada e levemente sonolenta, mas Rebecca já estava empurrando as portas duplas da entrada como se ela fosse dona de cada metro quadrado. Eu rio, sacudindo a cabeça, em um dos poucos e breves momentos de descontração que tenho nesse território infernal.

Posso soar rabugenta, mas não é exatamente fácil ser "eu" no colegial. E não estou falando dos problemas normais do tipo notas, ser convidada para as festas, ter amigos ou namorado. Falo de não ter uma boa desculpa quando um professor engraçadinho resolve fazer uma dinâmica que envolve todos os alunos de mãos dadas em um círculo ou de não poder participar de praticamente nenhum esporte por medo de esbarrar em alguém. Tentei usar luvas por um tempo, mas aparentemente se eu não tiver um motivo médico comprovado por um atestado eu não posso utilizar esse tipo de acessório. É como a política para chapéus de algumas escolas. A não ser que você tenha um bom motivo, não faz parte do uniforme. Além disso, tente andar de luvas em Nova York no meio do verão. Para alguém que pretende passar a vida toda sendo invisível, é a pior ideia que se pode ter.

Sobreviver no colegial pode ser traumático pra todo mundo, mas para mim é impossível. E o meu comportamento, digamos, recluso, me rotulou inevitavelmente como esquisita. Desconfio que as pessoas acham que eu tenho alguma doença contagiosa, o que francamente não me incomoda, porque ao menos assim elas me evitam sem que eu tenha que me esforçar.

Hoje eu estou particularmente feliz por ter chegado cedo, já que não preciso encarar as pessoas se dividindo como o mar vermelho quando subo as escadas. É meio estranho ver o corredor sem os alunos andando de um lado para o outro, conversando e rindo. Mesmo quando os risos são direcionados a mim, eles têm um senso de normalidade que é extremamente reconfortante ainda que sejam falsos.

Meu armário é provavelmente o único sem decorações de qualquer tipo, pinturas ou rabiscos e se destaca na parede como eu me destaco dos alunos. E não é de uma forma positiva. Eu ando até ele, sabendo que em poucos minutos as portas serão escancaradas e os alunos vão invadir os corredores como uma manada de gnus[2] enlouquecidos.

Como sempre, o fecho do meu armário está emperrado. Depois

---

2 Gnus são mamíferos ungulados nativos do continente africano que podem correr a uma velocidade de até 80km/h para escapar de predadores.

de alguns murros bem dados e bem sonoros eu consigo empurrar a porta para cima e abri-lo. Meus livros estão desorganizados e há papéis por toda parte. Pego os que vou precisar, xingando quando os outros fazem menção de desabar e se esparramarem pelo chão.

Os alunos já estão começando a aparecer, me cercando, enchendo o corredor com vozes e gritinhos. É minha deixa para ativar minha invisibilidade social e entrar na sala antes que alguém me note. Não sou do tipo de fazer entradas triunfais, prefiro as silenciosas.

Bato a porta do armário com um pouco mais de força do que é necessário e, quando olho para o lado, meu sangue congela. Ali, bem atrás da porta do meu armário, a centímetros do meu rosto, está um par de olhos violeta como os meus, um sorriso indecifrável logo abaixo deles. Não é a beleza indiscutível da figura que está na minha frente que me faz ficar sem fôlego, mas o fato de que, mesmo antes dele abrir a boca, eu já saberia exatamente qual seria o som da sua voz, afinal, eu já a tinha ouvido menos de duas horas atrás.

– Oi – ele diz, como se nós fôssemos velhos amigos. Estou tão chocada que não respondo. Ele sabe quem eu sou? Ele estava mesmo no sonho? Eu estou ficando doida? – Você sabe onde é a sala 15A?

– Oi?

Idiota.

– Acho que já passamos da fase do oi – ele diz, sorrindo. – Sala 15A?

– Ah! – eu digo, como se tivesse acabado de acordar. – 15A! Inglês? – tento ao máximo não tropeçar nas palavras e retomar o controle da conversa.

– É.

– Ah, eu levo você lá. Eu também tenho inglês agora.

Ele sorri e eu sorrio de volta. Na verdade eu tento, mas desconfio que tenha parecido mais um derrame. Olho em volta e percebo que os corredores estão praticamente vazios. Onde todo mundo foi tão rápido?

– Ah, droga – eu murmuro, com intenção de não ser ouvida, mas agora com o corredor vazio é como se eu estivesse gritando.

– Então, estamos atrasados? – o garoto pergunta. Ele não parece muito afetado por esse fato em particular.

– É, vem.

Eu saio praticamente correndo para a última porta à direita, rezando para que não estejam todos sentados. Alguém lá em cima deve estar rindo da minha cara agora, porque quando eu abro a porta, não só já estão todos sentados como eu interrompi a fala do professor bem no meio. Ele baixa os olhos com desdém para mim e todos os pescoços viram na minha direção. Eu teria sido mais discreta se estivesse pelada e pintada de verde.

– Ah, Srta. Brown. Você pretende se sentar ainda nesse período?

Risinhos começam e eu faço menção de me mover, mas uma mão no meu ombro direito me detém e os risos param quando o garoto dá um passo a frente. Ele está sorrindo, mas seus olhos estão faiscando com algo que parece raiva.

– Ela só estava me orientando. Hoje é meu primeiro dia e eu me perdi, então a culpa pelo atraso dela é minha, tenho certeza que o senhor entende.

Eu podia estar imaginando coisas, mas seu tom soou mais ameaçador do que de desculpas. O professor não diz nada, só assente, parecendo embaraçado. Eu continuo parada, de queixo caído, igual a uma imbecil, quando o garoto sussurra.

– Agora seria uma boa hora pra você se sentar.

Eu sacudo a cabeça, quebrando o torpor, e vou até a minha mesa, bem nos fundos da sala. O garoto me segue e se senta na mesa vaga ao meu lado. A sala inteira volta a sussurrar, mas ao menos eu acho que agora não estão falando de mim. Ou *só* de mim. A única coisa mais interessante que uma aberração é carne fresca, especialmente quando é de qualidade.

O burburinho só para quando o professor levanta a voz em um claro sinal de advertência, tentando compensar o fato de que acabou de ser controlado por um garoto de dezessete anos. Algumas das meninas ainda olham de relance para o recém-chegado antes de voltarem sua atenção para a aula. Eu, por outro lado, ainda estou surpresa demais para esboçar qualquer reação.

– Você está bem? – o garoto sussurra ao meu lado.

– Aaahh... – eu demoro uns segundos para encontrar a resposta adequada. – Claro, valeu, por aquilo lá na frente.

Ele dá de ombros. – Você me ajudou e eu fiz o mesmo. A propósito, meu nome é Vincent, mas por favor, me chame de Vince. Vincent me faz sentir velho.

Ele estende a mão para que eu o cumprimente, do mesmo jeito que as pessoas normais fazem. Fico olhando para a mão dele, como se fosse um dragão de três cabeças e então sorrio, o mais tranquilamente que a situação bizarra me permite.

– Kat – eu respondo simplesmente. Ele recolhe a mão com um sorriso e volta sua atenção indevida ao professor e à aula. Eu realmente invejo a capacidade de concentração das pessoas em geral. Minha cabeça está em tantos lugares diferentes ao mesmo tempo que eu nem sequer consigo distinguir a voz do professor dos barulhos de caneta e papel.

Quando a sirene sinaliza o fim da primeira aula, eu finalmente acordo de vez. Pego meus livros de uma forma um tanto desajeitada e me levanto, tentando evitar chegar atrasada na próxima aula e provocar mais um espetáculo.

– Ei, Kat, já que eu te fiz passar vergonha, será que você poderia me dar mais uma chance? A gente se vê na hora do almoço? – Vince pergunta, se levantando. A pergunta me pega meio desprevenida, provavelmente porque não faz o menor sentido ele estar me pedindo uma segunda chance. Qual foi a primeira?

– Eu sempre almoço com a minha amiga... – Tá, talvez eu seja idiota por recusar um convite de almoço, já que minhas oportunidades de socializar são escassas, mas a coisa toda é meio surreal. Sério, em que universo isso acontece?

– Então ela pode te perdoar dessa única vez. Eu te encontro no refeitório.

Seria estupidez da minha parte recusar o convite pela segunda vez, então eu só concordo e sigo a onda de alunos que caminham para a sala de álgebra. Dessa vez consigo passar despercebida e assistir à aula sem nenhuma surpresa assustadora e com o mesmo tédio e desinteresse de sempre.

A manhã passa dolorosamente devagar, o que não é nenhuma novidade. Rebecca não está em nenhuma das minhas aulas hoje, o que torna tudo pior. Eu estou estranhamente ansiosa pelo almoço, o que provavelmente é esperar demais, mas qualquer coisa que me tire da rotina patética dessa escola é mais do que suficiente.

Estou parada diante das portas duplas do refeitório quando vejo Vince no corredor. Seu andar despreocupado e a forma com que ele parece ignorar todas as pessoas ao seu redor só fazem com que ele chame ainda mais atenção. Ele sorri quando me vê e eu me sinto como se uma seta vermelha estivesse pendurada bem acima da minha cabeça.

– Achei que você ia furar comigo! – ele diz, bem humorado.

Ainda não vi Rebecca, o que está me deixando meio nervosa, mas sinceramente espero que ela entenda.

– E deixar passar a oportunidade de ser o centro das atenções? Nunca.

Ele ri, o que felizmente quer dizer que ele entendeu a minha ironia. A última coisa que eu preciso é perder contato com ele por parecer egomaníaca. O refeitório está lotado quando nós passamos pela porta, mas eu tenho bastante experiência em fingir que ele está vazio.

Depois de pegar a comida – se é que isso pode ser chamado de comida – nós andamos até uma mesa redonda vazia no canto do salão.

– Qual é o problema dessas pessoas? – Vince pergunta olhando em volta.

– Falta do que fazer seria o meu palpite.

– O que você está fazendo aqui então?

– Ahh, estudando? – Que tipo de pergunta era essa?

– Por quê?

– Como assim "por quê"?

– Você não me parece ser do tipo estudiosa, só isso. – Ele dá de ombros e coloca a bandeja na mesa, deixando o corpo cair na cadeira. Eu me sento de frente para ele.

– E que tipo eu pareço? – eu não quis soar irritada, mas acho que foi exatamente isso que pareceu.

– Interessante.

– O que é interessante?

– Seu tipo.

Ele sorri para mim, um sorriso que parece esconder alguma coisa, alguma piada que ele entende e eu não. Eu estou prestes a perguntar o que diabos ele quer dizer com isso quando eu escuto alguém chamar meu nome. O que não é normal.

– Kat! – é Rebecca, marchando pelo refeitório com os punhos cerrados. Ah, droga. – Onde. Você. Estava?

Ela para diante da mesa com as mãos na cintura, as narinas infladas de irritação. Ela olha para Vince, depois para mim e depois de volta para ele, como se seu cérebro estivesse processando a cena.

– Quem é esse? – ela pergunta.

– Rebecca, Vince. Vince, Rebecca – eu digo apontando de um para o outro. – Agora você pode, por favor, parar de gritar e se sentar? Eu já atraí atenção suficiente por um dia.

Ela hesita por um tempo, parecendo desconfiada, mas se senta, bufando e roubando meu copo de Coca-Cola.

– Sinto muito por ter roubado sua amiga – Vince diz com tanta amabilidade que Rebecca relaxa. – Eu sou novo, precisava de companhia.

– Ah, tudo bem – Rebecca diz, de uma forma meio falsa. – É bom ver que Kat finalmente resolveu interagir com o sexo oposto.

– Rebecca! – eu grito, chocada. Que coisa excelente para se dizer para um cara que eu acabei de conhecer e que miraculosamente não me evitou como se eu fosse a peste.

– Isso quer dizer que você não tem namorado? – Vince pergunta, como se aquilo fosse totalmente normal. Sinto o sangue subir para o meu rosto. O que diabos está acontecendo? Eu tropecei e caí em um episódio de Além da Imaginação?

– Não, ela não tem – Rebecca responde, feliz.

– Ok, então! – eu me levanto abruptamente. – O almoço acabou. Hora da aula.

Eu nem espero uma resposta, só me viro e vou embora, sabendo que pela segunda vez no dia cada par de olhos no refeitório está em mim. Para quem gosta de se manter escondida, estou me saindo bem.

Vince está em duas das minhas aulas da tarde e em uma delas ele tenta se desculpar, mas estou determinada a ignorar tudo ao meu redor e simplesmente chegar em casa sem mais nenhum incidente constrangedor. Aparentemente ele respeita minha vontade, porque só faz uma tentativa de chamar minha atenção e depois desiste e começa a rabiscar em um caderno. Ou isso, ou ele ficou realmente entediado. Quer dizer, dificilmente eu valho o esforço, certo?

As aulas da tarde passam ainda mais devagar e se alguém me perguntasse o que foi falado em cada uma delas, eu, sem dúvida, não saberia dizer. E, francamente, eu não me importo.

Quando a sirene toca, levanto-me, quase jogando as pessoas ao chão no caminho para a porta. Rebecca tem trabalho voluntário no hospital nas segundas e quartas, então não espero por ela. Também não olho para trás para procurar Vince, mas me preocupo estupidamente que ele possa estar me seguindo.

Claro, Kat, ele está te seguindo porque você é incrivelmente irresistível. Um dia de gentilezas e meu ego vira isso. Mas minha curiosidade por Vince não tem a ver com o fato de ele ser dolorosamente atraente – embora isso contribua. É o sonho. É a cor dos seus olhos. É a maneira com que ele falou comigo, como se soubesse de coisas que eu não sei.

Penso sobre tudo isso enquanto ando de volta para o apartamento, as mãos enfiadas nos bolsos e o corpo encolhido de frio. Mais de uma vez tenho a incômoda sensação de que estou sendo observada, mas quando me viro, ninguém em particular me chama a atenção. São sempre as mesmas pessoas, cuidando das próprias vidas, indo em direção às próprias casas. Meus olhos me dizem que está tudo bem, mas a sensação de estar sendo seguida só desaparece quando eu fecho a porta do apartamento atrás de mim.

Não tenho nenhum trabalho hoje e não estou com vontade alguma de ir ao Noturno prestar contas ao Chefe. Então resolvo ser normal, tomar um banho, colocar comida congelada no micro-ondas e ver TV. O que eu *deveria* estar fazendo era adiantar as tarefas da escola, mas isso me parece tão completamente sem propósito que eu não acho forças para me levantar do sofá.

A TV está brilhando e eu estou babando de forma nada feminina quando Rebecca bate a porta do apartamento. Eu só estou mais ou menos consciente quando ela desliga o aparelho e me cobre com uma colcha quadriculada. Mesmo estando sonolenta e meio inconsciente, meu primeiro instinto é esconder minhas mãos para que Rebecca não toque nelas.

Posso até me achar muito independente, mas enquanto observo a figura de Rebecca se movendo na escuridão tomo consciência de uma verdade: eu não sei o que faria sem ela.

3

Eu estou me contorcendo enquanto ando pela rua na manhã seguinte. A dor nas costas por ter passado a noite no sofá e o céu nublado definitivamente deram uma virada negativa no meu humor. Rebecca também não parece bem, está com sombras escuras sob os olhos azuis, mas ela sempre fica assim depois de trabalhar no hospital.

Dessa vez, quando chegamos a Eastern High, os alunos já estão lá, grupinhos reunidos no gramado e barulhos de vozes animadas demais para uma manhã nublada de terça-feira.

Passo direto, como sempre, e subo as escadas indo em direção ao meu armário. Depois de escolher meus livros e suspirar de insatisfação e impaciência pela milésima vez, bato a porta e cambaleio para trás, assustada com mais uma súbita aparição de Vincent.

– Bom dia – ele diz.

– Qual é o seu problema? – eu pergunto, ainda ofegante. – Isso vai virar um hábito?

– Desculpe.

Eu reviro os olhos. – Olhe, só... apareça como uma pessoa normal, ok? – ele concorda em silêncio e eu me acalmo. – Você está perdido de novo?

Ele ri. – Não, eu...

Vincent para de falar e seu rosto fica subitamente duro. Só por alguns segundos, mas é suficiente para que eu reconheça raiva nos seus olhos que não estão em mim. Eu me viro, tentando identificar o alvo da sua atenção e meus olhos se detêm em um garoto do outro lado do corredor. Ele é alto, seus ombros largos escondidos por uma blusa um pouco larga demais. Seu cabelo é loiro escuro, tipo meio acobreado e rebelde, com cachos caindo sobre a testa. Ele está sorrindo, ainda que sutilmente, mas seu sorriso tem um aspecto de desafio. Mesmo dessa distância, mesmo com os alunos passando de um lado para o outro no corredor, eu consigo ver o lilás pálido dos seus olhos felinos.

Mais um? Em dois dias? Que diabos?

– Você conhece ele? – eu pergunto, me virando para Vincent, que ainda parece furioso.

– Nós somos...

–... velhos conhecidos, certo, Vince? – eu giro nos calcanhares e vejo que o garoto atravessou o corredor e está agora bem ao nosso lado. Uau, silencioso. Ele e Vincent estão olhando um para o outro como se fossem se matar bem ali.

– Eu não esperava ver você aqui, Eric.

– Eu digo o mesmo, Vince.

– Oook – eu digo, sentindo uma vontade bem repentina de sair dali. – Eu vou deixar vocês dois sozinhos. Eu *realmente* não quero me atrasar de novo. – *E nem quero me envolver na briga de vocês.*

– Não é você que tem que sair, Kat. – Vince diz, trincando os dentes.

– Kat? – Eric ri. – Então vocês se conhecem?

– Sim – Vince responde com arrogância.

– Na verdade, nós nos conhecemos ontem. Olha, sério, eu não quero ser grossa nem nada, mas eu realmente tenho que ir.

Vince tenta me impedir, mas eu desvio antes que ele consiga segurar meu pulso. Sim, eu tive um pequeno ataque de pânico, mas depois de tanto tempo sozinha nessa escola de idiotas, é um pouco de informação demais conhecer duas pessoas como eu na mesma semana.

Mas eu não sei se eles são *exatamente* como eu. Quer dizer, obviamente a cor dos olhos deles denuncia alguma coisa, mas eu nunca conheci outro Ceifador. Ainda assim, eles podem fazer *alguma* coisa, e enquanto eu não souber o quê, o ideal é manter distância.

Na teoria pelo menos.

De alguma forma eu não acho que seja um bom presságio que

dois deles tenham aparecido logo na minha escola, conversado logo comigo e ainda se conheçam. E se eles de fato se conhecem, porque ficaram tão surpresos em ver um ao outro? Sinceramente, eu prefiro não me envolver. Eu estava perfeitamente feliz com meu plano de me manter invisível até o fim do colegial, e eles chamam atenção demais para ser seguro ficar perto deles.

Rebecca está na minha sala de literatura comparada e ela deve estar *realmente* ansiosa para conversar porque abandona seu lugar de costume na primeira carteira, bem debaixo do nariz do professor, e se senta ao meu lado nos fundos, deixando o caderno cair ruidosamente na madeira polida.

– Ok, o que eu perdi? – ela pergunta, parecendo furiosa e divertida ao mesmo tempo.

– Do que você está falando?

– Ahn, do feromônio que você aparentemente andou espalhando por aí?

O professor entra na sala, poupando-me de uma resposta imediata, mas Rebecca não desiste assim tão fácil. Ela baixa a voz uma oitava e se inclina na minha direção.

– Você e o novato já são amiguinhos e o *outro* novato não tirava os olhos de você. Sério, o que você fez?

– É tão inacreditável assim que um garoto sem deficiência mental queira conversar comigo?

Rebecca levanta uma sobrancelha que diz algo do tipo "não tente me enrolar" e eu suspiro.

– Olha, Vince, *Vincent,* estava só perdido no seu primeiro dia e eu não troquei nem duas palavras com o garoto novo.

– Qual garoto novo?

– Eric.

– Ah. – Rebecca sorri, como se eu tivesse caído na sua armadilha.

Droga.

– Eu só sei o nome dele porque...

– Ei – Rebecca me interrompe, erguendo as mãos em um falso gesto de inocência. – Eu não estou reclamando nem nada. Nunca entendi porque você é tão solitária sendo tão bonita, mas eu tenho esperança de que ao menos *um* dos novatos vai mudar isso.

Quero responder. Eu deveria responder. Deveria agradecer o

elogio e ficar furiosa com a parte do "tão solitária", mas parte de mim não quer discordar do que ela está dizendo, mesmo que eu ainda não acredite muito nisso. Não é uma questão de ser atraente ou não, eu só não vejo uma possibilidade romântica no meu futuro. Porque, honestamente, como eu poderia?

O Sr. Harris, nosso professor excessivamente magro, nos lança um olhar severo de reprovação, que arranca o sorriso do rosto de Rebecca e encerra definitivamente a conversa. Mas eu sei que ela não vai me deixar em paz, não sobre isso. Ela vive insistindo para que eu saia com os amigos de Brad, vive dizendo que eu deveria ter um namorado, mas mesmo que eu tenha deixado claro, muito claro, que não gosto de falar sobre isso – alguém pode me culpar? – ela não me deixa em paz. Se ela soubesse da verdade, eu tenho certeza que seria bem mais fácil fazê-la desistir.

Eu não vejo Vince ou Eric durante o resto do dia, nem mesmo no almoço quando Rebecca percebe que eu estou procurando por eles e dá um sorriso condescendente. Não é que eu esteja atraída por algum deles, quero dizer, não é meio cedo pra isso? Eu posso ser solteira, mas não sou desesperada. Mas a verdade é que eu não sei se deveria ficar incomodada ou aliviada com o súbito desaparecimento deles. Isso é um bom sinal? Será que eles se mataram?

Parte de mim está torcendo para que eles realmente desapareçam, para que eu possa voltar a ser invisível e não levantar suspeitas, mas outra parte – provavelmente a maior parte, embora eu odeie admitir – está curiosa. De uma forma ou de outra, eu não os vejo mais e mesmo com Rebecca tagarelando enquanto nós andamos de volta para casa, eu não consigo tirá-los da minha cabeça. Qual é o meu problema? Talvez eu esteja desesperada afinal de contas.

Eu teria pensado mais sobre isso, possivelmente a noite toda, mas meu celular vibra no bolso e eu vejo uma nova mensagem. OITO HORAS. É só isso que está escrito. O número é do celular que o Chefe usa para negócios, o que significa mais trabalho, mais cansaço e sim, mais dinheiro. Eu não ando recusando nenhum serviço, já que estou bastante decidida a juntar o dinheiro que preciso. Quando eu tiver o suficiente, vou pular no próximo trem para longe dessa cidade e começar de novo, em algum lugar, de preferência um onde eu não tenha que lidar com os esqueletos asquerosos no meu armário. Quando se mente por tanto tempo como eu, é terrivelmente exaustivo ter que se esconder o tempo todo.

Como eu não sou exatamente popular, Rebecca torce o nariz quando me vê mexendo no telefone. Ela sabe que praticamente todas as ligações e mensagens que eu recebo que não vêm dela, têm a ver com trabalho. Triste, mas verdade.

– Você é feliz nesse seu trabalho, Kat? – ela pergunta, sem nem olhar para mim.

Claro que eu não sou feliz, eu mato pessoas. Que tipo de doente seria feliz com isso?

– O suficiente – eu respondo.

– O que isso quer dizer? – ela pergunta, meio nervosa.

– Quer dizer que paga as contas, ok? – eu respondo no mesmo tom.

– Você é melhor que isso, Kat. Você é inteligente.

Por um segundo, parece que Rebecca sabe exatamente do que ela está falando e, nesse breve segundo, eu me sinto culpada e aliviada ao mesmo tempo, permitindo que minha mente imagine como seria mais fácil lidar com esse poder estúpido se eu pudesse falar dele com alguém. Mas eu não posso.

– Eu sei que sua vida foi dura, Kat, que ainda é. Mas você tem potencial, você pode ser o que quiser se simplesmente se esforçar.

– Becks – eu digo, suspirando –, acho muito legal que você pense assim, de verdade. Mas você não entende, no momento eu só quero sobreviver. Manter meu emprego, não ser expulsa da escola e não morrer de fome – *e não ser presa,* eu quero dizer, mas fico calada. – Essa coisa de sonhos, carreira e potencial vai ter que esperar.

– Mas... – Rebecca tenta, com um olhar de súplica, mas eu balanço a cabeça antes que ela possa falar.

– Não, Becks. Por favor, confie em mim. É mais complicado do que você pensa.

Ela assente, triste. Eu acho que, no fundo, Rebecca sabe que há algo muito errado comigo. Algo negro e estranho. E mesmo assim, ela está sempre lá, preocupada, sem julgar. Deixá-la vai ser a coisa mais difícil quando eu sair de Nova York.

Um banho, jantar e uma muda de roupa e estou pronta. Saio pela porta sem me despedir, mas noto que Rebecca se trancou no quarto.. Se ela está sozinha, é porque precisa e eu não quero incomodar.

O Noturno está ainda mais cheio do que no fim de semana. No escuro, eu não consigo diferenciar as pessoas normais de... bem...de nós, mas normalmente eu nem tento. Não é exatamente educado ficar encarando as pessoas, muito menos quando a maioria delas pode te destruir, de alguma maneira. Cada um cuida dos seus negócios, é para isso que estamos ali.

Desde o pequeno "incidente" no meu último trabalho, eu ando preocupada e bem tensa. Eu não faço ideia do que o Chefe faria se descobrisse, mas eu tenho bastante certeza que não ia ser nada bom. Por outro lado, pode ser que ele já saiba, talvez seja por isso que me chamou.

É nisso que estou pensando quando atravesso o salão principal, desviando-me das poucas pessoas bêbadas que não fazem ideia do tipo de transação que é feita ali. O Chefe não está na sua mesa de costume, o que me deixa um pouco desorientada por alguns momentos, mas minha confusão deve ser evidente, porque uma loira de vestido vermelho justo e olhos azuis bem normais se aproxima de mim com um sorriso de plástico.

– Katherine? – ela pergunta em um tom absolutamente neutro e robótico.

Eu não respondo, só concordo e ela sorri ainda mais.

– Venha comigo, por favor.

Normalmente eu não acompanharia uma estranha para os fundos de um bar, mas se ela sabe meu nome, significa que foi o Chefe quem a enviou. Nós passamos pelo balcão, através de uma entrada que leva a um corredor pontilhado de portas pretas mal-iluminado por lâmpadas vermelhas. A mulher para na terceira porta à direita, inclina a cabeça e dá duas batidas leves. Eu não ouço resposta alguma, mas ela gira a maçaneta e empurra de leve a porta, sorrindo para mim e fazendo um gesto para que eu entre. O sorriso se desfaz rapidamente, como se já tivesse cumprido sua obrigação, e passa por mim para ir embora com seu salto agulha estalando no chão liso. Eu estou sozinha no corredor vazio, os ouvidos zumbindo no silêncio estranho.

Olhando uma última vez para trás e, sinceramente, sentindo-me um pouco emboscada, eu entro na sala, ainda mais escura que o corredor. O lugar parece ter saído do século passado. Metade da parede é decorada por um padrão de flor-de-lis de veludo vinho e a metade inferior é de madeira escura. Uma mesa de mogno no centro tem uma cadeira de encosto alto bem diante dela e uma estante à esquerda, repleta de livros cujos conteúdos eu nem ouso imaginar.

É diante dessa estante que a figura massiva do Chefe está, seus olhos brilhando na penumbra. Eu posso não levar o cenário de Poderoso Chefão a sério, mas tenho que admitir que é meio assustador.

– Que bom que você veio – o Chefe diz. Acho que ele nunca tinha dito nada assim antes. Ele é o tipo de homem que prefere guardar suas opiniões para si mesmo.

– Ahn, eu tinha opção?

– Você sempre tem opção.

Claro.

– Bom, pois é. Eu estou aqui, então porque todo o segredo?

– Eu tenho um trabalho novo para você.

– Duh.

Isso sai um pouco sem querer e o Chefe franze a testa, mas não parece particularmente mais nervoso do que o normal, o que é novidade.

– O "segredo", como você diz, foi uma exigência do cliente, assim como o alvo.

Ele me entrega um envelope e eu o abro, sabendo que ele está esperando. A única coisa lá dentro é um papel com um endereço do Brooklyn.

– O que diabos é isso? – eu pergunto, sacudindo o papel.

– Um endereço.

– Não! Jura? – eu reviro os olhos. – O que você quer que eu faça com isso?

– É o endereço do alvo.

– O quê?

– Você tem que ir até lá e matá-lo. Francamente, Katherine, eu imaginei que a essa altura estivesse bem claro o básico.

– Sem fatos? Sem nome? Quem é esse cliente?

O Chefe sacode a cabeça.

– Eu não sei, o trabalho chegou até mim por um intermediário. Você tem que ir até esse endereço e matar a pessoa que estiver lá.

– Isso é ridículo. Eu não aceito trabalhos às cegas, você sabe muito bem disso! Como eu sei que isso não é uma armadilha, nem nada assim? E as minhas condições...

– Eu confio no intermediário – ele me interrompe. – Além disso, o pagamento foi realmente generoso.

Ah.

– Quanto?

– O triplo.

Ok, talvez eu seja mercenária. Que diabos! É exatamente isso que eu sou, mas uma oferta dessas poderia me tirar de Nova York para sempre. Ao invés de matar mais três ou quatro pessoas, eu mataria só mais uma. Valia a pena.

– Estou ouvindo.

– O serviço tem que ser feito amanhã à noite, meu contato garantiu que cuidaria do resto.

– Tudo bem.

– É só isso, ele diz depois que eu continuo parada como uma estátua. Eu não me despeço nem agradeço. Eu tenho raiva do Chefe, não porque ele é um grosso abusado e idiota, mas porque ele facilita as coisas para mim. Ele facilita para que eu use esse dom estúpido da pior maneira possível e é mais fácil ficar com raiva dele do que olhar meu próprio reflexo e saber que a culpa é minha. *Só* minha. O Chefe tem razão, eu *sempre* tenho opção.

4

No dia seguinte, eu caminho sozinha até a escola. Rebecca deixou um bilhete dizendo que passaria a noite na casa de Brad e eu tenho medo de que dessa vez minhas esquisitices tenham sido demais para ela.

Quando estou quase na porta da escola, meu celular vibra e eu leio: ALMOÇO HOJE? vindo do número dela. Eu sorrio, digitando enquanto caminho, e na minha infinita falta de jeito, dou de cara com alguém e meu telefone sai deslizando na calçada. Peço desculpas, na verdade querendo xingar, indo atrás do celular, mas a mão estranha o pega antes de mim. Eu levanto os olhos para agradecer, mas as palavras morrem na minha boca.

Eric.

Perfeito.

– Kat, certo? – ele diz, entregando-me o telefone.

– É – eu respondo com um meio sorriso, enfiando o celular no bolso de trás do meu jeans.

– Desculpe pelo outro dia.

– Ah, claro, sem problemas.

– Já que nós vamos estudar juntos, eu estava pensando se não seria uma boa a gente se conhecer melhor.

Oi?

– Aaah, tudo bem?

– Você quer tomar um café ou algo assim hoje à noite?

Espera aí. Hein?

Isso estava ficando desconfortavelmente semelhante a um convite para sair. O que era, para dizer o mínimo, suspeito. Sinceramente, é meio difícil saber como reagir.

– Eu trabalho hoje – respondo, secamente. É um alívio que eu tenha uma desculpa verdadeira, porque se eu tivesse que inventar uma na hora, provavelmente diria algo do tipo "eu tenho ingressos pro circo."

– Você trabalha – ele repete. Seu tom não é de pergunta e ele parece desconfiado.

– É. Eu trabalho.

– Onde? – ele dá um passo à frente, como se me desafiasse. Qual é o problema desse cara?

– Em um bar. Olhe – eu digo, acertando a alça da mochila nos ombros –, eu não sei que tipo de brincadeira você e seu amiguinho estão fazendo, mas eu não tenho tempo para isso, ok?

Tudo bem, em defesa dele, eu reconheço que ele parece realmente surpreso e meio ofendido. Mas em *minha* defesa, tudo isso é estranho demais. Eu realmente gostaria de acreditar que fiquei irresistível da noite para o dia, mas não sou idiota. Já conheci trapaceiros, criminosos e interesseiros o suficiente para acreditar nisso. Para minha surpresa – e ok, um pouco de desapontamento –, Eric simplesmente dá de ombros, passa a mão pelos cabelos louros e vai embora, sem nem olhar para trás.

Tá, isso foi humilhante. Eu deveria ter feito a saída triunfal de cabeça erguida depois de recusar o primeiro – e possivelmente o último – convite para sair da minha vida. Eu me senti uma perfeita idiota, como sempre.

Tentando evitar outro encontro com o desastre, eu caminho em passos anormalmente rápidos e largos até meu armário e de lá para a sala, sem interrupções infelizes e evitando contato visual com todas as pessoas no caminho. O trabalho de geometria que eu deveria ter entregue no segundo período, obviamente, não foi feito. Eu simplesmente não tive tempo ou cabeça para lidar com ângulos e polígonos na turbulência dos últimos dias. Claro que a Sra. Norton, nossa amável e obesa professora, não se impressionou com a minha história inventada, já que essa é a milésima vez que eu tento dar uma desculpa. E eu não acho que assassinato se qualificaria como uma boa desculpa também.

Meu pequeno deslize me garante uma detenção, o que significa que eu vou ter que ir direto de Eastern para o Brooklyn. O dia todo eu penso nesse cliente, nesse trabalho e em como eu teria recusado se tivesse algum juízo. Esse é justamente o tipo de posição em que eu não gosto de me colocar. Totalmente à mercê do desconhecido. De uma maneira ou de outra, aceitei o trabalho e agora preciso cumprir minha parte.

Cumpro a detenção com dois garotos de calças largas e cabelos ensebados que parecem tão drogados que nem conseguem se levantar direito. Quando finalmente somos liberados, eu corro como se a morte estivesse nos meus calcanhares, saltando os degraus da estação de metrô mais próxima. Os túneis sufocantes e sujos estão lotados, o que é horrível para mim. Pode ser desconfortável para a maioria das pessoas, mas a minha situação é muito pior do que isso. Para mim é simplesmente perigoso.

Enquanto marcho pelo corredor ao som de um violinista solitário que implora por moedas em um canto, tiro da mochila duas luvas de couro pretas e as enfio nas mãos. Eu sempre carrego luvas para emergências. Elas não são capazes de bloquear completamente meus poderes, mas evitam que uma simples esbarrada mate um inocente. Mas só às vezes.

Mesmo assim, eu faço o que posso para evitar contato com qualquer um. Eu não preciso do peso de mortes acidentais na minha consciência, já tenho o suficiente para uma vida inteira. Várias vidas inteiras, na verdade.

Troco de linha três vezes e observo, nervosa, enquanto o metrô sacode e meu destino se aproxima. Eu estou de pé, me segurando precariamente em uma das barras de ferro, meu corpo pressionado contra as minhas mãos, o calor incômodo dos corpos ao meu redor me atingindo. Mais de uma vez eu tenho a impressão de estar sendo seguida, observada, e procuro por qualquer coisa suspeita entre os passageiros.

Paranoia é tudo de que eu não preciso no momento.

Saio do metrô com vontade de correr, mas me seguro. Eu não quero parecer louca, não mais do que o normal, pelo menos. Além disso, alguma parte irracional do meu cérebro – eu culpo a paranoia recém-adquirida – teme que se eu correr alguma coisa vai sair do escuro e me derrubar no chão. Nos últimos anos eu me acostumei com as ruas bem iluminadas de Manhattan, com os prédios altos e quarteirões cuidadosamente planejados. E o Brooklyn, bom, era como se fosse uma cidade completamente diferente. Essa é uma das coisas que eu mais gosto em Nova York, entrar debaixo da terra e emergir em outro mundo.

Meu destino ficava em uma rua praticamente deserta no fim de uma área comercial, mas eu não teria dificuldade em me movimentar por ali. Morei no Brooklyn por muitos anos, quando ainda estava no orfanato, mas fiz bastante força para apagar qualquer memória que tivesse a ver com aquele lugar asqueroso.

Mesmo aqui, a cidade nunca dorme. A rua está abarrotada de pessoas sentadas na calçada ou apoiadas contra a parede, rindo, fumando, conversando e realizando algumas transações suspeitas que eu sou esperta o suficiente para ignorar. Um cheiro forte de fritura enche o ar e um carro cor de chumbo está com o som ligado no máximo, um rap que eu desconheço reverberando entre os prédios baixos.

Recebo alguns olhares de reprovação, mas não é nada com que eu precise me preocupar. Ignorar olhares estranhos é meio que a minha especialidade. Uma pessoa normal estaria preocupada em ser assaltada ou, sei lá, assassinada na rua escura onde eu entro, mas francamente, essa é a menor das minhas preocupações.

Eu tiro o papel do bolso do jeans e confiro o número. Estranho. Eu não estava exatamente esperando um prédio de luxo, mas também não esperava *isso*. Diante de mim está um velho galpão dividido em três andares. Pela placa, o lugar já foi uma fábrica de tecidos, Deus sabe quando, mas agora está caindo aos pedaços, janelas empoeiradas e estilhaçadas, destroços de madeira no chão e ferrugem nas paredes. Isso é realmente ruim. Porque alguém estaria em um lugar desses? Pensei que só eu fosse idiota a esse ponto.

Eu tiro as luvas, ando cuidadosamente até a entrada do galpão e vejo um portão torto com dobradiças antigas. A luz dos postes na rua é a única fonte de claridade e eu não consigo ver muita coisa ao meu redor, então tento ficar perto das paredes, na esperança de que isso ao menos dificulte um ataque surpresa. Eu sei me defender, bom, mais ou menos, mas não quero ter que provar isso. O que está realmente me deixando nervosa é que o lugar parece vazio. *Completamente* vazio.

Mas não está. Alguma coisa se move na escuridão, bem diante de mim. Pode ser uma tampa de lata de lixo, o vento, um gato, qualquer coisa. Mas por segurança, eu gosto de presumir que é um maníaco assassino.

Eu me encosto contra a parede e seguro a respiração. Esperando.

Ali.

Alguém com certeza está ali dentro. Uma pessoa. E também não quer ser vista. Em que eu me meti?

Dou um passo à frente, devagar, mas antes que consiga dar outro, uma força invisível me tira do chão e me arremessa contra a parede, uns dois metros acima. Deslizo pelo metal, desabando de joelhos, completamente sem ar graças ao golpe que levei nas costas. Uma chuva de pó e madeira cai sobre a minha cabeça e eu me apresso em ficar de pé.

Um Deslocador.

Ok. Isso é novo. Eu nunca tinha sido contratada para matar um de nós antes. De uma forma estranha, isso parece violar algum código de ética dos esquisitos. Além de ser novo, é ruim. Eu preciso chegar perto de uma pessoa que consegue me arremessar pelas paredes só de olhar para mim. Mas para isso ele precisa me ver. O que significa que minha única opção é me esconder e surpreender quem quer que esteja me atacando.

Abandono qualquer tentativa de silêncio por enquanto e simplesmente corro. Felizmente, o galpão está praticamente vazio, o que diminui minhas chances de topar com algum obstáculo no escuro. O Deslocador precisa me ver para me atacar e eu me aproveito da escuridão para garantir que isso não aconteça. Ou ao menos para confundi-lo.

Ele tenta me levantar mais uma vez, mas seu contato visual deve estar fraco, porque eu só levito alguns centímetros acima do chão e volto a cair, cambaleando, mas rapidamente retomo minha corrida em direção à região menos iluminada do lugar.

Está tudo escuro agora. E estou longe o suficiente da entrada para que a luz da rua não ilumine meu corpo. Isso também quer dizer que não faço ideia para onde estou indo. Eu volto a ficar em silêncio, segurando a respiração, esperando por um movimento. Se esse cara for inteligente, ele vai ficar longe de mim, onde tem vantagem.

Mas ele parece desesperado. Consigo ouvi-lo se mexendo, consigo sentir a ansiedade nos seus passos.

Ele não está longe, o que é perfeito, mas eu ainda estou cega. Tiro um *taser* da mochila com cuidado. É a única arma que eu consigo comprar sem autorização especial. Não é ideal, mas serve bem ao propósito de imobilizar e surpreender. Não necessariamente nessa ordem.

Os passos estão mais próximos. Eu não sei como, ou melhor, por quê, mas ele está caminhando na minha direção. Sua respiração está pesada, ofegante, como se ele estivesse muito cansado. Eu sei que Deslocar consome muita energia, mas não deu tempo de gastar tanta, certo?

Obviamente eu não tenho tempo, se esse cara me pegar mais uma vez eu tenho certeza que não vai me deixar escapar, por mais cansado que esteja. Ele deve estar realmente desesperado, porque nem parece estar tomando cuidado, mais.

E ali está. Em um lampejo breve, mas suficiente, eu vejo seus olhos violeta cintilando na escuridão. Eles se arregalam ao encontrarem os meus, como se ele não fizesse ideia de que estava lutando com alguém, bom, *anormal*.

Eu atiro usando o *taser*, mas não chega a tocar nele. Seus reflexos são realmente bons, mas seu cansaço e falta de concentração são suficientes para distraí-lo. Acontece rápido demais. Eu me atiro contra ele, gritando e derrubando-o com o ombro em um movimento nada profissional, mas inegavelmente eficaz. Por um segundo, eu fico sobre ele, ambos confusos, tentando se libertar. Mas então minha mão envolve o pulso dele e eu sinto o mundo ficar cinza, as cores sendo sugadas, como sempre acontece cada vez que a morte passa por mim.

Só que dessa vez não tenho tempo de terminar o que comecei. Alguma coisa me atinge na nuca e minhas mãos afrouxam. O garoto se afasta de mim sugando com força o ar, provavelmente desorientado por ter tocado o limite entre a vida e a morte. Suas mãos apalpam o pescoço e o peito para garantir que está tudo no lugar certo. Eu sei o suficiente sobre o domínio dos mortos para saber que as coisas que se vê lá, não são agradáveis.

Tento me recuperar, mas minha visão está turva e escurecida e eu sinto que vou desmaiar. Eu sabia que era uma má ideia. As mortes têm me cansado cada vez mais.

Logo antes de apagar, escuto uma voz feminina.

– Isso não acabou – ela diz.

Posso jurar que já ouvi aquela voz, mas qualquer senso de familiaridade e preocupação desaparece quando minhas pálpebras se fecham.

5

Quando acordo, meio que espero estar em uma banheira cheia de gelo sem um rim ou qualquer coisa nesse nível de drama, mas eu certamente não esperava olhar para o teto do meu quarto, ver as paredes e o chão abarrotado de roupas e quinquilharias.

Eu tento organizar os eventos da noite anterior, por um segundo pensando se teria sido trabalho de um Ilusionista, mas a dor no meu corpo indica que meu encontro nada amigável com uma parede de ferro não foi imaginário. Como diabos eu cheguei em casa?

Minhas roupas estão empoeiradas e meu cabelo sujo. Lentamente, eu me lembro do que aconteceu. Uma alegria e um alívio estranho me invadem ao me lembrar de que não matei alguém ontem. Ele era jovem, mais jovem do que eu, e a expressão assustada dos seus olhos ainda estava gravada na minha retina. Mas essa alegria logo é substituída por um leve ataque de pânico. Eu não completei o serviço. O serviço do cliente misterioso, milionário e poderoso.

Merda. O Chefe vai me matar.

Parece que tudo que eu consigo fazer nos últimos dias é besteira. Estúpida. Quer dizer, eu nem sei como eu cheguei em casa, por que alguém teria me ajudado? Pior do que isso, quem? Meu Deus. Como ele sabia onde eu morava?

– Kat!

Eu quase caio da cama com o grito da Rebecca. Ela corre na minha direção e salta na cama, envolvendo-me com seus braços magros e perfumados. Eu não sei muito bem como reagir.

– Ahn, Becks, o que foi?

– Como "o que foi"? Eu quase morri de preocupação! Achei que você estava morta, entendeu? *M-o-r-t-a!*

– O quê? – minha confusão certamente é compreensível, certo?

– Você chegou aqui carregada, branca e imunda! O que mais eu deveria pensar? Onde você estava? O que aconteceu?

– Espera aí – eu interrompo, sacudindo a cabeça e levantando as mãos. – Carregada? Carregada por quem?

– Um cara! Eu nem vi o rosto dele, ele estava com uma jaqueta de capuz e colocou você na cama. Eu imaginei que ele trabalhasse com você no bar.

– Ele disse alguma coisa? – a ideia de um desconhecido me colocando na minha cama me dava arrepios. Eu volto a me perguntar: como ele sabia onde eu morava?

– Ele apenas disse que você estava viva e que eu não devia me preocupar. Que tipo de consolo idiota é esse? Você estava desmaiada, pelo amor de Deus! Como eu não ia me preocupar? O que aconteceu?

Boa pergunta.

– Eu acho que minha pressão caiu – menti. – Eu me senti meio tonta no trabalho, um dos rapazes provavelmente me trouxe em casa. Vou fazer questão de agradecer depois.

– Mas você está bem? Você passou mal no cinema e agora desmaiou, talvez algo esteja errado. Você devia ir ao médico.

– Não! – eu quase grito. Não é a melhor ideia do mundo. Eu evitei médicos a vida inteira, inclusive quando estava no orfanato. Que tipo de médico ia aceitar o pedido de uma paciente para não tocar nas suas mãos? Eu provavelmente iria parar na ala psiquiátrica. Ou na prisão. Além disso, e se eles descobrissem alguma coisa... *errada* comigo? Biologicamente? Eu ia virar um experimento? Melhor prevenir. Eu preferia viver na ignorância de não entender exatamente por que eu era tão diferente de todo mundo. – Não, Becks, sério. Foi um incidente isolado, eu tenho certeza.

Rebecca me olha por mais alguns instantes até que finalmente solta um suspiro de resignação e deixa os ombros caírem.

– Tudo bem. Eu só estou feliz que você esteja bem.

Ela me dá um abraço rápido, que eu não tenho tempo ou jeito de retribuir e se levanta, alisando os cabelos levemente desgrenhados.

Eu olho pela janela e, pela primeira vez, percebo que é o meio da noite. Rebecca está com os olhos inchados e vermelhos de sono.

– Vá dormir, Becks. Eu também vou descansar um pouco. Infelizmente a escola não vai querer saber se eu desmaiei.

E é verdade. Eu poderia aparecer naquele lugar sem uma perna, tudo que eles iriam dizer era que eu estava tentando fugir das minhas responsabilidades.

Rebecca concorda e sai do quarto, não sem antes me lançar um último olhar. Eu realmente preciso sair da vida dela. Vou acabar provocando um aneurisma na pobre coitada. Mas ao menos parte do que eu disse é verdade: eu preciso descansar.

Quando fecho os olhos, tantas coisas passam pela minha cabeça que eu preciso abri-los de novo, focar em alguma coisa normal tipo a mancha de caneta na tinta branca da minha parede. E aí eu me lembro do fato bem normal e incômodo, eu estou imunda!

Eu me levanto da cama de um salto e tiro o jeans e a camiseta, cobertos de pó. Meus tênis já são normalmente surrados e sujos então eu os deixo no pé da cama onde eles já estavam. Faço uma pilha com as roupas sujas no canto do quarto, lembrando-me pela milésima vez de que eu realmente preciso de um cesto para elas. Eu preciso de muitos desses itens pessoais do cotidiano, na verdade, mas eu nunca esperava morar com Rebecca por tanto tempo. Acho que me pegou de surpresa e eu sempre mantive um pé do lado de fora, pronta para sair. Mas depois da estupidez que eu fiz, esse dia pode chegar mais cedo que eu imaginava.

Quando o chuveiro está fumegante, eu entro no box deixando que a água lave a poeira dos meus cabelos, escorrendo confortavelmente pelos meus ombros. Eu ainda estou tensa, mas a normalidade e a familiaridade de um banho conseguem fazer com que eu me esqueça da esquisitice inerente à minha vida, mesmo que seja apenas por alguns instantes. A sensação é tão reconfortante que mesmo quando eu já estou limpa, hesito em sair, mas, obviamente, eu não posso ficar dentro do box para sempre. Se bem que seria uma boa.

Puxo a toalha azul-escuro do gancho na parede e me cubro rapidamente tentando afastar a corrente de ar gelado que entra pela janela aberta. Pingando e com frio, volto para o meu quarto e me enfio em um short velho e uma camiseta desbotada.

O banho pode até ter me relaxado, mas também serviu para apagar qualquer traço de sono que eu pudesse ter. Não que eu estivesse com muito sono depois de ter desmaiado por um golpe que não vi e ter sido carregada para casa por um estranho. Mesmo assim, eu me deito na cama, esperando que o conforto dos meus lençóis seja suficiente para me fazer adormecer. Depois de meia hora rolando de um lado para o outro, e experimentando todas as posições possíveis para dormir, percebo que não adianta insistir.

Estico o braço preguiçosamente e pego minha cópia surrada de O Retrato de Dorian Gray, meu livro preferido (não que eu tenha lido muitos) e a única lembrança que eu tenho dos tempos de orfanato. Lembrança física, claro. Eu simplesmente não consigo me desfazer dele, e cada vez que o leio, vejo alguma coisa nova. Quando seu passado não envolve parentes ou amigos, você é meio que obrigado a se apegar a objetos inanimados. É deprimente, mas verdadeiro.

Ao menos a leitura funciona. Bom, mais ou menos. Eu já li mais de cinquenta páginas quando finalmente sinto meus olhos pesados. Eu não resisto, simplesmente marco onde parei, um trecho que já sei de cor e fecho os olhos. Dez minutos depois, estou dormindo.

* * *

Quando Rebecca me sacode de manhã perguntando se eu estou bem, minha vontade é de me jogar pela janela. Meu corpo está doendo ainda mais do que na noite anterior e parece que não dormi mais do que quinze minutos. Eu não sou uma pessoa que funciona bem de manhã, mas hoje me sinto capaz de matar alguém. Talvez isso não seja tão engraçado vindo de mim.

Resmungando, provavelmente o máximo que consigo em uma hora tão inapropriada, eu balanço as pernas para fora da cama, e esfrego o rosto com as mãos. Meu cabelo está positivamente caótico já que eu me fiz o favor de dormir com ele molhado, então faço um rabo de cavalo e visto as primeiras roupas não amassadas que vejo na minha frente.

Eu pulo o café – ainda não me recuperei o suficiente para ter apetite – e sigo Rebecca até a escola, ressentindo-me da sua inabalável energia que hoje está ainda maior que nos outros dias.

Para melhorar meu humor, lembro-me que hoje temos educação física, a disciplina mais inútil e potencialmente problemática do currículo escolar. Além do desconforto habitual de ter que ser vista de short, eu preciso lidar com o pânico de não conseguir manter as pessoas longe de mim. E eu já não ando exatamente na minha melhor forma.

O treinador, é claro, não quer saber de nada disso. Eu não tenho dispensa médica, nem nenhuma dificuldade física comprovada, o que significa que eu tenho que passar a próxima hora me comportando como um macaco treinado e fingindo que é para o bem da minha saúde.

Rebecca está envolvida com tantas coisas na escola que o treinador a libera das aulas. Pelo resto do *ano*. Ou seja, vou encarar o sofrimento sozinha, como sempre. Ele deve estar se sentindo particularmente sádico hoje, porque assim que pisamos fora do vestiário, vemos que ele está parado de braços cruzados com um sorriso ridículo no rosto.

Depois de um discurso exaustivo – e repetitivo – sobre como é importante ficar fisicamente ativa no inverno, ele ordena que façamos uma corrida de dez voltas na pista, seguida de uma partida de handball, que é com certeza um dos esportes de maior contato da face da Terra. Perfeito.

Não tenho nada contra esforço físico, na verdade tenho um preparo até razoável considerando as minhas atividades, mas isso não vem ao caso. De qualquer maneira, quando o treinador apita irritantemente eu sou a primeira a disparar pela pista, mais pela vontade de me afastar das outras pessoas do que pela vontade de vencer. Minha distância em relação aos outros alunos é boa, mas se eu tinha a ilusão de que ia ficar sozinha, estava enganada.

– Indo pra algum lugar? – Vince pergunta, correndo ao meu lado. Ele não parece estar fazendo o mínimo de esforço.

– Você voltou. – Eu sinceramente não sei como queria que isso soasse, mas de dentro da minha cabeça pareceu meio desapontado.

– Eu nunca fui – ele responde, aparentemente alheio à minha grosseria gratuita. – Mas é bom saber que você notou minha ausência.

Droga.

Não existe nenhum argumento contra isso. A verdade é que eu

notei, sim, a ausência dele – e do seu amigo sociopata – mas eu gosto de pensar que estava simplesmente sendo cuidadosa. Isso. Cuidadosa.

– Enfim, vai rolar uma festa sábado, parece que é tradição convidar os novatos para uma festa de boas-vindas.

Se é tradição eu certamente fiquei de fora no meu primeiro ano.

– Eu não estou muito disposto a encarar esta experiência social sozinho.

– Tenho certeza que companhia não vai ser um problema – eu digo, olhando por cima do ombro para um grupo de garotas ofegantes que está me encarando com ódio enquanto adora a figura de Vince.

Ele ri. Um meio riso que enruga seus olhos. É bonitinho.

– Obrigado pela confiança, mas na verdade eu esperava que você aceitasse vir comigo.

Ahn, oi?

– Eu não sou muito de festas, e caso você não tenha notado, eu não fui convidada.

– *Eu* estou te convidando.

Ah. Certo.

– Pego você às oito.

E antes que eu possa responder, ele aperta o passo e se afasta de mim.

Eu me sinto manipulada, mas a verdade é que não me incomoda tanto quanto deveria. Se existe alguém maluco ou masoquista o suficiente para querer sair comigo, por que tentar dissuadi-lo?

Eu ainda estou meio abobalhada quando Eric passa do meu lado na pista de corrida. Por um instante, acho que ele vai parar e dizer alguma coisa, mas ele simplesmente olha para mim com uma expressão despreocupada, de desprezo ou sei lá, e continua correndo. Então tá.

Mesmo com as interrupções mentais e verbais, eu consigo terminar as dez voltas em um tempo bastante bom – leia-se mais rápido do que as patricinhas da minha classe. As outras garotas, com exceção de uma ou outra que são mais simpáticas, me olham feio por ter chegado antes, o que sinceramente eu não consigo entender. Competitividade nunca foi uma das minhas características. Assim que todas as alunas e alunos terminam as dez voltas, o treinador leva a classe para dentro do ginásio onde somos divididos em times mistos.

Minha habilidade com a bola já não é exatamente lendária e como eu sempre tento evitar contato físico com qualquer pessoa, eu me posiciono nas laterais da quadra, onde é mais improvável que alguém me note o suficiente para mandar a bola para mim.

Ironia ou não, eu acabei ficando no time de Vince e, ao contrário de mim, ele faz bastante questão de participar. Mal o jogo começa e ele já grita para que a bola seja passada para ele. A sua agilidade e velocidade são impressionantes e eu não devo ser a única que nota, porque ele logo se torna uma espécie de capitão, gritando jogadas e correndo de um lado para o outro, estando em todos os lugares ao mesmo tempo. A coordenação do nosso time – do qual eu obviamente não faço parte – é hipnótica. As pessoas simplesmente obedecem a Vince sem questionar.

O outro time está impressionado e parece um pouco sem ação, exceto por uma pessoa, Eric. Seu rosto está calmo, concentrado, como se ele estivesse em uma sala de reuniões e não em uma quadra. O que chama minha atenção, no entanto, é que, apesar das muitas pessoas correndo e da posse de bola variando o tempo todo, os olhos de Eric estão fixos em Vince. É meio aflitivo.

Vince corre em direção ao gol e levanta os braços, gritando para que uma menina chamada Kaira – uma das simpáticas – lance a bola para ele, o que ela faz sem hesitar. É um bom lançamento e Vince apanha a bola sem dificuldade, girando para fazer o gol. Mas de alguma forma que eu não consegui acompanhar, Eric está entre Vince e o gol, sorrindo de uma forma nada amigável.

Vince se imobiliza por um momento e naquele único instante é como se todos tivessem parado para observar os dois, trocando olhares como facas. Eles não parecem estar em uma quadra, disputando a posse de uma bola. As faíscas saindo entre eles dizem algo mais complexo e muito mais antigo.

Em um movimento rápido, Vince dá um passo para o lado e ergue o braço para arremessar a bola, mas Eric intercepta seu braço de um jeito que eu tenho bastante certeza de que é contra as regras. Vince não reclama, só responde com um empurrão agressivo que interrompe o jogo definitivamente. Eles estão colados um no outro, falando coisas que eu não consigo ouvir. O treinador finalmente decide que está na hora de fazer alguma coisa.

– Ei, ei, ei! – ele grita enquanto anda até eles batendo palmas. Vince lança um olhar fulminante na direção dele e o violeta dos seus olhos parece mais escuro e me faz perder o ar. Além do olhar, atrevido demais para quem está falando com um professor, Vince diz alguma coisa e o treinador se afasta, assentindo. Na mesma hora, um lampejo de fúria passa pelo rosto de Eric, que fecha o punho e acerta o rosto de Vince em cheio com um soco. Vince cambaleia e cai, mas logo se recupera e se atira em cima de Eric, jogando-o no chão.

As alunas dão gritinhos e os alunos soltam urros de incentivo e aprovação enquanto eles se esmurram e rolam pelo chão. O treinador parece estar completamente perdido e eu me recuso a acreditar que ninguém vai fazer nada.

– Parem! – eu grito, mas eles não me ouvem. Eu estou longe e tem uma roda de imbecis assistindo enquanto eles tentam se matar. Xingando, eu saio da minha posição e me enfio entre os alunos, que se afastam para me dar passagem. –Ei! Que droga! Parem com isso, vocês são idiotas?

Desta vez eles param e olham para mim, os rostos suados e sangrando. E os dois imbecis estão sorrindo.

– Qual é o problema de vocês? – eu pergunto aos berros. Todo mundo está me olhando como se eu fosse louca, alguns furiosos por eu ter interrompido o espetáculo, mas não sou eu que sou doida o suficiente para estar sangrando no chão.

Eric se levanta, passando as mãos pelos cabelos loiros como se tivesse simplesmente tropeçado e Vince só alisa a roupa, como se nada naquela situação fosse anormal.

– Bom, acho que isso é entretenimento suficiente por um dia. – Vince diz, sorrindo. O treinador parece finalmente sair do transe e assume o controle da situação.

– Ok, todo mundo para o vestiário! Agora! Vocês dois – ele diz sem nem um pingo da autoridade que acha que tem – dessa vez vai ser só um aviso. Mais uma gracinha dessas e vocês vão ser suspensos, entendido?

Os dois assentem, mas ainda estão olhando para mim. Ok. Estranho.

Sigo o restante das meninas em direção ao vestiário, mas quando Vince faz menção de me seguir, Eric o segura pelo pulso.

– Eu não estou brincando. Fique longe dela – ele diz, trincando os dentes.

– Eu digo o mesmo, Frost. Se eu não te conhecesse melhor eu diria que você está se esquecendo das regras.

Eric praticamente rosna e Vince se desvencilha dele violentamente. Ele sorri para mim e segue o restante dos garotos para o vestiário masculino, enquanto eu fico ali, sentindo-me como uma alienígena. Tudo aquilo por causa de uma garota? Ex-namorada, talvez?

Eric limpa o sangue dos lábios e olha para mim com uma expressão tão neutra que nem parece humana.

– Se você for esperta, vai ficar longe dele – ele diz, como se nem ligasse para as próprias palavras.

– Eu sei cuidar de mim mesma, muito obrigada! – se tem uma coisa que eu odeio são homens que tratam mulheres como um sexo frágil e estúpido que precisa da proteção deles. Idiotas.

Eric ri baixo, como se lembrasse de uma piada que eu não conheço. Então ele dá de ombros daquele jeito irritante, coloca as mãos nos bolsos e vai embora.

Que cara detestável!

Será que algum dia dessa semana vai ser bom? Normal? Tomar susto todos os dias está ficando meio cansativo. Eu volto para o vestiário, tomo uma ducha e me troco para o almoço. Infelizmente, meu horário de almoço vai ter que ser passado na biblioteca fazendo a tarefa de álgebra que eu deveria ter adiantado em casa, mas como sempre minhas prioridades foram mais do tipo ganhar dinheiro sem morrer.

Eu como uma barra de cereal com gosto de isopor enquanto ando até a biblioteca. A notícia da briga entre os dois novatos já se espalhou e as pessoas de alguma forma concluíram que a esquisita número um da escola – no caso, eu, –teve alguma coisa a ver com a confusão. Eu sabia que devia ter ficado de boca fechada.

Muito bem, Kat. Continue indo aonde não é chamada.

A biblioteca é um espaço amplo de livros muito desorganizados e mal catalogados, com normalmente quase nenhum aluno exceto pelos casais animadinhos que se agarram no segundo andar perto da seção de trigonometria. Hoje a quietude entre essas paredes era tudo de eu que precisava. Eu só dispensaria o cheiro de mofo.

Minha cabeça não está cem por cento focada na tarefa, mas francamente eu não dou a mínima. Alguém usa álgebra na vida real? Que desperdício do meu tempo. Mas, se eu quiser evitar ser expulsa e ao menos me formar no colegial, é melhor eu começar a levar as coisas um pouco mais a sério.

Depois do que me parece um zilhão de contas, eu descanso meu lápis na mesa de madeira mal iluminada e esfrego os olhos. Minha cabeça está explodindo. Assim que levanto o rosto, vejo Rebecca marchando na minha direção com a determinação e a expressão de um soldado e isso normalmente não é bom.

– Katherine Brown! – ela diz, um pouco mais alto do que o regulamento da biblioteca permite. – Você realmente achou que podia se esconder na *biblioteca?* Que tipo de idiota você acha que eu sou?

As poucas cabeças presentes se viram para olhar para nós duas.

– *Shhh!* – eu peço, levando um dedo aos lábios. – Por incrível que pareça eu *não* estou me escondendo. Eu estou estudando.

Rebecca abana as mãos como se aquilo não fosse importante e puxa uma cadeira e se senta com elegância. Anos de balé fazem isso com uma pessoa.

– Tá, tanto faz. Eu posso saber por que dois garotos se esgoelaram por sua causa hoje e eu não estou sabendo de *na-da?*

Ah, Deus.

– Não teve nada a ver comigo! Meu Deus, como as pessoas dessa escola fofocam. Ninguém tem mais o que fazer?

– Eu não nego isso, mas a fofoca tem que ter começado em algum lugar! O que aconteceu?

– Jesus, Becks, eu não faço a menor ideia! De repente eles estavam se empurrando e rolando no chão e aquele estúpido do Carter não fez nada!

– Parece *sexy*. – ela diz com um meio sorriso.

– Não, Rebecca, não foi *sexy*. Foi violento, idiota e imaturo.

Rebecca retorce um cacho de cabelo nos dedos, parecendo entediada. – Hum, eu gosto mais da versão não-oficial.

Talvez eu devesse estar curiosa para ouvir a versão não-oficial, mas francamente, eu não vejo como isso faria alguma diferença na minha vida. Ao menos assim, eu posso imaginar coisas melhores do que as que provavelmente estão sendo ditas.

– E você vai mesmo na festa sábado? – ela pergunta como quem não quer nada.

– Bom, eu disse que iria, mas...

– Aha! – Rebecca aponta um dedo na minha cara. – Disse pra quem?

Ah, droga. É como se ela fosse treinada em técnicas militares de interrogatório.

– Vince.

Rebecca dá um sorriso de quem já sabia.

Um sinal soa na biblioteca, indicando para os poucos idiotas ali – inclusive eu – que o horário de almoço terminou e é hora de voltar para a tortura nossa de cada dia.

A professora de álgebra parece genuinamente impressionada quando eu entrego o trabalho no dia certo, o que eu deveria ver como uma ofensa, mas encaremos a verdade, até eu fiquei meio surpresa. E, falando em surpresa, eu ainda estou chocada porque o Chefe não me procurou depois que eu ferrei completamente o último trabalho. E se ele afinal tiver se cansado de mim e mandado alguém para me matar? Ele não faria isso, faria? Não por ele ser um poço de moral e justiça, mas porque simplesmente me parece ser contraproducente mandar um assassino matar sua assassina. A ironia não pode ser ignorada.

Minha pergunta não demora a ser respondida. Assim que saio do banho naquela mesma noite, eu vejo meu celular se acender na cama, ao lado da mochila que deixei jogada. É uma mensagem dizendo para eu ir ao Noturno "assim que possível", o que quer dizer "agora" na língua do Chefe.

Suspirando e resmungando eu vou até o armário, pego a primeira camiseta limpa que vejo, visto os jeans rasgados que joguei no chão, uma jaqueta e os tênis. Depois de desembaraçar precariamente meus cabelos e comer metade de um sanduíche, eu escrevo um bilhete para Rebecca dizendo que volto já, caso ela volte do hospital antes de mim – presumindo que eu sequer volte –, e saio do apartamento, trancando a porta.

O metrô está ridiculamente lotado e eu levo o dobro de tempo que em geral eu gasto para chegar ao meu ponto, graças a um idiota que me empurrou para sair antes de mim. Eu caí feito uma retardada no chão, porque afinal não acho uma boa ideia sacudir as mãos à procura de apoio em um metrô cheio de gente.

Apesar do atraso, eu não levo mais de meia hora para chegar ao Noturno. Leo não está na porta, o que é estranho, mas o lugar não é exatamente atraente, então suponho que eles não se preocupam com a falta de multidão fazendo fila na porta, pelo que eu sou muito grata. Já é difícil ser discreta assim, imagine com os atletas e as ginastas da minha escola perambulando por ali?

O pub está cheio, mas nada fora do normal. Eu esperava ver o Chefe na sua mesa de sempre, mas quando meus olhos encontram o lugar vazio, eu já vou direto para a porta atrás do bar. A mesma loira bonita está lá, mas desta vez ela não me acompanha, só assente quando me vê e indica a porta com um movimento de cabeça.

Enquanto ando pelo corredor de luzes fracas e avermelhadas, eu não consigo deixar de imaginar o porquê de todo esse segredo. O Chefe sempre julgou o Noturno um lugar seguro para fazer negócios, então, por que me passar trabalhos em uma sala dos fundos? Era possível que ele estivesse sendo vigiado? Ou tivesse sido descoberto? Mas se fosse esse o caso, por que ele não tinha arrumado outro lugar? E por que o restante das pessoas ainda estava recebendo seus clientes lá fora?

Ah, Deus.

Será que *eu* estava sendo vigiada? O pensamento fez arrepios subirem pela minha espinha. Eu *sempre* era cuidadosa. Se bem que, nos últimos tempos, as coisas não estavam dando exatamente certo para mim. Será que alguns errinhos teriam arruinado três anos de discrição?

Bom, agora era tarde demais para me preocupar com isso. Respirando fundo, eu abro a porta da mesma sala onde fui recebida pela última vez, preparada para ser moralmente – ou fisicamente – destruída pelo meu fracasso, mas o olhar no rosto do Chefe, quando eu me sento diante dele na mesa de madeira, não é de raiva. Estranho.

Antes de dizer qualquer coisa ele coloca um envelope pardo na mesa, empurrando-o na minha direção. Eu fico olhando para o envelope como se ele fosse me morder e depois olho de novo para o Chefe, seus olhos cintilando na escuridão.

– Seu último pagamento – ele diz simplesmente.

Espera aí, o quê?

– Com um pequeno desconto, já que você não fez exatamente o que foi pedido.

De novo, o quê?

– Ahn, mas se eu não completei o serviço, por que estou sendo paga? – uma pessoa inteligente teria aceitado o dinheiro e sorrido, mas eu não podia fazer isso sem questionar. Eu não estava muito a fim de ficar devendo favores ao Chefe e nem a nenhum dos seus amiguinhos.

– Eu não faço a menor ideia. Considere isso um voto de confiança, porque meu cliente tem mais um serviço para você.

– E onde seu cliente está?

Como resposta, o Chefe ergue uma única sobrancelha.

– Eu podia ter morrido da última vez – insisto –, então eu realmente não sei como me sentir a respeito dessa *gentileza* do seu cliente.

– Você não precisa aceitar o trabalho.

– Então por que passá-lo pra mim? Eu tenho certeza que você tem muitos outros peões com bem menos escrúpulos.

Por um breve momento eu vejo dúvida passar pelo rosto normalmente impassível do Chefe. E mais alguma coisa. Medo?

– Seu nome foi... mencionado.

– Mencionado?

– Solicitado seria mais apropriado. – Eu não tenho certeza, mas o Chefe não parece particularmente feliz de estar tendo essa conversa.

– Seu cliente me conhece? – isso era meio assustador.

– Pessoalmente? – o Chefe dá de ombros. – Eu não sei.

O primeiro pensamento que tenho é se esse cliente misterioso era a razão de eu sentir que estava sendo seguida. Mas isso era melhor, ou pior, do que o fato de ele me conhecer sem que eu soubesse quem é?

– Qual é o trabalho? – eu pergunto. Infelizmente, eu estava curiosa.

– Isso quer dizer que você aceita?

– Não. Quer dizer que eu quero saber qual é o trabalho.

– Eu não posso dizer, antes de você aceitar. Essas foram as ordens.

Ordens? O Chefe estava recebendo ordens?

– Você sabe das minhas condições – eu digo, com segurança. Ao menos nessa parte, eu não abriria mão de nada.

– E eu garanto que o trabalho não viola nenhuma delas.

Cada fibra de bom senso no meu corpo grita para que eu recuse o trabalho. Naturalmente, eu fiz o que normalmente faço. Ignorei.

– Tudo bem, se não violar nenhuma das minhas condições, eu topo.

O Chefe sorri, um sorriso inquietante que indica exatamente o tamanho da encrenca em que eu acabei de me meter. Ele abre a gaveta da mesa de uma forma despreocupada tirando dela um envelope preto, simples, exceto pelo fato de que ele está lacrado com cera vermelha e uma insígnia. Ele empurra o envelope pela mesa, esperando que eu o pegue, antes de ecomeçar a falar.

– Eu não sei o que tem aí – ele diz, apontando o envelope com a cabeça. – Eu sei que você precisa roubar alguma coisa de alguém e que esse alguém é perigoso, mas parece que ele não estará presente no dia do roubo.

– Dia do roubo?

– Você tem um dia específico para realizar o trabalho.

– Roubo? – eu repito, tentando entender – Não é exatamente a minha especialidade.

Como o Chefe não diz nada, eu sacudo minha cabeça e reviro os olhos.

– Tudo bem. – Como se isso pudesse ficar mais suspeito. – Mais alguma coisa?

– Até onde eu sei, não. Mas se eu fosse você, me esforçaria bastante para ter sucesso dessa vez.

Isso me soou mais uma ameaça do que um conselho amigável, mas eu não tinha ânimo – e francamente nem coragem – para confrontar o Chefe agora. É bem estranho que alguém queira contratar uma Ceifadora para roubar, já que existem pessoas bem melhores para isso, mas eu não estou reclamando. É dinheiro para não matar, então da maneira que eu vejo, estou no lucro.

O Chefe fica ali, na mesma posição, parecendo esperar que eu saia, então é isso que eu faço. O corredor parece ainda mais opressivo na volta e eu praticamente corro até a porta, me jogando contra ela para abri-la. Mesmo sendo abafado e estando lotado, o pub é um sopro de ar fresco. Ele é... normal. De alguma forma. Tudo nele faz sentido, é familiar.

Quase tudo.

Assim que passo pela porta, eu travo. Travo e fico sem ar porque um dos rostos que vejo ali, naquela noite, é mais familiar do que eu gostaria. Ela está sentada em uma mesa de canto, usando um vestido preto longo que é tão elegante quanto sensual, uma fenda subindo pela perna direita, que está propositalmente cruzada sobre a esquerda. Suas mãos estão descansando na mesa ao lado de uma taça cristalina de Martini e seus cabelos vermelhos ondulados descem em cascatas pelos ombros, parecendo brilhar mais do que tudo no lugar. É como se tudo ao seu redor tivesse ficado preto e branco.

Em menos de um segundo, seus olhos violeta encontram os meus, da mesma forma que aconteceu na noite em que eu matei seu marido – ou o homem que presumi ser seu marido. Ela sorri para mim, um sorriso que colocaria qualquer homem aos seus pés, mas que só serve para me dar calafrios. Ela ergue a taça de Martini, como se propusesse um brinde silencioso a mim e eu me sinto subitamente encurralada.

Sem nem pensar, eu passo correndo pela multidão, sem pedir licenças ou desculpas e me jogo na rua, tropeçando enquanto corro. Leo – que está de volta à sua função – grita atrás de mim perguntando se eu estou bem, mas eu simplesmente não consigo me forçar a responder ou a olhar para trás.

É mais do que medo por ter sido vista por ela. A simples visão dos seus olhos, do seu rosto, me deixa inquieta e nervosa. Eu continuo correndo, passo por umas três estações de metrô depois da que eu deveria pegar até que o fôlego me falha. Eu paro, ofegante, e ponho as mãos nos joelhos, sentindo meu pulmão queimar. Eu ainda não quero olhar para trás, então entro em uma cafeteria lotada, sentindo conforto nos cheiros e nos sons esperando o ataque de pânico passar.

Assim que minha respiração volta ao normal, eu olho para os rostos de cada pessoa na cafeteria, ainda irracionalmente paranoica sobre estar sendo vigiada. Se bem que, depois da reunião com o Chefe, eu não acho que minha paranoia seja assim tão irracional. O que ela estava fazendo lá? Era sua intenção me denunciar? Me chantagear?

Meu olhar se desvia para a porta, ainda temeroso de encontrar um furacão de cabelos vermelhos na escuridão. Mas escuridão é tudo que eu vejo. Eu nunca fiquei tão feliz de ver a noite enfumaçada de Nova York completamente vazia.

– Kat?

A menção do meu nome me faz ficar tensa de novo. Eu me viro lentamente, meio esperando um dragão de três cabeças – levando em conta minha dose de coisas estranhas nos últimos dias – mas ao invés disso eu vejo cabelos loiros bagunçados e um par de olhos violeta parecendo confusos.

– Eric – eu respondo, soando claramente aliviada. Mas será que eu deveria estar aliviada? O que ele está fazendo aqui?

– Você está bem? – ele pergunta com um copo de café fumegante nas mãos.

– Claro. Eu estou bem. Por que eu não estaria bem? – excesso de informação normalmente não é um bom sinal, mas eu ainda estava meio nervosa.

– Não, nada, é só que você parece meio assustada.

– Eu só estava... evitando alguém. – A expressão dele se fecha e ele olha em direção à porta. Depois de alguns segundos, eu decido que é hora de mudar de assunto. – Você vem sempre aqui?

"Você vem sempre aqui." Meu Deus, eu devia instalar um filtro entre meu cérebro e a minha boca.

Eric dá um sorriso torto que indica piedade diante da minha completa incapacidade de articular uma frase decente. – Na verdade, venho. Eu moro aqui perto. Você, por outro lado, não parece o tipo que gosta de café. O que está fazendo aqui?

Existe um tipo que gosta de café? E como a gente voltou a falar de mim tão rápido?

– Ah, eu estava aqui perto. Eu não gosto de café, mas me deu vontade de tomar um chocolate quente.

– Nesse caso, você quer companhia?

– Ah... claro, por que não? – eu sorrio, dando de ombros e tentando parecer amigável e despreocupada, mas os músculos do meu corpo inteiro ainda estão tensos, então eu imagino que deve parecer um derrame. Ele ri.

– Eu pago o chocolate.

Antes que eu responda, ele vai para o balcão e conversa com a atendente, que flerta com ele sem um pingo de constrangimento. Ele ganha alguns pontos comigo ao ignorar as investidas dela, pagando e agradecendo o chocolate que ela entrega educadamente. Ele volta, me entrega o copo, e eu olho ao meu redor, procurando por uma mesa, mas estão todas cheias. Eu me viro para falar justamente isso, mas ele parece ler meus pensamentos.

– Eu estou com vontade de andar, na verdade. Você se importa?

Talvez eu devesse me importar. Ele pode ser um maníaco ou sei lá. Mas além de ser praticamente impossível olhar para aquele rosto e imaginar um maníaco, eu sabia que uma das poucas vantagens de ser uma Ceifadora era não precisar me preocupar com esse tipo de coisa. Eu sabia bem até demais.

– Não, não me importo.

Eric sorri e abre a porta de vidro, segurando-a aberta para que eu passe. O ar frio da noite me atinge e eu seguro o copo quente com as duas mãos, fazendo com que a manga da jaqueta suba um pouco e meus pulsos fiquem à mostra. Eric consegue manter um tom casual quando fala, bebericando seu café.

– Tatuagens interessantes.

– Ah, é. – eu digo, cobrindo-as. Não há nada que eu possa dizer. Se ele não sabe sobre elas é porque provavelmente nunca viu nada parecido, e isso meio que encerra minha dúvida sobre ser a única aberração entre as aberrações. Maravilha. – Você mora por aqui, você disse?

– Na verdade não exatamente. Eu tenho amigos no bairro e, ocasionalmente, eu trabalho por aqui.

Ocasionalmente? Eu nunca tinha visto Eric no Noturno, mas isso não significava que ele não trabalhava em alguma das outras espeluncas por ali.

– Ah, e o que você faz?

– Eu sou *freelancer*. Prestador de serviços.

– Serviços?

– Uma espécie de faz-tudo – ele sorri malicioso e olha diretamente para mim. Ele é realmente bonito, mas nem por isso eu vou baixar a guarda.

– E você?

– Eu faço uns bicos de bartender. Nada sério. – Esse já era meu disfarce e eu não via motivo para acabar com ele agora. Eric assente, ainda sorrindo. Nós estávamos mentindo, mas parecia haver uma espécie de acordo não verbalizado em fingir que acreditávamos um no outro e deixar por isso mesmo.

– Por que você mudou pra Eastern? – eu pergunto. Ele dá de ombros, bebendo o café enquanto caminhamos.

– As coisas não deram muito certo na minha última escola.

– Você foi expulso? – eu conhecia a sensação.

– Eu prefiro "convidado a me retirar". Acho que eles não estavam prontos para o meu intelecto.

– Claro – eu digo revirando os olhos. Ele ri. – Bom, você logo vai descobrir que as pessoas em Eastern não são exatamente... abertas.

– Você parece se encaixar bem.

Eu rio. Alto. A noção de me encaixar é completamente ridícula, especialmente lá. – Eu sobrevivo. Estou esperando não arrumar nenhuma encrenca até a formatura.

– É, você tem mesmo cara de problema.

Ele ri baixo e me empurra de levinho, como se nos conhecêssemos há anos. E, estranhamente, parece natural. Mas meu rosto se contrai involuntariamente quando vejo que suas mãos expostas quase tocaram as minhas. Eu me afasto dois passos, tentando não fazer parecer que a culpa é dele, mas o que mais ele poderia pensar? No entanto, ele não parece ofendido, só sério.

– Se você quer mesmo evitar problemas, fique longe de Vincent. Porque é só isso que ele traz.

Eeeee, lá vamos nós de novo.

– Qual é a de vocês dois, hein? Ele roubou sua namorada ou alguma coisa assim?

Eric para de andar e sua expressão se fecha como se uma nuvem tivesse acabado de estacionar logo acima da sua cabeça.

Merda.

É claro que era por isso que eles se odiavam. A discussão na quadra e agora isso. Eles provavelmente tinham se apaixonado pela mesma garota ou algo assim e eu estava fazendo papel de idiota achando que um deles – ou pior, os dois – estava interessado em mim. Perfeito.

– Não foi bem assim. Ele só é... – Eric volta a andar, mas está nervoso e parece tenso. – Não importa. Eu só estou avisando.

– Desculpe, eu não quis me intrometer – Eric só sacode a cabeça, como um pai faz com um filho quando está desapontado. Preciso mudar de assunto. – E então, você vai na festa sábado?

A expressão dele se suaviza. – Na verdade, eu ia perguntar se você queria ir.

Ops. Assunto errado. Meu Deus, eu não dou uma dentro.

– Aaahh – eu gaguejo –, na verdade eu já disse que ia com outra pessoa, mas a gente vai se ver lá, certo?

Eric para de novo, mas não está decepcionado. Está desconfiado, uma sobrancelha levantada, seus olhos apertados.

– Com quem você vai? – ele pergunta. *Droga.*

– Eu realmente acho que isso não é da sua conta.

– Kat. Com. Quem? – ele está todo virado para mim agora, e as palavras saem meio estranhas já que seus dentes não se separam quando ele fala.

– Vince. – eu sussurro o nome, sem saber muito bem por quê. Afinal de contas, eu não devo nada a ninguém, especialmente a ele.

– Ah, Deus... – Eric passa as mãos pelos cabelos, suspirando. – É a mesma coisa que falar com uma porta!

– Ei, espere aí um instante – eu tento falar, mas Eric está praticamente gritando e nem parece se importar com o que eu esteja falando.

– Será que você não entende que aquele imbecil é perigoso?

– Perigoso tipo o quê? Ele acabou de sair da prisão ou alguma coisa assim?

– Não, ele... – Eric começa, mas para de repente, levantando a cabeça como um cachorro que escuta um apito agudo. Ele olha em volta, para a rua escura, seus olhos arregalados, mas eu não ouço nada.

– O que...

– *Shh!* – ele pede, com urgência. Ok, eu estou levemente ofendida e oficialmente assustada.

– Kat, eu tenho que ir.

– Como assim?

– Eu só... eu me lembrei que preciso fazer uma coisa. Urgente. Vá pra casa, ok? A gente se fala depois.

– Ah, com licença, mas desde quando você me diz o que fazer? – eu respondo com as mãos na cintura. Provavelmente não é a melhor posição para inspirar respeito e responsabilidade.

– Por favor? – ele pede. Ele realmente parece impaciente. Eu suspiro e jogo os braços para o ar.

– Tá, tudo bem. Seja doido. Eu não ligo.

Eric sorri em agradecimento e sai correndo. A última coisa que eu vejo na escuridão é sua forma desaparecendo na próxima esquina. Correndo atrás de alguma coisa. Ou correndo *de* alguma coisa.

6

– Kat, pelo amor de Deus, qual é o problema?

– Eu não vou usar isso, Rebecca!

Rebecca está sacudindo um vestido justo e preto na minha frente, bem mais revelador e *sexy* do que eu estou acostumada a usar. Eu não estou exatamente habituada a eventos sociais e muito menos a me arrumar para sair. E fui estúpida o suficiente para revelar minhas preocupações a Rebecca, que encarou a tarefa com a seriedade de quem está procurando a cura para o câncer.

– Por favor! – ela implora.

– Não! Eu vou ficar ridícula!

– Você pode ao menos experimentar? Eu juro que vai ficar bom! Se você não gostar, pode tirar. O vestido não vai colar em você.

– Que inferno! – eu suspiro e arranco o vestido da mão dela. – Acho bom você preparar o plano B.

Ela sorri, vitoriosa como sempre, enquanto eu tiro o roupão e experimento o vestido. Assim que fecho o zíper lateral eu me sinto estranha, mas Rebecca solta um gritinho.

– Aha! – ela diz, empurrando-me para ficar de frente para o espelho. – Eu estava certa ou não?

Relutantemente eu encaro meu reflexo no espelho. O vestido é um mini preto de um ombro só e uma manga comprida. Por mais que eu odeie admitir, ele é bonito e realça minhas curvas sem me deixar vulgar. Meu cabelo loiro branco está cascateando pelas minhas costas, uma parte presa atrás da minha cabeça. A maquiagem que Rebecca fez destaca o formato e a cor dos meus olhos, deixando-os quase hipnóticos. Eu estou usando uma bota de cano baixo sem salto, porque sou alta demais para usá-los. Provavelmente esta é a primeira vez na minha vida que não estou me sentindo uma aberração, mesmo que minhas "tatuagens" estejam completamente expostas.

– Tá, eu não estou *completamente* ridícula.

– Você está *linda!* – Rebecca diz. Seu sorriso parece ser mais resultante por ela estar certa do que por eu estar bonita.

– Tem certeza que você não quer carona? – eu pergunto e pego a minha bolsa.

– Eu não quero atrapalhar seu encontro – ela ri de forma provocativa e me empurra antes que eu proteste. – Além do mais eu estou esperando meu próprio príncipe encantado.

Brad é dois anos mais velho que Rebecca e eu gosto dele, simplesmente por ser responsável e tratá-la da maneira como merece ser tratada, ao contrário da maioria dos idiotas que babavam por ela nos corredores.

– Tudo bem. É melhor eu ir, então. A gente se vê lá?

– Com certeza.

Antes de perder completamente a coragem ou recuperar o juízo, eu saio do apartamento e espero o elevador, vendo o relógio marcar cinco para as oito. Eu esperava ficar um tempo sozinha antes do Vince chegar, mas assim que saio do elevador eu o vejo, recostado em um Mustang preto com as mãos nos bolsos do jeans escuro, a camisa branca de botões com as mangas enroladas até os cotovelos. Quando ele me vê, se desencosta do carro, arrumando os cabelos pretos.

– Uau – ele diz, sorrindo, enquanto se aproxima.

– Obrigada – eu respondo, meio sem graça. – Carro legal.

– É. Eu convenci o vendedor a me dar um ótimo preço – ele olha para o carro, sorrindo. – Vamos?

– Antes que eu mude de ideia.

Vince ri e faz sinal para que eu vá na frente, pousando a mão levemente na base das minhas costas quando eu passo por ele. Eu tenho calafrios, mas faço o possível para não demonstrar. Eu não quero que ele saiba o quão inexperiente eu sou nisso.

Eu mal termino de pôr o cinto e Vince arranca cantando os pneus. Felizmente, o caminho para a casa de Fay, uma das bonitinhas ricas do Eastern, é em um subúrbio distante do trânsito e do caos do centro de Manhattan. A casa de dois andares está toda acesa e parece muito cheia quando Vince estaciona o carro a pouco mais de uma quadra de distância.

Eu respiro fundo quando saio do carro, sentindo-me a caminho da minha execução.

– Você parece nervosa – Vince diz enquanto caminhamos.

– Vamos ficar com *apreensiva.*

– Eles é que deveriam ficar – Vince sorri para mim e eu reviro os olhos.

– Claro.

– Que tal uma aposta? – ele sussurra perto do meu ouvido. – Se alguma garota aí dentro conseguir ser mais bonita do que você, eu faço o que você quiser.

Uau. Inesperado e estranho.

– Você vai perder – digo.

– Eu duvido. – Ele sorri de novo e eu sorrio de volta, mas não digo nada, com medo da minha boca grande estragar a festa antes de ela começar.

O gramado em frente à casa está cheio de pessoas segurando copos vermelhos de plástico enquanto conversam. Pela quantidade de gente, altura da música e óbvia presença de álcool, eu presumo que os pais de Fay não estejam em casa.

Quando Vince e eu chegamos perto da casa, a conversa praticamente para. E eu sei o motivo, em grande parte por minha causa, já que eu sou a esquisita que não conversa com ninguém e nunca sai de casa e agora estou subindo as escadas em um minivestido preto ao lado de, supostamente, o convidado de honra. Eles devem achar que eu fiz algum feitiço ou algo assim.

Vince coloca novamente a mão nas minhas costas, levando-me para dentro em um gesto de proteção e posse que me assusta e me agrada ao mesmo tempo. Gradualmente as pessoas desistem de me encarar e aceitam minha presença ali, voltando às suas conversas. O interior da casa tem o dobro de pessoas e nada do frescor do lado de fora, além de uma música alta que torna quase impossível conversar. Eu nunca estive em uma festa, pelo menos não uma desse tipo, e me parece um tanto... confusa.

Fay Swann, a anfitriã, está atrás de um balcão preparando bebidas para amigas. Seus cabelos castanhos impossivelmente lisos caem na frente do rosto enquanto ela mistura gelo em uma bacia de ponche. Assim que ela levanta a cabeça, seus olhos castanhos claros encontram os de Vince, que acena. Fay pede licença às amigas e vem saltitando em nossa direção. Seu sorriso de aeromoça se desfaz quando vê Vince com a mão nas minhas costas e eu posso notar em seu rosto uma expressão de horror. De repente, eu entendo a desculpa de boas-vindas para os novatos. Ela provavelmente não esperava que Vince arrumasse uma acompanhante para a festa, especialmente eu.

Bom, é isso aí. Fazendo inimigos onde quer que eu vá.

– Vince! – ela se recupera rapidamente, ficando na ponta dos pés para dar um abraço rápido nele. – Que bom que você veio! E você também, Katherine – ela olha para mim ao dizer isso, mas o gelo no seu olhar seria suficiente para manter todas as bebidas da festa bem frescas por muito tempo.

– Kat – eu digo, meio baixo. Mas Fay me ouve mesmo assim.

– O quê?

– Kat. Me chame de Kat.

Fay fica me olhando com a boca meio aberta, como se o que eu acabei de dizer não fizesse o menor sentido. Vince dá um risinho satisfeito e sacode a cabeça.

– Fay, porque você não pega umas bebidas pra nós?

Fay fica olhando para ele por alguns segundos e, para ser sincera, eu acho que mesmo estando a fim dele, ela não vai hesitar em lhe dar um tapa na cara por tratá-la como uma garçonete. Não que eu me importe. Mas ao invés disso, ela ri, abobalhada, saindo para pegar as bebidas.

– Meu Deus. Se você está acostumado com esse tipo de tratamento, vai ficar desapontado comigo.

Vince ri. – Ela só está sendo prestativa. Ela é a anfitriã, afinal de contas.

– Claaaro – eu reviro os olhos, olhando em volta. Eu reconheço a maioria dos rostos, quase todos do meu ano, mas nunca me dei ao trabalho de memorizar o nome de todos eles. Simplesmente não me pareceu valer a pena. Talvez eu esteja fazendo por merecer ser excluída.

Em menos de cinco minutos, Fay está de volta com dois copos, mas parece que Vince não está enviando vibrações muito amigáveis, porque ela logo desiste de ficar perto de nós. Lançando-me um último olhar de desprezo, sai para procurar as amigas.

Sem Rebecca, eu não ouso me afastar de Vince, já que ele parece ser uma das únicas pessoas dispostas a falar comigo. Eu dou um gole na minha bebida, mas não pretendo ficar bêbada, isso seria o mesmo que entregar uma metralhadora giratória para um macaco, e acho que matar meus colegas acidentalmente ia meio que acabar com o clima de festa. Só um palpite.

– Vem, vamos achar um lugar pra sentar – Vince diz.

Eu concordo. Conversar parece ser a coisa socialmente mais segura e sensata para se fazer. Não é que eu tenha medo ou fique intimidada pelas pessoas da minha idade, mas como sempre, meu lema é permanecer invisível. Eu realmente não acho que seria uma boa estratégia na minha vida ser o centro das atenções, não com todas as merdas que acontecem comigo o tempo todo.

Vince acha um sofá no fundo da casa, em uma das salas adjacentes onde o som é mais distante e abafado. O lugar não está vazio, nem é silencioso, mas ao menos ali eu consigo ouvir a voz dele sem ter que me inclinar para frente de uma forma meio sugestiva. Um casal está se agarrando do nosso lado, mas Vince os expulsa com um olhar. Eles se separam para tomar ar, e ambos saem tropeçando e dando risinhos.

– Você parece bem ambientado – eu digo, notando seu comportamento seguro. Talvez ele simplesmente seja assim.

– Não é a minha primeira vez. Mas eu tenho que admitir que as festas na minha antiga escola não eram tão...

– Selvagens? – eu completo, vendo um grupo de garotos virar cerveja em um funil enquanto duas meninas se agarram para o deleite dos seus companheiros masculinos.

– Eu ia dizer animadas, mas vamos ficar com selvagem. É mais ilustrativo.

– Sua antiga escola – eu digo, tomando cuidado. – Foi lá que você e Eric se conheceram?

Eu não deveria insistir tanto nesse assunto, mas alguma coisa na relação dos dois me incomoda e me intriga ao mesmo tempo. É como se eu não conseguisse segurar minha língua. Ao contrário de Eric, Vince não fica tenso ou mal-humorado à menção do nome do ex-amigo. Ele ri, do jeito que uma pessoa ri de uma piada particular. Ele faz muito isso.

– Eric e eu vamos bem além disso. Mas é realmente disso que você quer falar? Eric?

Bom, eu *estava* curiosa, mas não queria ser rude. Não é muito educado ir a uma festa com uma pessoa e ficar falando de outra o tempo todo.

– Não, claro que não. Eu só estava curiosa.

Vince abre a boca para falar, mas naquele momento Rebecca aparece, impecavelmente vestida, radiante e um pouquinho alegre demais. Ao seu lado está Brad, seu atlético e muito loiro namorado, que sorri de forma simpática.

– Finalmente! – Rebecca diz, sentando-se ao meu lado. – Essa casa estúpida é gigante! Eu demorei anos pra achar vocês!

– Bom – eu digo dando de ombros –, estamos aqui. Ah, Brad, esse é o Vince. Vince, Brad.

Os dois se cumprimentam com um aceno de cabeça que só homens entendem e Rebecca sorri, satisfeita.

– Ei, a gente podia combinar uma saída, hein? Só nós quatro!

Coro na mesma hora. Eu conheço Vince há uma semana e Rebecca já quer apresentar o pobre coitado como meu namorado. Não é uma abordagem sutil e eu literalmente não consigo abrir a boca para falar nada.

– Talvez – Vince responde, poupando-me do constrangimento.

Uma música eletrônica com guitarras distorcidas começa a tocar e Rebecca se levanta em um salto.

– Eu *amo* essa música! – ela diz, puxando Brad pelo pulso. Ele a segue, dando de ombros e sorrindo para nós sem jeito, mas Rebecca não dá muito tempo para que ele faça qualquer coisa. Por um momento eu tenho medo de que Vince resolva me chamar para dançar, mas a ideia parece ser tão desinteressante para ele quanto é para mim. Eu agradeço por poder escapar de mais uma oportunidade de passar vergonha.

– Sua amiga é bem animada – Vince diz, quebrando o silêncio.

– É. A energia dela é admirável.

– Como vocês se conheceram? – Vince dá grandes goles na sua bebida enquanto eu beberico a minha tão lentamente que consigo senti-la esquentar.

– Primeiro ano de colegial. Ela me salvou de uma humilhação em um teste oral de História. Uma das poucas pessoas que mostrou gentileza em um ninho de cobras.

Vince ri. – Uau. Você não me parece o tipo amargo.

– Qual é a sua com tipos? – eu pergunto, meio rindo. Vince sacode a cabeça.

– Tudo bem, pergunta errada. Eu só não vejo como essas pessoas – ele gesticula para a sala ao nosso redor – poderiam te causar problemas. Eles não parecem particularmente mais cruéis do que um grupo típico de adolescentes.

– Bem, então talvez o problema seja comigo.

– Talvez. Você os intimida.

Ele me olha diretamente nos olhos e parece tão certo do que está dizendo que, por um segundo, eu acredito nele. Mas o momento passa e eu sacudo minha cabeça.

– Eu acho que simplesmente não me encaixo – eu digo, dando de ombros. Vince sorri e se aproxima de mim no sofá, seu rosto ficando a centímetros do meu. Eu seguro a respiração, sem saber muito bem como reagir.

– Nós não fomos feitos para nos encaixarmos, Kat.

O calor do seu hálito é hipnotizante e sua voz é macia, reconfortante, segura de alguma forma. Ainda assim, eu tenho coerência para compreender suas palavras.

– Nós? – eu murmuro, mal conseguindo ouvir a mim mesma.

– Pessoas como você – ele diz, sussurrando próximo ao meu ouvido. Eu estremeço. – E como eu.

Ok, essa é a parte em que eu deveria perguntar o que ele quer dizer com isso – além do óbvio –, mas simplesmente não consigo falar nada. É como se minha boca estivesse inutilizada, como se eu tivesse esquecido como falar. Eu não consigo pensar direito, uma névoa parece encobrir meu cérebro.

Vince afasta seu rosto do meu, seus olhos violeta parecendo mais escuros. Sua mão direita prende uma mecha de cabelo atrás da minha orelha e em seguida desliza em direção à minha nuca, me puxando para perto, seus lábios quase tocando os meus.

– Eu espero não estar interrompendo nada.

Vince para e eu abro os olhos que nem notei que tinha fechado.

A expressão de fúria no seu rosto é indescritível, é quase como se eu pudesse sentir o calor emanando dele. A névoa na minha mente some de repente e me afasto, horrivelmente consciente do que quase fiz. Minhas mãos podiam ter tocado as dele e seria o fim. Além disso, eu mal o conheço!

Quando finalmente consigo olhar para cima, vejo Eric parado atrás do sofá, seus olhos cravados em Vince. Ao seu lado está uma menina alta de cabelos pretos lisos e retos, de olhos também violeta. Ela tem a mesma expressão séria de Eric e também está olhando para Vince.

– Sempre aparecendo onde não é bem vindo, hein, Frost? – Vince diz, sua fúria parecendo mais sob controle agora. – Roxie – ele diz, olhando para a garota. – Quanto tempo.

– Não o suficiente – ela responde em um rosnado e suas mãos deslizam para uma bolsa preta presa à sua cintura fina, mas Eric a segura pelo pulso e sacode a cabeça. Ela olha para ele com respeito e talvez carinho, e deixa sua mão pender ao lado do corpo. Mas seus ombros ainda estão tensos.

Se Eric tem uma namorada como aquela, por que ele fica se metendo nos assuntos românticos dos outros?

– Você não é muito boa em seguir conselhos, é? – Eric diz, direcionando seu olhar para mim.

– Como é que é? – dessa vez eu me sinto ofendida.

Eu me levanto do sofá e Eric parece realmente me notar pela primeira vez. Ele me olha de cima a baixo com uma sobrancelha erguida.

– Eu nem te conheço! Você acha que é só chegar falando com quem eu devo e não devo sair e eu vou te obedecer feito um cachorro treinado?

Eric ia responder, mas Vince salta do sofá, passando por cima do encosto e ficando frente a frente com ele.

– Você *pediu* para que ela ficasse longe de mim? – ele sibila, a raiva de volta agora. – Isso é contra as regras.

– Que regras? – eu pergunto, completamente perdida. Os três me ignoram e eu vejo pelo canto do olho que as pessoas estão começando a se acumular ao nosso redor. Sem dúvida esperando por uma reprise da última briga. Eu me encolho um pouco.

– Você não estava exatamente seguindo as regras quando eu cheguei.

– Você não tem como saber disso – Vince devolve.

– Ah, por favor – a menina diz. – Dava pra sentir seu hálito lá de fora.

– As regras acabaram, Vincent. Você sabe disso tão bem quanto eu.

– Então saia da minha frente – Vince diz, com os punhos cerrados.

– Não enquanto Kat estiver aqui.

Tudo bem. Já chega.

– Olha aqui, até onde eu sei, vocês dois são lunáticos – eu digo, sem um pingo de paciência. – Eu não sei que tipo de joguinho doentio vocês estão jogando e nem de que porcaria de regras estão falando, mas não contem comigo para participar. Eu não sou nenhuma idiota que acha bonito dois garotos brigando por causa dela – se é isso que vocês estão fazendo –, eu só acho ridículo e infantil! Me deixem em paz!

Eles trocam olhares, como se não soubessem o que dizer e eu perco completamente a vontade de ficar ali. Sem me importar com todas as pessoas me olhando, eu ando em direção à porta, me desviando de bêbados e colegas dançando até atravessar o jardim e sentir a quietude crescente da rua.

A música vai ficando mais distante, as luzes da festa diminuindo. Eu escuto meus próprios passos no asfalto, feliz de que eles sejam os únicos. Minha cabeça está girando e não acho que seja por causa dos dois míseros goles de bebida que eu consumi. Eu me sinto estúpida e perdida e, no momento, minha maior vontade é desaparecer.

Eu ando a passos duros por tanto tempo que nem percebo que não sei mais onde estou. As casas são todas iguais, especialmente à noite, e nem mesmo as luzes do quintal de Fay são visíveis agora. Mas não importa, eu duvido que esses educados subúrbios sejam piores do que os becos do Brooklyn.

A noite está esfriando. Meu relógio marca dez minutos para meia-noite, o que significa que fiquei mais tempo do que pretendia na festa. Minha caminhada solitária conseguiu acalmar meus ânimos, mas eu ainda estou incrivelmente irritada pelo comportamento de Eric e Vince. Não que eu tivesse esperado algo normal vindo deles, mas aquilo era demais. Perto de mim eles agiam como pais que fingiam que não estavam falando de nada desagradável para não assustar as crianças.

Não que eu soubesse. Mas sei lá, eu via os filmes.

Olho para trás mais uma vez, a rua cinzenta e vazia esticada atrás de mim. Eu não sei como ainda não saí do bairro, já que estou dando voltas há um bom tempo, e agora o silêncio está ficando meio opressivo.

Crac.

Eu me viro rapidamente em direção ao som que me pareceu um galho sendo partido. Veio de dentro dos arbustos de uma das casas brancas de madeira que ficam na beira da rua. Ou pelo menos pareceu ter vindo de lá. Fico imóvel, tentando escutar mais algum som ou detectar algum outro movimento, mas a noite volta a ficar em silêncio. Respirando fundo, eu me forço a olhar para frente de novo e continuar andando. Minha respiração está saindo em nuvens brancas e o vestido minúsculo realmente não está me ajudando a ficar aquecida. Talvez seja hora de sair dali.

Crac.

Eu dou um pulo, meu coração martelando no peito, porque dessa vez eu tenho certeza que não ouvi coisas. Sim, está de noite, eu estou sozinha e nervosa, poderia ser um gato ou sei lá, mas alguma coisa me diz que há algo errado. Algo me observando.

Olho para o conjunto escuro de moitas mais uma vez, com certeza absoluta de que foi de lá que veio o som. Eu não sou idiota, não vou fazer como os imbecis de filmes de terror que escutam um barulho no sótão da casa mal-assombrada e sobem lá sem lanterna. Infelizmente, preciso descobrir o que é antes de começar a correr.

– Eu sei que você está aí! – eu grito, o que provavelmente não é a coisa mais inteligente a ser feita. Talvez eu não devesse julgar as pessoas dos filmes, afinal.

Ninguém responde. As folhas do arbusto se agitam e eu aperto os olhos para tentar distinguir qualquer coisa. Os arbustos se agitam de novo e a luz pálida da rua ilumina um par de olhos felinos. Por um momento, eu fico aliviada, pensando que é apenas um gato, até que percebo que os olhos estão meio separados demais para serem de um gato. E o ronronar, quase um rugido, que vem de trás das folhas *definitivamente* não é de um gato.

O animal se move mais para fora do arbusto, provavelmente consciente de que eu já o vi. Eu aperto os olhos mais uma vez e finalmente consigo distinguir duas orelhas curtas e pretas, patas pesadas e silenciosas e olhos que não se desviam de mim.

Uma pantera? Será que eu bebi mais do que me lembro?

O que uma pantera está fazendo em um subúrbio de Nova York? Ok, essa pergunta não é exatamente a prioridade agora, mas eu não consigo evitar que ela apareça na minha cabeça.

Ela dá mais um passo à frente e eu reparo que, além de felinos, seus olhos são roxos. *Merda!*

Dou um passo atrás, silenciosamente, mas qual é a chance de que eu não seja perseguida? Assim que me movo, a pantera salta do arbusto tão rápido que eu nem sequer consigo ver onde ela foi parar. E também não vou ficar para descobrir.

Sem olhar para trás, eu corro, corro o mais rápido que minhas botas estúpidas e o frio que esmaga os meus pulmões permitem. Eu consigo ouvir os rugidos do bicho atrás de mim e o barulho me parece tão ensurdecedor que eu me pergunto como as pessoas conseguem continuar dormindo. Obviamente, a pantera é mais rápida que eu, o que significa que eu só vou conseguir ficar na frente dela por um tempo *bem* limitado. Infelizmente, com meu coração acelerado e minha respiração difícil, eu não consigo pensar em um plano para me livrar de uma pantera em Nova York. Eles não ensinam esse tipo de coisa na escola.

Continuo correndo, meus sapatos estalando no concreto, minhas pernas queimando com o esforço. Nuvens de fumaça branca escapam em espasmos dos meus lábios enquanto eu tento não hiperventilar, minha respiração ficando cada vez mais difícil.

Eu arrisco uma olhada para trás, mas tudo que tenho tempo de ver é um par de olhos e uma pata que rasga minhas costas, meu vestido, tudo. A dor é horrível. É como se alguém tivesse jogado ácido em mim. Sinto o calor do sangue que escorre das feridas e fico momentaneamente desorientada. A força do golpe me lança girando e tropeçando em direção a um jardim, onde caio rolando e paro com o rosto para cima, o gelado da grama bem-vindo contra minhas feridas, que ardem como nunca antes.

Assim que consigo focalizar, a pantera salta sobre mim, prendendo meus braços com suas patas dianteiras, rosnando a centímetros do meu rosto, seus dentes afiados parecendo muito maiores do que eu pensei que seriam. Ela se prepara para me morder, mas eu levanto minhas pernas e a empurro na barriga. O animal grita, provavelmente mais de raiva do que de dor, já que o movimento foi bem desajeitado e uma de suas patas traseiras arranha minha perna quando ela cai para o lado. Eu penso em me levantar e correr, mas seria inútil, então eu rolo para o lado, dando um grito e fechando minha mão direita na pata do animal.

O mundo para. Eu fecho os olhos, concentrada, e quando os abro de novo, vejo que as casas coloridas e os jardins verdes do subúrbio ficaram em preto e branco, a familiar névoa do mundo dos mortos cobrindo tudo como um véu. Eu não largo a pata da pantera, que está imóvel. Gelo se forma na ponta dos meus dedos e eu sinto a vida se esvair do animal.

Só que ele não é mais um animal. Deitada na grama, cabelos negros caídos sobre o rosto, está uma garota, talvez um ou dois anos mais velha que eu. Ela está morta, eu consigo ver pela palidez do seu rosto, mesmo naquela realidade estranha. Ofegante, eu me afasto rastejando, até trombar em algo duro que provavelmente só existe no plano físico. De repente, estou em um vazio. As casas mal estão visíveis e eu não consigo mais ver a rua ou os jardins. Eu não estou no limite entre o mundo dos mortos e dos vivos. Eu atravessei, completamente.

Não. Não completamente. Não pode ser. Eu estou viva, eu sei porque ainda consigo sentir a dor nas minhas costas e perna. Eu giro, desesperada, para todos os lados, minha respiração difícil, meu corpo ficando cada vez mais gelado e pesado. Alguma coisa. Tem que haver alguma coisa.

Ali!

A única coisa em comum entre os dois planos. Uma caixa de correio, do outro lado da rua. Ela está borrada, como se estivesse debaixo d'água, mas eu sei que está ali. Eu sei porque ainda consigo vê-la. Ignorando todas as dores do meu corpo eu corro para lá, observando com desespero enquanto a caixa se dissolve como fumaça, se juntando àquela realidade.

Não.

Corro mais rápido e quando estou a alguns metros, eu simplesmente salto, me agarrando à última coisa sólida que ficou para trás. O efeito é imediato. Sinto como se um vento tivesse me dado um soco no estômago ou me jogado para trás em um tufão, caindo de novo no jardim ao lado da menina morta. As cores voltaram, ainda que estejam fracas por causa da iluminação pálida do céu noturno, mas eu estou viva.

Eu fico ali, gemendo e tossindo, como se tivesse acabado de emergir de uma água gelada. Meus dentes lentamente param de bater uns contra os outros, mas eu ainda estou morrendo de frio. Meu olhar se desvia para a menina morta e eu percebo que, ferida ou não, eu preciso me afastar dela.

Apoiando-me nos braços doloridos, mas funcionais, eu me levanto, sentindo uma pontada quando a pele ao redor dos ferimentos nas minhas costas é puxada. Eu olho em volta, para me certificar de que não fui vista ou ouvida e começo a mancar para longe da casa, não importando em qual direção eu estou indo.

O enjoo e fraqueza pós-morte me atingem com uma força horrível. Eu mal andei dois quarteirões quando me inclino sobre uma lixeira na calçada e vomito, Minha cabeça lateja como se fosse explodir. Eu não vou conseguir chegar a lugar algum assim. Minhas pernas se recusam a se mexer quando eu peço e a dor está ameaçando me fazer desmaiar. Mas eu não posso ficar aqui. Não tão perto do corpo.

Juntando todas as forças que tenho, eu me forço a caminhar entre as casas, cada passo considerado uma vitória. Eu não sei onde vou conseguir chegar, mas longe daqui é suficiente para mim. Eu engasgo, me apoiando em um muro, e sou tomada por um acesso de tosse horrível. Eu cubro a boca com as mãos, tossindo ainda mais forte, sentindo meus pulmões arderem. Quando olho para as minhas mãos, elas estão manchadas de sangue.

Tossir sangue definitivamente é novo. E não é um bom sinal.

Volto a andar, tropeçando, ainda tossindo, me sentindo como uma moribunda, quando vejo minha sombra ser projetada para frente, uma luz se aproximando por trás. Eu mal tenho tempo de ficar assustada quando um carro para ao meu lado e eu respiro aliviada vendo o rosto de Vince no Mustang.

– Meu Deus! Kat!

Ele para o carro no meio da rua e desce correndo, segurando-me antes que eu caia no chão. Seus olhos absorvem tudo com crescente horror e ele levanta meu rosto cansado para olhar para ele. Meus olhos estão quase se fechando, minhas forças esgotadas.

– Vince... – eu murmuro. – Vince, minhas mãos... não toque... – eu sou interrompida por outro acesso de tosse e dessa vez a rua se suja de sangue. Eu vou desmaiar, eu sei que vou e Vince não pode tocar em mim.

– *Shh* – ele me acalma, me carregando com cuidado para dentro do carro. – Eu sei, não se preocupe.

Meu choque sem dúvida teria sido maior se eu não estivesse sentindo tanta dor. Ele sabe? Como? Eu tento pensar sobre isso, mas minha cabeça está pesada e dolorida. Eu só estou mais ou menos consciente quando Vince me deita no banco de trás do Mustang meio de bruços, sem encostar minhas costas contra o couro, pelo que eu sou muito grata. Segundos depois ouço a porta se fechar e o barulho da ignição. O carro começa a se mover e eu ainda estou me sentindo tonta, tudo girando ao meu redor. Meus olhos pesam e eu escuto os dedos de Vince digitando urgentemente no celular.

– Sou eu – sua voz diz depois de um tempo. – Nós temos um problema.

Silêncio.

– Não, eu não posso falar agora. Você pode me encontrar no apartamento? Eu estarei lá em vinte minutos.

Ele desliga o celular e acelera o carro.

Eu desmaio.

7

O tempo todo que fiquei desacordada me pareceu um sonho. Ainda que eu soubesse que não estava consciente, eu conseguia ouvir vozes, ver cores e sentir algumas coisas. Era estranho, como se eu estivesse observando tudo por uma janela de vidro turva com o som meio bloqueado, interrompida por intervalos de completo blecaute, onde o mundo parecia vazio, frio e escuro.

Quando acordo, percebo que estou de bruços em uma cama, minhas costas nuas, vestindo apenas uma calça de flanela preta. Meus olhos embaçados mostram que estou em um quarto não muito grande e bem pouco decorado, provavelmente em um apartamento, já que os sons da rua estão distantes. Está claro, o sol da manhã entrando por uma janela e aquecendo meu rosto.

Gemendo, eu tento me levantar, mas a pontada nas minhas costas me faz soltar um gritinho e eu caio de volta na cama. Vince entra correndo, seus olhos arregalados, mas ele respira aliviado ao ver que eu estou bem.

Bom, não exatamente bem, mas ao menos eu estou viva.

– Vince – sussuro. Ainda estou me sentindo meio fraca. Deve ter sido todo o sangue que eu perdi. Ou o fato de que eu não como faz um bom tempo.

– Eu estou aqui – ele diz, mas não se aproxima. Felizmente, já que eu estou nua da cintura pra cima.

– Onde...

– Você está no meu apartamento. Não exatamente meu, mas é onde eu moro no momento. Suas costas estão melhorando, mas é melhor você ficar deitada enquanto o remédio age. Seu poder de recuperação é impressionante, mas é bom dar uma ajudinha.

Assim que ele menciona o remédio, eu sinto que tem de fato alguma coisa gelada nas minhas costas, uma espécie de gel ou algo assim. Está ardendo, mas nem se compara com a sensação de ontem, quando literalmente parecia que a minha pele estava derretendo.

– Obrigada – eu digo, sorrindo. Sinceramente, se Vince não tivesse me achado, seria a cadeia ou o hospital para mim. E nenhuma das duas coisas era uma opção agradável.

– Vou deixar você descansar. Tem um roupão no banheiro depois daquela porta – ele diz, apontando uma porta estreita de madeira do outro lado do quarto. – Não tome banho, ok? Isso vai tirar o remédio. Assim que quiser, nós estamos esperando na sala.

– Nós quem?

– Kat, eu explico tudo depois. Agora é importante que você fique quieta e deixe o remédio agir. Não deve demorar, só mais algumas horas.

Eu queria protestar, mas francamente, eu não estou exatamente em uma posição de autoridade aqui, seminua, com as costas abertas por feridas gigantes. Então eu concordo e fecho os olhos, tentando substituir minha inquietação por um sono tranquilo.

Tranquilidade, no entanto, não é a palavra da vez.

Eu desisto de tentar dormir depois de cinco minutos vendo que isso *definitivamente* não vai acontecer, não com a dor e com tudo que está passando pela minha cabeça.

As horas passam lentamente e o único movimento que eu me permito fazer é virar a cabeça para evitar um torcicolo. Depois de não sei quanto tempo contemplando as paredes e decorando cada centímetro cúbico de um quarto que não tem praticamente nada a ser decorado, eu me levanto devagar, tentando não gemer ou gritar e, portanto, evitando que Vince tenha que me ver sem blusa mancando em direção ao banheiro.

Andar é estranho, no mínimo. Minhas costas estão secas agora e a sensação é como se tivesse lama endurecida sobre a pele. Meus braços estão cobertos com ataduras, assim como a minha perna, mas não estão me incomodando, pelo menos nem perto do incômodo das costas.

O espelho pequeno no banheiro denuncia que meu cabelo está revolto, o penteado cuidadoso feito por Rebecca completamente desfeito.

Ah, merda.

Rebecca.

Nossa, ela vai me matar. Ela deve estar louca de preocupação e com a sorte que eu tenho, ela já ligou para todas as delegacias e hospitais da cidade. Justamente o tipo de atenção de que não preciso.

Subitamente, minha maior vontade é voltar para a cama e me enterrar lá, fingindo que o mundo não existe.

Ok, Kat, foco.

Eu jogo água gelada no rosto e fico debruçada na pia, olhando enquanto ela escorre pelo ralo. O padrão do redemoinho parece infinitamente mais interessante do que deveria ser. Eu simplesmente não consigo parar de encarar a porcelana branca.

Talvez eu esteja drogada.

Ou talvez – o mais provável – eu esteja me concentrando em coisas banais e estúpidas para evitar o confronto com o simples fato de que minha vida parece prestes a desmoronar e me esmagar.

É. Deve ser isso.

Solto um suspiro longo e me apoio na pia para ficar de pé, observando novamente meu rosto no espelho. Meus cabelos desgrenhados não vão mudar de opinião subitamente e ficar arrumados, então eu os puxo em um rabo de cavalo frouxo e visto o roupão que está pendurado em um gancho.

As fibras secas do roupão são como lixas nas minhas costas feridas, mas nenhum grito de dor escapa da minha garganta. Aparentemente o remédio está fazendo efeito mais rápido do que eu julgava ser possível.

Infeliz – mas conformada – com a minha aparência decadente e maltrapilha, eu saio do banheiro, atravessando a pequena extensão do quarto em passos silenciosos e cuidadosos. Sim, eu provavelmente deveria ter mais um pouco de fé nas pessoas, especialmente nas que me salvam depois de ataques de felinos gigantes no meio da madrugada, mas não faz mal algum ficar com um pé atrás. Aquela coisa toda de "inocente até que se prove o contrário" não funciona para mim.

Lentamente, empurro a porta de madeira, ouvindo barulhos distintos de uma cozinha, água corrente, porcelana se chocando, talheres chacoalhando. Eu não escuto vozes, nem conversas, mas a não ser que eu estivesse sonhando, Vince disse que ele não seria o único ali.

A torneira é desligada e eu paro no meio do caminho, um pé levemente levantado, meu corpo inteiro em uma posição defensiva. Passos vindos da cozinha se aproximam e eu fico tensa quando uma sombra é projetada no chão.

Meu ar escapa dos lábios em um suspiro aliviado e meus ombros relaxam quando Vince sai de trás da parede, enxugando as mãos nos jeans. Ele levanta a cabeça distraído e seus olhos travam em mim quando ele me vê.

Ele sorri e é como se uma sufocante nuvem de vapor tivesse sido soprada para longe, me permitindo respirar.

– Kat – ele diz, calmamente. – Vem, você precisa comer.

Meu estômago ronca, alto, mas não alto o suficiente para que Vince ouça. Eu o sigo enquanto ele se afasta da cozinha e vira à direita no fim da parede cor de salmão do corredor. O cheiro de ovos, café e bacon é irresistível. Eu preciso de toda a minha força para não correr e devorar tudo o que ver pela minha frente.

Seguindo o mesmo caminho de Vince, eu o vejo arrumando guardanapos em uma mesa de madeira redonda e simples. Eu teria sorrido com o aspecto caseiro da cena, mas os músculos do meu rosto estavam mais ocupados em se retorcer em uma expressão de choque.

Segurando um copo de suco de laranja como se fosse uma taça de champanhe, suas pernas cruzadas e um sorriso nos lábios cheios, está a mulher ruiva, o fogo dos seus cabelos me trazendo lembranças imediatas que fazem os pelos da minha nuca se arrepiarem.

O ar foge dos meus pulmões e eu dou dois passos para trás, indo de encontro a uma parede. Se eu pudesse subir por ela, provavelmente é o que eu faria.

Vince, que estava casualmente sorrindo enquanto arrumava os guardanapos, finalmente levanta o rosto e repara na minha reação, suas sobrancelhas franzem, como se ele estivesse tentando entender o que estava vendo ou adivinhar o que eu estava pensando.

Eu estou pensando que agora é uma boa hora para correr.

Obviamente, antes que eu possa colocar meu brilhante plano em ação, Vince larga os talheres e guardanapos e se aproxima de mim.

– Kat? – ele pergunta, confuso. – O que foi?

Eu sacudo a cabeça, comprimindo ainda mais minhas costas contra a parede até que a dor dos meus ferimentos me obriga a me afastar com um gemido. Vince olha para mim e para a mulher, parecendo buscar explicações, o que me deixa ainda mais nervosa.

– O que ela está fazendo aqui? – eu pergunto, zangada.

Vince gagueja e a mulher se levanta de uma só vez, fazendo meu sangue gelar. Por um segundo eu realmente acho que ela vai saltar sobre a mesa e me estrangular, mas ao invés disso ela dá uma risadinha melódica e controlada, suas mechas ruivas sacudindo na luz do sol.

– Vincent, eu acho melhor que eu cuide disso. Aparentemente, Katherine formou uma imagem errada a meu respeito.

Hein?

– Katherine, por que você não se senta? Eu tenho certeza que você está com fome.

A voz dela é tão suave, educada e convincente, que eu me obrigo a me mover, puxando cuidadosamente uma cadeira e me sentando longe o suficiente da mesa para permitir uma fuga rápida caso seja necessário. Pareceu-me a coisa certa a se fazer.

Vince coloca um prato de ovos mexidos e bacon diante de mim, mas eu nem me mexo. Ele e a mulher ficam me olhando por um tempo, completamente imóveis, e finalmente ela volta a se sentar, cruzando os braços e sorrindo, parecendo meio resignada.

– Já que você não parece disposta a comer antes de ter suas perguntas respondidas e como nem eu, nem Vincent queremos que você morra de fome, sinta-se livre para perguntar o que quiser.

Ok, isso me pegou de surpresa. Eu realmente estava esperando mais rodeios porque, bom, porque era o que eu faria.

Eu sacudo a cabeça lentamente, apertando meus olhos com os dedos, tentando desacelerar a corrente de pensamentos atravessando minha cabeça, tentando me concentrar. É, eu tenho um milhão de perguntas, mas para ser completamente sincera, só existe uma que não pode esperar pela interferência do meu bom senso.

– Quem é você? – eu pergunto finalmente, olhando diretamente para a mulher e rezando para que meu nervosismo não transpareça na minha voz.

– Você pode me chamar de Valentina – ela diz, meio que olhando para baixo em um gesto de insegurança que não combina com seu rosto bonito ou seus olhos inteligentes.

– E o homem? – eu pergunto. Vince franze as sobrancelhas novamente e olha para Valentina.

– Que homem? – ele pergunta.

– Ah – Valentina diz, sorrindo. Ela descruza as mãos e se recosta na cadeira. – Você não precisa se preocupar com isso. Eu não vou denunciar você à polícia.

Ok, não foi exatamente isso que eu perguntei, mas é bom saber. Vince ainda parece confuso, mas Valentina não dá sinal algum de se importar.

– Na verdade, se não fosse por ele, eu nunca teria achado você.

– E você estava me procurando, por acaso?

– De certa forma – ela diz, inclinando a cabeça.

– O que isso quer dizer?

– Você é especial, Katherine.

– Kat – eu interrompo. Eu odeio ser chamada de Katherine. Ela arregala os olhos, mas sorri.

– Kat. E eu sei que você sabe o quanto você é especial.

– É – eu digo, impaciente. – Eu tenho um nome diferente pra isso, mas tudo bem.

– Não importa como você chama, seu talento é único. E você *é* muito talentosa.

– Como você sabe disso? – eu pergunto, minha desconfiança crescendo ao invés de diminuir.

– Eu tenho um bom olho para essas coisas.

– E como exatamente vocês dois se conhecem? – eu digo, apontando para Vince e depois para ela. Eles trocam olhares antes de responder.

– Vince trabalha para mim há alguns anos – Valentina responde, tranquila.

– Trabalha pra você? Fazendo o quê, exatamente?

– O que for necessário – Vince responde, mais sério do que eu jamais tinha visto.

– Sim, mais ou menos isso. No momento, o que eu precisava era que Vince ficasse de olho em você.

– O quê? – eu olho para Vince, nervosa. Estou me sentindo meio invadida. – Por quê?

– Porque é perigoso para alguém como você ficar sozinha.

– Eu estou sozinha faz bastante tempo, muito obrigada – eu digo. – E é assim que eu gosto que as coisas sejam.

– Você pode até gostar, mas não entende os riscos que isso traz. Você sabe que Ceifadores como você são raros, mas não sabe o quanto eles são raros e não sabe o que muitas pessoas estariam dispostas a fazer para ver você morta.

Tudo bem. Ela tem minha atenção.

– Por quê? Do meu ponto de vista, eu sou mais valiosa viva.

– De fato. Mas só para quem você escolher... disponibilizar seus serviços. E quanto ao outro lado?

É. Faz sentido.

– Tudo bem. E o que *você* quer, então? Me dar um emprego? Porque eu já tenho um.

– Eu testemunhei o seu "emprego", Kat. Você é melhor do que isso. E o que *nós* queremos é te ajudar.

– Eu não preciso de ajuda – digo e levanto. – Eu não sei o que você acha que sabe, mas a verdade é que eu nasci para matar. Eu fui feita assim. E meu trabalho pode não ter nenhum glamour, nem ser exatamente louvável, mas é fixo e me dá o que eu quero e preciso: dinheiro. Eu não sou uma ferramenta e nem pretendo me tornar uma, então você está perdendo o seu tempo.

Eu me viro para ir embora. Eu preciso sair dali. Eu preciso respirar.

– Kat – Vince chama, sério. – Sente-se.

Eu me viro de novo, olhando para ele e voltando a me sentar, mesmo tendo certeza de que eu não queria fazer isso. Seus olhos cintilam enquanto me observam.

Então eu me lembro. Da forma como o treinador se afastou da briga entre Vince e Eric com algumas palavras, de Fay correndo para pegar bebida para nós na festa, do som aveludado da voz dele e da névoa que se formou na minha mente quando nós quase nos beijamos.

Não.

– Você – eu digo engasgada. – Você é um Ventríloquo.

Vince concorda, sombriamente, e eu sinto meu estômago afundar dentro de mim.

– Ontem, na festa... você estava me controlando?

Eu realmente preferia ter essa conversa em particular, mas Valentina nem parece interessada. E eu não conseguiria esperar. Eu tinha que saber.

– Não! – Vince quase grita. – Eu não faria isso, Kat. Não faria.

Como eu sei se ele está falando a verdade? É impossível saber. É por isso que a maioria das pessoas evita relacionamentos com Ventríloquos. Ninguém quer ser controlado. Especialmente sem saber que isso está acontecendo. Eles são perigosos demais.

– Vincent estava te protegendo, a pedido meu. Você não sabe do que é capaz, Katherine. Você não foi feita para matar. Você foi feita para dominar a morte.

– O quê? – minha natureza sempre foi bem clara pra mim, ainda que sombria e deprimente. Eu superei o drama de quem eu sou há muitos anos. Dizer que eu não era o que sempre achei que fosse era como tirar o chão de debaixo dos meus pés. – O que exatamente isso quer dizer?

– Ser uma Ceifadora é ter o toque da morte, mas não é matar. Não só isso.

– Mas tudo que eu toco...

– Morre. Sim, eu sei. Mas você pode fazer muito mais. Você pode escolher quando matar, você pode sentir a proximidade da morte – ela para e me olha diretamente nos olhos, seus cabelos ruivos emoldurando o rosto em forma de coração. – E você pode trazer os mortos de volta à vida.

Meu queixo cai. Literalmente. Como eu deveria reagir a isto? Eu me sinto completamente entorpecida. Isso não é possível. Eu já vi a vida abandonando as pessoas, desaparecendo como fumaça no ar. Mas eu não posso trazê-las de volta. Simplesmente não é... natural.

Agora eu só me sinto estúpida. Afinal de contas, não sou *eu* quem deveria saber tudo sobre ser uma Ceifadora? O que me lembra...

– Como você sabe disso? Você não é uma Ceifadora.

– Não. Mas você não é a primeira do seu tipo que eu tive o prazer de conhecer.

– Existem outros? – eu pergunto, ansiosa. Seria bom conversar com alguém que já tivesse experiência nisso. Valentina dá uma olhada rápida para Vince e sacode a cabeça negativamente.

– Não mais.

Claro. Ele ou ela obviamente já estava morto. Minha sorte era impressionante.

– A Metamorfa que me atacou...

– Não sabemos quem era. Procuramos pelo corpo, mas não encontramos nada além de sangue. Era uma mulher?

– Uma garota – eu digo, lembrando-me dos cabelos escuros cobrindo seu rosto sem vida. Eu estremeço.

– É exatamente disso que eu estou falando. Conosco, você estará segura. Nós podemos ajudá-la a descobrir o seu potencial.

Valentina e Vince me olham como se esperassem por alguma coisa. Alguma coisa que, no momento, eu não acho que possa dar. Eu ainda estou cansada, confusa e, bem, desconfiada demais para lidar com isso agora. E eu não sei que tipo de promessa eles estão esperando que eu faça. Eles estão esperando uma resposta? Eu nem tenho certeza se entendo a pergunta.

– Vincent – a voz doce e firme de Valentina interrompe meus pensamentos. – Eu acho melhor você levá-la para casa agora. A noite foi longa e ela nem tem roupas para usar.

Vince assente e o olhar de Valentina se vira para mim.

– Não se preocupe, querida. Se quiser falar comigo, Vince sabe onde me encontrar. Se tiver qualquer problema, não hesite em me procurar.

– Ahnn, tudo bem. Obrigada.

Eu me levanto de novo, dessa vez mais devagar e Vince me acompanha. Ele olha para Valentina uma última vez e depois se vira, indo comigo até a porta.

Assim que bato a porta do Mustang de Vince, eu solto uma respiração que nem sabia que estava prendendo. Valentina foi legal e eu realmente não tenho nenhum motivo concreto para ficar nervosa perto dela, mas nosso primeiro contato não foi exatamente feliz. A situação toda é estranha demais para ser confortável.

Vince entra ao meu lado e quando giro o pescoço para olhar para ele, minha atenção é capturada pelo banco de trás, coberto por manchas de sangue secas.

Meu sangue.

– Ah, Vince... – eu estou tão envergonhada que tenho vontade de me enfiar debaixo do banco ou de ficar na frente do carro e ser atropelada. O cheiro de ferrugem é impossível de ignorar. Vince olha de mim para o banco e de volta para mim.

– Ei, nem pense em se preocupar com isso, ok?

– Eu realmente sinto muito – eu digo, baixando os olhos. Vince salvou minha vida e eu ainda arruinei o estofado do carro caro dele. É a definição perfeita de ingratidão.

Vince sorri e liga o carro, arrancando com menos agressividade do que eu o vi fazer da última vez. Eu não sei em que parte da cidade estamos, mas os prédios são baixos e cinzentos e o número de pessoas na rua é pequeno para um domingo.

Eu não sei que horas são e não dá para saber pelo céu, que está esbranquiçado e gelado, mas eu desconfio que seja pouco depois de meio-dia. Eu estou sinceramente preocupada com a reação de Rebecca, mas não há nada que eu possa fazer agora.

– Você devia seguir o conselho de Valentina – Vince diz enquanto faz uma curva. – Eu sei que é difícil confiar em alguém depois de ficar tanto tempo sozinha, mas ela realmente pode ajudar.

– Ela é uma Ilusionista, não é? Foi ela quem colocou você no meu sonho, no dia em que eu te conheci.

Vince assente. – Sim, ela é a melhor que eu conheço. Bom, ela e... – ele para, como se reconsiderasse o que estava prestes a dizer. – Ela pode treinar você.

– Vince... eu não quero usar isso. Eu queria era me livrar disso, esquecer, assim que eu tiver dinheiro suficiente para dar o fora daqui.

– Você não pode esquecer, Kat. Isso não é uma coisa passageira. É quem você é. É a *sua* natureza e você precisa aceitar isso. Quanto mais tempo ficar sem aprender sobre o seu poder, mais perigoso vai ser.

Não era isso que eu queria ouvir. No fundo eu sabia disso, sabia que não importava aonde eu fosse, aquela maldição iria me acompanhar. Eu nunca deixaria de ser uma Ceifadora. Talvez minha melhor chance fosse mesmo aprender sobre meus *dons*.

O carro para em frente o meu prédio e eu solto o cinto, olhando para Vince de novo. Ele também está com os olhos em mim e nós estamos tão próximos que eu consigo sentir o perfume dele. A sensação é inebriante.

Assim como a sua voz.

– Obrigada – eu digo, me afastando dele com um sorriso. – A gente se vê na aula.

Antes que eu possa sair, Vince segura meu braço.

– Se precisar de alguma coisa...

Eu concordo silenciosamente.

– E Kat, não confie em ninguém.

* * *

Rebecca está sentada no sofá da sala quando eu abro a porta, sacudindo as pernas nervosamente. Seu rosto levanta e ela dá quase um soluço de alívio quando me vê. Ela nem parece ter força para se levantar.

– Becks... – eu tento dizer, mas eu nem sei por onde começar. Eu só estava feliz pela polícia não estar com ela. Isso seria *realmente* problemático.

– Sabe – ela me interrompe –, eu estou começando a ficar convencida que seu objetivo na vida é me matar de susto. Você não podia nem me avisar que estava indo embora da festa? Se aquele garoto não tivesse me avisado que você estava bem eu ia chamar a polícia!

– Vince ligou?

– É claro que ligou! Que droga, Kat, eu achei que ele estivesse, sei lá, te machucando! O que você estava fazendo com ele no meio da madrugada afinal de contas?

– Não é nada disso que você está pensando – eu respondo, meio corando. – Eu estava puta e fui embora da festa a pé. Eu já estava longe da casa da Fay quando um cachorro gigantesco apareceu e começou a correr atrás de mim.

– É por isso que você está de roupão? – ela pergunta, não parecendo acreditar em uma palavra do que eu digo. Quem pode culpá-la?

– Meu vestido, bom, *seu* vestido, ficou destruído. Desculpa, Becks, eu prometo que te dou outro.

– Kat, você realmente acha que eu estou preocupada com um vestido? Se ele ficou destruído, o que aconteceu com você?

– Eu estou bem. Eu levei uns arranhões, mas nada demais. Sério.

Rebecca me olha, desconfiada. Eu sei que ela quer falar alguma coisa, eu sei que ela sempre sabe quando eu estou mentindo, ou ao menos suspeita disso. Ela se preocupa e eu agradeço, mas eu simplesmente não posso dizer a verdade. Porque isso significaria envolvê-la em um mundo para o qual ela não está preparada.

– Você sabe que pode me contar tudo, certo Kat? – ela diz, como se lesse meus pensamentos. É meio inquietante e eu sou pega de surpresa. – Eu não posso te ajudar se você não confiar em mim.

Por que todo mundo de repente resolveu que eu preciso de ajuda? Isso me faz me sentir debilitada e desamparada.

– Eu sei – eu digo, sendo sincera. Mas isso não muda nada. – Eu vou tomar um banho e dormir. Me acorda pra aula amanhã?

Ela assente, triste, e eu vou para o chuveiro.

Mesmo que isso a magoe, eu não vou trazer morte para a vida da minha única amiga.

Mas o problema com isso é óbvio.

Eu estou na vida dela.

E eu sou a morte.

8

Nem mesmo os olhares cruzados e a marcação dos professores conseguem me afetar hoje. Eu estou grata pelo frio, já que posso esconder os curativos dos meus braços com as mangas compridas da blusa sem levantar suspeitas. Seria uma distração a mais e eu não posso lidar com distrações agora.

Eu li as instruções no envelope preto um milhão de vezes e elas ficam passando pela minha cabeça como se fossem a matéria de uma prova. Não vai ser fácil, mas eu me comprometi a aceitar o trabalho e duvido que pudesse voltar atrás, mesmo se quisesse.

Rebecca está estranhamente quieta no almoço. Eu vejo Vince no refeitório, mas ele só me cumprimenta silenciosamente e se senta em uma mesa longe da minha. Parece que o que passou entre nós nos aproximou, mas ao mesmo tempo exige que sejamos mais discretos em relação à nossa amizade.

Eric também está lá, quieto e misterioso como sempre, e eu queria realmente entender o que se passa na cabeça dele. Seu olhar está sempre tão intenso e concentrado, ele parece carregar o peso do mundo nas costas. E ele fica me olhando. É meio assustador.

Ao mesmo tempo em que estou feliz por Vince e Valentina terem me contado a verdade, eu não consigo afastar a sensação de que há algo mais, alguma coisa que eles não quiseram – ou não puderam – me contar. E isso é só mais uma distração de que eu não preciso, mais uma coisa em que não posso pensar. Não hoje.

Quando volto para a sala eu percebo que Fay e as amigas platinadas estão me olhando com um pouco mais de raiva e desprezo do que o normal. Olho para elas, dou um sorriso e depois arreganho os dentes como um gato. Elas se assustam por um segundo e eu rio, virando de costas e continuando a andar, mas elas logo recuperam a compostura e eu escuto uma delas gritar "aberração" com sua vozinha fina.

Algumas coisas nunca mudam.

Normalmente eu ignoro aquele tipo de olhar, mas hoje estou me sentindo particularmente impaciente e nada tolerante. Parece que uma das lacaias de Fay me viu beijar Vince na festa – embora isso nunca tenha realmente acontecido – e a história se espalhou como uma doença. Quando você é invisível, qualquer comportamento fora da sua normalidade – ou anormalidade – vira assunto de primeira página.

Talvez eu devesse me importar, mas não consigo. Não agora. Vince e eu compartilhamos um segredo muito maior, um fardo muito mais pesado do que as fofocas da escola e talvez seja até uma boa as pessoas acharem que somos amantes secretos. Vai me poupar um bocado de perguntas curiosas e potencialmente perigosas.

Eu estou prestes a entrar na sala quando vejo uma cena que eu definitivamente não esperava. Rebecca e Eric estão conversando em sussurros diante do armário dela. Ela está falando rápido, gesticulando muito e Eric parece ficar cada vez mais nervoso enquanto escuta, agarrando os cachos loiros com raiva. Ele responde com os punhos cerrados, aproximando-se dela e ela retruca, também nervosa.

Então ela me vê. Me vê e para de falar, parecendo assustada ou surpresa por um segundo, como se tivesse sido apanhada fazendo algo que não devia. Ela se despede dele rapidamente, dizendo qualquer coisa, acena para mim como se nada tivesse acontecido e entra na sala do outro lado do corredor.

Eric gira nos calcanhares e olha para mim com um fogo gelado nos olhos violeta. Ele marcha na minha direção e, por um instante, eu realmente acho que ele vai me assassinar ou no mínimo me dar um murro na cara, mas ele só passa por mim para entrar na sala, trombando o ombro no meu, sem sequer se incomodar em pedir desculpas.

Que babaca.

Eu entro na sala, sentando-me no meu lugar de sempre, que infelizmente não é tão longe de Eric quanto eu gostaria. Eu realmente não conseguia entender qual era a dele. Em um momento ele me pagava chocolates quentes e era superprotetor e no outro ele estava me dando encontrões no corredor da escola e me olhando como se eu fosse o Diabo. Isso ia muito além de um senso machista de competição. Ele nem parecia *gostar* de mim.

Vai ver ele tinha um distúrbio bipolar ou alguma coisa assim. Eu certamente parecia despertar o pior da sua natureza.

Eu só percebo que estou encarando a nuca dele enquanto pensava em tudo aquilo quando ele se vira lentamente e trava seus olhos diretamente em mim.

Seu olhar é tão intenso que eu arquejo e fico perdida, sem saber para onde olhar. Então eu abaixo a cabeça para rabiscar qualquer coisa no meu caderno, colocando tanta força no movimento que quase acerto a testa na mesa. Eu finjo ficar fazendo anotações freneticamente – mesmo não sabendo nem do que trata a aula – por um longo tempo, estranhamente com medo de olhar para cima. É idiota. Eu não devo nada a Eric. Se ele quiser ser um idiota psicopata, é problema dele.

Mas mesmo assim, eu não levanto a cabeça.

– E o que você acha, senhorita Brown? – o professor diz, com aquele tom de quem sabe que está prestes a pegar um aluno desprevenido.

Ah merda.

– Ah, senhor? – eu digo, tentando enrolar. A classe inteira está olhando para mim, provavelmente esperando o espetáculo que eu vou dar.

– Eu gostaria de saber a sua opinião a respeito do assunto.

– Ah... eu... concordo? – eu arrisco, sabendo que errei feio quando a sala irrompe em risadinhas.

– Bom saber que você "concorda" senhorita Brown. Você vai concordar ainda mais em ficar de detenção após a aula, tenho certeza.

Ele arranca um papelzinho do seu bloco, parecendo satisfeito com o som de papel rasgando. Depois de rabiscar qualquer coisa ele anda lentamente até a minha mesa e o coloca bem diante de mim, sorrindo.

Perfeito.

– Ah, senhor, na verdade eu não posso ficar hoje, eu tenho uma emergência – eu sussurro, mas a sala inteira está ouvindo.

– Eu não vejo que emergência poderia ser maior do que a educação. Espero sinceramente que você compareça.

Sem nem olhar para a minha cara ele se vira e volta para diante do quadro, retomando o raciocínio que eu continuo sem acompanhar. Francamente, eu não posso piorar minha situação, posso?

As meninas na frente da classe estão cochichando entre elas e rindo, o que é normal, mas Eric está sorrindo de um jeito que não mostra deboche, e sim satisfação. Aparentemente, me ver me ferrando está entre as coisas que tiram seu rosto da perpétua expressão de seriedade. Maravilhoso.

Eu odeio segundas-feiras, em parte porque não tenho nenhuma aula com Rebecca então nunca tenho ninguém com quem conversar, mas depois de ontem e da conversa que eu flagrei hoje, eu não acho que Rebecca esteja a fim de falar comigo. De qualquer forma, as aulas passam devagar e eu ainda estou me chutando na canela por ter deixado tão óbvio que eu não estava prestando atenção na aula. Eu tenho uma janela de oportunidade bem limitada para agir hoje à noite, o que significa que vai ser impossível cumprir a detenção.

Eu não sei qual é a punição por fugir da detenção, mas eu tenho certeza de que não é uma coisa com a qual eu possa lidar. Eu já estou me equilibrando em um fio dental aqui e não estou em posição de ficar desperdiçando segundas chances.

Só que minha vida sempre foi mais no submundo do que na escola. Então fica difícil dar prioridade às minhas obrigações acadêmicas quando eu sei muito bem que elas não vão me levar a lugar nenhum.

Assim que o sinal toca indicando o fim das aulas, eu corro para o meu armário, rezando para que o Sr. Fox não me veja e cobre a detenção antes que eu tenha chance de fugir. Claro que eu não tenho esperança que ele esqueça tudo, mas eu não posso olhar na cara dele e dizer "olha só, estou indo porque eu tenho umas coisas pra roubar, um dinheiro pra coletar, então a detenção fica para a próxima."

Assim que abro meu armário, um papel dobrado cai, aparentemente porque estava preso na minha porta. Eu me agacho, olhando em volta e desdobro o papel, confusa. Eu não sou o tipo de garota que recebe bilhetinhos apaixonados dos atletas.

Não se preocupe com a detenção. Eu cuidei de tudo. V.

Vince.

Eu deveria estar preocupada com o fato de ele estar usando poderes em cima dos professores, mas eu só consigo sentir alívio e uma profunda gratidão. Preciso me lembrar de procurá-lo depois e agradecer por salvar minha vida. De novo.

Sorrindo, eu jogo a mochila sobre o meu ombro e saio da escola, me desviando dos muitos ombros na minha direção, feliz por não ter que explicar nada a Rebecca já que hoje é dia de hospital. Eu não acho que ela ia lidar bem com eu ter que trabalhar em uma segunda e o que eu menos preciso no momento é da sua desconfiança.

Eu estou uma pilha de nervos enquanto ando de volta para casa, tremendo sob meu casaco preto grosso e tentando imaginar tudo o que pode dar errado hoje à noite. O envelope foi muito claro sobre o que eu deveria pegar e que tipo de coisa eu deveria esperar, mas havia tanta informação lá dentro que eu precisei me perguntar por que diabos eles precisavam de mim. Quem quer que fosse que tinha reunido todas aquelas informações – incluindo uma combinação para um cofre – poderia muito bem fazer o serviço sozinho.

Então, por que eu?

Uma pessoa esperta provavelmente não faria um trabalho com tantas perguntas pairando no ar, mas eu acho que já provei em inúmeras ocasiões que o meu julgamento nem sempre é digno de admiração.

De uma maneira ou de outra, era eu quem ia roubar o que tinha que ser roubado. Já tinha uma mochila preparada no apartamento, com tudo que eu achava que ia precisar para o serviço, embora seja difícil prever nesse tipo de situação o que você realmente vai precisar. Bom senso, talvez? Um milagre?

A mochila estava escondida debaixo da madeira da minha cama, onde eu normalmente guardava as coisas que Rebecca não podia ver, como tasers, fotografias, pequenos rolos de dinheiro e esse tipo de coisa suspeita.

Fecho a porta devagar assim que entro no apartamento, irracionalmente temerosa de que Rebecca esteja lá. Mas ela não está. O lugar está vazio e o sol de inverno já se pôs, deixando tudo escuro quando eu entro. Eu acendo algumas luzes, apenas o suficiente para me orientar até o quarto e me agacho no carpete, tateando as tábuas da cama até encontrar a forma familiar da minha mochila preta.

Eu a deixo em cima da cama enquanto troco meu jeans por uma calça preta e uma blusa justa da mesma cor. Deslizo minhas luvas de couro pelas minhas mãos, olhando para as "tatuagens" que parecem estar aumentando e subindo pelo meu braço. Mas eu não tenho tempo para pensar nisso agora.

Depois de prender meu cabelo em um rabo de cavalo, eu jogo a mochila nas costas e saio, apertando as alças no corredor enquanto ando até o elevador. Minha aparência está um pouco suspeita para uma adolescente de dezessete anos saindo em uma segunda à noite então eu fico feliz quando as portas do elevador se abrem e nenhum vizinho bisbilhoteiro está lá dentro.

As instruções no envelope deixavam bem claro que eu deveria destruir todo o conteúdo dele assim que terminasse de ler e memorizar tudo que estivesse lá dentro. Eu tive que passar uma noite em claro fazendo isso, mas o endereço está cristalino na minha mente, assim como a fotografia do prédio antigo e a localização exata da janela por onde eu deveria entrar.

Assim que chego ao endereço determinado, eu percebo meu maior problema. O prédio é espremido entre outros dois. Então, a chance de ser vista por alguém das janelas adjacentes enquanto subo a escada de incêndio é bem grande.

O que significa que eu vou ter que descer quatro andares pendurada em uma corda, rápido o suficiente para que ninguém repare em uma pessoa balançando na parede como uma aranha. Eu tenho meia hora para fazer o serviço, aparentemente o tempo garantido que o dono da casa estaria fora, então velocidade vai ter que ser um fator bem considerado.

Eu olho em volta antes de atravessar a rua, em um gesto mais de reflexo do que realmente de precaução. Ninguém parece ter reparado em mim, ao menos não excessivamente, mas ainda assim eu quero sair das vistas do público o mais rápido possível.

Um táxi buzina quando eu atravesso correndo e ele quase me atropela, mas isso é tão normal em Nova York que ninguém se incomoda. A escada de incêndio do número 2126 fica na lateral direita do prédio, onde não há janelas, só tijolos esfarelados. A distância entre essa parede e o prédio do lado é ridiculamente pequena, e eu preciso me espremer no beco formado entre os dois prédios para procurar a escada.

Obviamente, ela está alta demais para que eu consiga pular e alcançá-la então eu corro até o fim do beco, na rua de trás e empurro uma caçamba de lixo com rodinhas, fazendo bem mais barulho do que eu gostaria. Estou feliz de estar de luvas, porque a lixeira fede e está imunda, lambuzada de algum líquido gosmento que saiu de comida estragada.

Eu me puxo para cima da tampa da caçamba, equilibrando-me nas beiradas, porque tenho medo de pisar no meio e amassá-la. Isso é ridículo, considerando o peso que essas coisas aguentam, mas é melhor prevenir do que remediar. A caçamba dança debaixo de mim, as rodinhas guinchando a cada passo que eu dou e mais de uma vez ela anda para frente, quase me jogando de costas no concreto.

A escada está bem diante de mim, enferrujada e laranja, mas quando eu estico o braço para tentar alcançá-la, percebo que estou longe demais.

Droga.

Eu vou ter que saltar.

Flexiono os joelhos e esfrego as mãos, respirando fundo e tomando coragem para me impulsionar em cima de uma coisa que se movimenta sobre rodinhas. Eu só vou ter uma chance e se eu errar, provavelmente vou torcer alguma coisa quando cair. Bom, fazer o quê?

Sem pensar para não correr o risco de desistir, eu dou um grunhido e salto, sentindo a caçamba deslizar para trás quando me coloco no ar. Ela bate em uma das paredes de tijolo ao mesmo tempo em que eu fecho minhas duas mãos na primeira barra de ferro da escada, que felizmente sustenta meu peso.

Não posso esperar para ver se alguém vem ver o que diabos foi o barulho da caçamba se chocando com a parede então faço uma força monumental para me levantar na escada e começo a subir, o mais rápido que consigo até o terraço. O vento está realmente frio nesse corredorzinho e eu desejo ter trazido um casaco mais quente, mas eu acho que logo o frio não vai ser preocupação.

O prédio tem seis andares, o que significa que eu estou ofegante, mas não exausta quando finalmente me puxo para cima do terraço coberto de cascalho. O vento está cortante ali e eu me agacho, tremendo e tirando a mochila das costas para procurar o que eu preciso.

Não demoro a achar uma corda e rapidamente a prendo ao meu cinto em um mosquetão, passando-a por uma alça na escada de incêndio e depois atrás de um cano não muito longe da beirada.

Respirando fundo e tomando coragem, eu me posiciono de costas para a rua, meus pés no parapeito do prédio, e dou uma última olhada por cima do meu ombro, para me assegurar de que ninguém vai me impedir achando que eu estou tentando cometer suicídio. Isso definitivamente é a coisa mais complicada que eu já fiz.

Lentamente eu deixo meu corpo pender para trás, dando corda à medida que é necessário, como em um rapel. Quando a força fica grande demais para os meus braços aguentarem, eu movo os pés, andando de ré parede abaixo.

Eu posso não ser boa em handball ou vôlei, mas escalada, com certeza, é o meu tipo de esporte. Eu costumava fugir do orfanato assim quando tinha uns sete anos de idade, então a sensação de estar pendurada em uma corda a vinte metros do chão não é estranha para mim.

Quando ganho confiança, começo a andar mais rápido, tentando não prestar atenção nos sons dos carros nas ruas laterais. Eu conto as janelas que passam à minha esquerda até chegar ao terceiro andar, bem no meio do prédio. Eu dou um impulso fraco na parede para conseguir me balançar e alcançar a janela, que tem um parapeito largo o suficiente para que eu me apoie nele.

Começo a pendular de um lado para o outro, esticando o braço para me segurar na janela. Nas três primeiras tentativas eu chego a tocar o metal, mas não consigo me segurar, não o suficiente para subir nela.

Xingando, eu dou um impulso um pouco mais forte, o que é arriscado considerando que são pouco mais de sete da noite e as ruas não estão vazias, mas eu não tenho tempo para ficar pendulando feito uma idiota do lado de *fora* do lugar onde deveria estar.

Bufando e sentindo o suor escorrer pelas minhas costas, eu estico o braço o máximo possível e consigo me estabilizar, meus dedos agarrando o metal da lateral da janela com força. Assim que estou completamente parada, eu travo a corda na cintura e jogo meu outro braço por cima da cabeça, para me segurar com os dois e subir no parapeito estreito.

Assim que estou agachada e segura no parapeito, eu enrolo a corda na janela e uso dois pedaços de metal pequenos para destravar a tranca precária que a mantém fechada. Qualquer pessoa que já arrombou uma porta na vida saberia abrir aquilo. E eu já abri minha cota de portas não autorizadas. E de janelas também.

Deslizo o vidro para o lado, o mais silenciosamente possível e entro, pisando com cuidado no chão de madeira que, felizmente, não range sob o meu peso. Por um segundo, eu prendo a respiração, tentando ouvir o som de mais alguém se movendo lá dentro, em algum dos cômodos que não consigo ver. Mas não ouço nada, nem um pio além dos sons normais e incômodos que as casas fazem de noite quando começam a encolher.

Olho em volta, absorvendo cada centímetro do aposento, simplesmente porque pode ser útil. É uma sala comum, com um computador em uma mesa de vidro encostada na parede e dois sofás marrons que não parecem muito novos. Há uma pilha de caixas no fundo, como se alguém estivesse acabando de se mudar para lá, porque as paredes estão completamente nuas, com cara de paredes de quartos de revista. Parece que ninguém mora ali.

O quarto para onde quero ir é diretamente em frente ao lugar onde eu estou agora. Eu vou até a porta devagar, colocando a cabeça para fora do corredor pequeno, que tem mais duas portas do lado direito. O envelope dizia que eu não posso entrar com metais no quarto da frente, o que me soou bastante como emboscada, então eu largo minha mochila na porta e levo somente um bastão de madeira pequeno, do tipo usado por alguns praticantes de artes marciais.

Ao contrário da simplicidade do quarto anterior, este tem uma porta trancada com um dispositivo de código que, felizmente, me foi fornecido no envelope preto. Eu digito os cinco números e escuto o "clique" distinto da porta se destrancando.

Antes de entrar, uso uma canetinha a laser verde, daquelas bem baratas que se compra em qualquer lugar, para cegar a câmera, enquanto eu atravesso o quarto até o outro lado, onde, atrás de uma estante, está o cofre.

Sinceramente, eu acho meio surreal que as pessoas ainda usem cofre em pleno século vinte e um, embora eu não consiga pensar em uma alternativa. Parece tão... antigo. Sei lá. A noção me incomoda.

Este quarto não tem nada além de uma mesa, um telefone, um computador e uma estante. As paredes são brancas, assim como o chão e, mesmo no escuro, é meio esquisito toda aquela limpeza, como se eu estivesse em um quarto de hospital. Parece que nem pertence ao mesmo apartamento.

A estante é surpreendentemente leve e eu só preciso afastá-la alguns centímetros para ter acesso à porta do cofre que, pasmem, também é branca. No centro da porta está um painel azul de LED com quatro espaços e um teclado de números digitais embaixo. Demoro alguns segundos para resgatar os números da minha cabeça e assim que lembro, eu os digito e a porta do cofre se abre com o barulho de algo que estava fechado há uns dois mil anos.

Eu esperava encontrar dinheiro, joias, títulos, chaves de uma Ferrari, sei lá, alguma coisa que as pessoas normalmente guardam em um cofre, mas por dentro ele era pequeno, suficiente, talvez para guardar um melão lá dentro. E não havia dinheiro nem jóias. Só um pequeno pen drive preto, bem no meio, preso em uma base que parecia embutida ao cofre. Era como se toda aquela estrutura tivesse sido construída só para aquele objeto.

Deus do céu. O que diabos eu estava roubando?

Sim, é claro que eu estava curiosa para saber, mas meu trabalho não era esse. Eu pego o pen drive e tiro da base, enfiando-o no bolso. E nesse exato momento, tudo dá errado.

O barulho feito quando o objeto se desconecta da base não passa de um clique. Mas aparentemente alguma outra coisa aconteceu, algum alarme silencioso, porque a porta pela qual eu tinha acabado de passar começa a se fechar. Rápido.

Eu me viro, completamente apavorada, e disparo para a entrada, meio que sabendo que seria tarde demais. Só que a sorte sem dúvida estava do meu lado porque a mochila que eu tinha largado ali há menos de cinco minutos impede que a porta se feche completamente. Eu sou prova viva de que é melhor ter sorte do que ser esperta.

Meu coração batendo loucamente.Eu enfio as mãos pela pequena abertura que a mochila deixou na porta e a empurro, fazendo tanta força que sinto o suor brotar na minha testa. Quando o espaço é grande o suficiente, eu me espremo pela abertura e saio, pegando minha mochila e ouvindo em menos de um segundo depois a porta se lacrando.

Já que o resto da casa não era uma fortaleza eletrônica, eu pensei que estava bem, só que como sempre, eu estava errada. Ainda estou ofegante quando olho para o corredor com as mãos nos joelhos, só que, ao invés de encontrá-lo vazio como da última vez, vejo um par de olhos me encarando do escuro.

Um par de olhos que pertencem a um lobo bem grande com as gengivas aparecendo, rosnando para mim.

Sério. Eu não sei se isso é muito sensato, mas eu prefiro enfrentar humanos qualquer dia da semana. Essa parada aleatória de animais realmente quebra minha concentração.

Fico imóvel, tentando não atrair a atenção do animal que está me olhando, mas parou de rosnar. Ele na verdade levanta as orelhas, curioso, e me observa de um jeito que me parece... familiar. Eu ficaria grata por qualquer coisa que atrasasse o contato de suas mandíbulas com a minha garganta, mas não tenho tempo para tentar entender o seu comportamento..

Antes que o lobo possa se mover, eu saio correndo em direção ao outro quarto, esperando conseguir atravessar o corredor antes que ele me alcance. Assim que me movo, ele dá um latido e corre também, e eu escuto suas unhas batendo no piso liso de madeira.

Assim que entro no outro quarto, completamente apavorada, eu empurro a porta com toda a minha força, mas o bicho já enfiou sua cabeça pela abertura e está rosnando e babando. Ele empurra a porta e sua força é monumental porque eu caio de costas no chão, ficando sem ar por alguns instantes.

Eu me recupero, tropeçando na hora de levantar e balanço minha mochila como um peso olímpico, acertando o focinho do bicho, que dá um ganido e se afasta um pouco. Só que isso não dura. Eu só o deixei ainda mais nervoso.

Hora de dar o fora.

Saio correndo e ele vem atrás de mim, sem dúvida com bem mais agilidade. Eu já estava mais ou menos preparada para uma saída dramática – ainda que não tão dramática –, então eu me jogo pela janela, enroscando no braço a corda que deixei preparada e me lanço na noite.

O impacto quando a corda para meu corpo é extremamente doloroso e eu pendulo com força até atingir a parede do prédio de forma ainda mais dolorosa. Eu xingo, sentindo uma dor horrível no ombro que atingiu a parede e começo a me balançar, sem nem ousar olhar para cima.

Eu me balanço o suficiente para agarrar a janela um andar abaixo e quando olho para cima, vejo que o lobo está rosnando e possivelmente se preparando para pular. Ah, perfeito.

Sem nem pensar no que eu estou fazendo, eu chuto a janela que se estilhaça com um barulho que com certeza vai ser notado e entro tropeçando, os cacos de vidro cortando meus braços e meu rosto. Vai ser ótimo explicar isso depois.

Uma família está jantando em uma mesa de madeira coberta com uma toalha de renda dentro do apartamento. Bom, eles *estavam* jantando. Agora estão basicamente gritando e pegando o telefone para chamar a polícia.

Eu nem me incomodo em me explicar, simplesmente me levanto do chão e saio correndo em direção à porta, abrindo-a e descendo as escadas do prédio antigo o mais rápido que consigo.

Quando eu passo pela porta, vejo uma porção de gente se agrupando perto do prédio e gritando, mostrando a janela quebrada. Uma mulher me vê, sangrando, ofegante, e começa a apontar para mim e a gritar.

Eu corro, corro o máximo que posso antes que alguém me alcance ou que a polícia finalmente chegue. Eu sei que há pessoas correndo atrás de mim, mas não é com elas que eu estou preocupada, é com a criatura gigante cheia de dentes afiados que sem dúvida alguma é bem mais rápida do que eu.

A multidão ainda está atrás de mim, mas os sons estão ficando mais distantes. Meus pulmões estão queimando e eu não faço ideia da direção que estou tomando, exceto que é para longe daquele prédio.

Meu Deus, eu simplesmente não consigo ser discreta. Acho que talvez seja hora de me aposentar. Eu ando tão perdida e tão confusa que todos os meus trabalhos têm sido catástrofes monumentais. Mas ao menos eu consegui o que vim buscar. Instintivamente eu sinto a forma do pen drive no bolso da minha calça enquanto corro.

Assim que vejo uma placa de metrô, eu respiro aliviada e entro correndo, misturando-me às pessoas que já estão lá. Começo a bater o pé nervosamente no chão, olhando em volta como um pássaro assustado, tentando recuperar meu fôlego, até que o trem chega com um guincho agudo e eu salto para dentro, finalmente reduzindo as batidas do meu coração.

O pen drive pesava uma tonelada no meu bolso. Ou parecia pesar. Eu não conseguia imaginar o que haveria lá dentro para valer a quantidade de dinheiro que nosso cliente misterioso estava pagando ou para valer a proteção que estava recebendo. Na verdade, pensando melhor, a proteção não era exatamente o que eu esperava. Se era tão valioso, porque a segurança era tão ruim? Quero dizer, não era exatamente como roubar doce de uma criança, mas também não era o Pentágono. Parecia improvisado. Temporário.

Eu poderia olhar o que tinha lá dentro. Mas não seria certo. E além disso, eu estava assustada. Tudo bem, é noventa por cento porque eu estava assustada. E com uma sensação horrível de que eu tinha feito algo errado. Não no sentido de ter roubado. Isso era óbvio. Era um crime afinal de contas. Algo *realmente* errado. E ruim.

Felizmente – ou talvez infelizmente – eu não tenho tempo para pensar em nada disso. Eu estou dependurada no metrô, ainda sangrando e tentando agir como se isso fosse a coisa mais normal do mundo quando sinto meu telefone vibrar no bolso da jaqueta. Eu troco de braço para me segurar com o esquerdo na barra de metal e puxo o telefone do bolso com a mão direita, já esperando que seja uma mensagem do Chefe, como sempre. Mas não é.

O número é dele, mas não é uma mensagem. Ele está me ligando. Ele nunca me ligou antes.

E o momento não podia ser pior. Eu estou no metrô, com pelo menos uns trinta pares de olhos em mim.

Que droga.

– Alô? – eu digo, em uma tentativa patética de ser discreta.

– Katherine – a voz calma e severa do Chefe responde – Você já terminou?

Que diabos? Ele nunca me perguntou isso antes. Será que meu último pequeno fracasso o deixou desconfiado?

– Ahhn, já.

– Onde você está?

– Indo pra casa – eu digo, feliz por não ter que responder nada incriminador.

– Não – ele diz, nervoso. – Venha para cá. Agora.

Eu queria perguntar por quê, mas o lugar não era ideal para ter esse tipo de conversa. E ele definitivamente não ia gostar da pergunta.

– Tudo bem.

O telefone dá um "clique" e fica mudo e eu fico ali, meio atabalhoada, olhando para o telefone como se ele fosse me morder ou explodir na minha mão. Lentamente deslizo o celular de volta para o meu bolso, bem a tempo de descer do metrô e pegar o próximo na direção oposta.

Eu continuo de pé no outro trem, porque estou inquieta demais para sentar e não porque falta lugar. Eu estou tão distraída observando os pontos se acendendo acima da minha cabeça e indicando a aproximação do meu destino que não percebo um garoto com fones de ouvido andando na minha direção, a cabeça balançando enquanto seus lábios acompanham a música silenciosamente.

Ele está tão entretido com sua música que nem vê que coloca sua mão diretamente em cima da minha na barra de metal usada para apoio. Assim que sinto o volume da mão dele sobre a minha, o ar foge dos meus pulmões. Eu posso ver que o garoto até pensou em pedir desculpas, mas ele está engasgando e ficando pálido, sem tirar sua mão de cima da minha.

Meu Deus.

Mas, mas eu estou de luvas, foi rápido demais! Não. Isso não está acontecendo.

Eu largo a barra e me afasto com um grito enquanto sinto

pequenos cristais de gelo se formando nas pontas dos meus dedos. Todos se viram para olhar para o garoto quando ele vai ao chão, o fone saindo do seu ouvido e se esparramando em volta da sua cabeça.

Por favor, não morra. Por favor, não morra.

Pode parecer hipocrisia que eu esteja tão preocupada com a morte de alguém que não conheço, mas de alguma forma, é diferente. É diferente saber que eu estou matando um criminoso, que estou sendo paga para isso. É diferente saber que uma pessoa inocente, indo para a casa da família depois de um dia longo, uma pessoa cujo caminho nunca cruzaria com o meu, pode morrer por minha causa.

É diferente não ter escolha.

Eu estou olhando de longe enquanto um grupo de pessoas se agacha para ajudá-lo, completamente horrorizada. Isso já aconteceu antes, mas nunca um toque tão rápido teve um efeito tão devastador. O garoto está se debatendo e eu sinto frio.

Não.

O mundo fica cinza e eu me sinto fraca e enjoada. Todos os outros passageiros sumiram. Agora somos eu e um garoto quase morto no mundo cinzento. Aqui, ele está imóvel. Eu caminho para me ajoelhar ao lado dele, lágrimas escorrendo pelas minhas bochechas, congelando e endurecendo antes de serem derramadas.

A quem eu estava tentando enganar? Eu nunca vou me acostumar a isso.

Eu preciso de ajuda.

Por favor, não morra. Você não pode morrer.

Estou sussurrando agora, desejando isso com todas as minhas forças e, lentamente, minhas mãos pousam sobre seu peito imóvel. Elas estão quentes. Sempre ficam assim.

Mas estão quentes de um jeito diferente. Um jeito quase bom. E eu ainda estou chorando, simplesmente porque não consigo parar. Ele tem que viver. Eu soluço compulsivamente.

Seu peito se mexe.

E eu me sinto atingida por um martelo no meu próprio peito, que me arremessa de volta ao metrô, às cores e às pessoas, que estão me olhando como se eu fosse um alienígena. Elas estão me olhando de cima.

Eu estou deitada no chão, os barulhos voltando lentamente, como acontece depois de ouvir um som muito alto. Eu me sento, esfregando os olhos enquanto as pessoas tentam pegar minhas mãos e me ajudar a levantar.

– Fiquem longe de mim! – eu grito e elas se afastam, confusas e nervosas, me encarando como se eu fosse louca.

Melhor parecer louca do que ser uma assassina involuntária

Eu me levanto devagar, ainda enjoada e vejo que o círculo formado ao redor do garoto se dispersou. Ninguém quer tocar em um morto.

Só que ele não está morto.

Eu mal posso acreditar no que vejo. Ele está bem ali, confuso, mas definitivamente vivo.

Eu sorrio. Quero gritar. Alto.

Mas sou tomada por um acesso de tosse tão forte que sou obrigada a me dobrar, ficando de joelhos no chão e cobrindo a boca com as mãos. As pessoas querem ajudar, mas a seriedade do meu aviso aparentemente foi suficiente para mantê-las afastadas.

O chão fica respingado de sangue.

O que está acontecendo comigo?

O metrô diminui a velocidade com seu familiar guincho de metal arranhando até que ele para e as portas se abrem, deixando claro que eu estou no meu ponto. Como? Eu estava longe...

Completamente atordoada, eu me levanto aos tropeções e saio do metrô, cambaleando até a lixeira mais próxima para vomitar dentro dela. Eu fico ali parada, sem ar por um tempo, tentando me recompor, quando vejo pelo canto do olho um policial se aproximando, preocupado.

Droga.

Não tem a menor chance de eu explicar o enjoo e todo esse sangue sem uma viagem à delegacia.

Fingindo que não o vi, eu ando em passos rápidos na direção oposta, misturando-me à multidão que se aglomera na escada que leva para a rua. Eu não olho para trás para ver se o policial está me seguindo, mas eu duvido que ele se dê ao trabalho. Uma das vantagens de morar em uma cidade com o número de esquisitos que Nova York tem.

O ar frio da rua me atinge com força e é um alívio indescritível depois da minha experiência bizarra e sufocante. Eu ainda estou completamente atordoada pelo fato de o garoto não ter morrido. Meus pés se movem automaticamente em direção ao Noturno, porque no momento eu perdi qualquer capacidade de prestar atenção no que estou fazendo.

O que isso quer dizer? De alguma forma eu consegui controlar meu poder? Não parece plausível. Na verdade, parece bom demais para ser verdade.

– Kat? – eu só percebo que estou na porta do Noturno quando ouço a voz de Leo. É como se eu estivesse completamente fora de órbita e de repente tivesse sido puxada para a Terra. – Ei, garota, tudo bem? O que aconteceu com você?

– Ah, oi, Leo. Não, não aconteceu nada. Eu vim ver o Chefe.

Leo me olha por mais alguns segundos e depois dá de ombros, dando um passo para o lado e me deixando passar. Ele sabe que eu sei cuidar de mim mesma e certamente não se ofereceria para chamar uma ambulância para mim.

Eu estou tão confusa que nem reparo nas pessoas no Noturno, nem consigo observar os detalhes que normalmente observo ou tomar o cuidado que normalmente tomo. Eu só vou direto para o bar e para a porta que leva ao corredor nos fundos.

Desta vez, o Chefe não está me esperando sentado do outro lado da mesa feito algum chefe da máfia italiana. Na verdade, antes que eu consiga abrir a porta, ele faz isso por mim, bem mais agitado do que costuma ficar, o que tem exatamente o mesmo efeito.

– Por que você demorou tanto? – ele diz, puxando-me para dentro da sala e olhando em volta do corredor.

– Ei, ei – eu entro tropeçando e protestando. – Qual é o seu problema?

– Você tem alguma noção do quanto o meu cliente está impaciente? Esperando por você?

– Isso não é problema meu! Eu fiz o que tinha que fazer, no tempo que tinha que fazer. Agora, cadê o meu dinheiro?

Por favor. Eu acabei de pular de um prédio, invadir uma casa, quase ser comida por um lobo, ter uma experiência *muito* estranha no metrô e ainda tenho que aguentar essa palhaçada?

Meu rosto deve mostrar exatamente quanta raiva eu estou sentindo, porque o Chefe bufa e vai até a parte de trás da mesa, e pega um envelope na gaveta. Ele volta para ficar de frente para mim, o envelope em uma das mãos e a outra estendida.

– O pen drive primeiro – ele pede, autoritário.

Bem capaz.

– De jeito nenhum. Essa coisa toda já é suspeita o suficiente. Eu. Quero. Meu. Dinheiro.

O Chefe praticamente rosna para mim, mas eu nem me mexo. Ele olha rapidamente o relógio de ouro no seu pulso magro e solta um suspiro derrotado, atirando o envelope para mim.

Eu apanho o pacote no ar e o abro, conferindo o dinheiro nota por nota. Meu Deus, é muito dinheiro. Não posso evitar o sorriso que se espalha pelos meus lábios, apesar de tudo. Eu coloco a mochila na frente do corpo e enfio o envelope lá dentro, certificando-me de fechar o zíper bem fechado antes de colocar a mochila de volta nas costas.

– Agora... – o Chefe diz, estendendo a mão.

Eu tiro o pequeno objeto preto e coloco na mão dele, que sorri brevemente de uma forma meio sinistra.

– Você pode ir – ele diz, seus olhos ainda no objeto e uma das mãos discando um número no celular.

– Sempre um prazer, Chefe. – Eu não faço esforço algum para esconder o sarcasmo na minha voz enquanto saio da sala, batendo a porta atrás de mim.

* * *

O metrô está sacudindo e eu ouço seu barulho metálico e o *clac clac* das estações passando enquanto penso sobre o dinheiro na mochila. Aquilo é suficiente para me tirar de Nova York, para me dar um novo começo em algum lugar. É o que eu sempre quis fazer. É o que eu deveria fazer.

Então por que não me parece a coisa certa? Depois de todos esses anos?

A certeza de que eu podia deixar tudo para trás quando saísse de

Nova York desapareceu como fumaça. Vince tem razão. Não importa aonde eu vá, essa maldição vai comigo. E ela está ficando mais forte, eu posso sentir. Eu não posso fugir. Não disso.

Eu preciso de ajuda.

E só uma pessoa está disposta a me ajudar.

Vince.

Eu vou falar com ele. Amanhã. E torcer para que o meu instinto esteja certo.

9

Rebecca não está em casa quando eu acordo e desta vez não há nenhum recado explicando por que ela não passou a noite em casa. Eu mando uma mensagem para ela, perguntando se está tudo bem. Não é típico dela, desaparecer desse jeito.

Estou terminando de pentear o cabelo quando recebo uma mensagem. *Eu estou no Brad. Não vou na aula hoje. Beijos.*

Rebecca não ir à aula? Ela deve estar realmente muito mal. Eu achei que a única coisa que podia fazer Rebecca faltar a um dia de aula era, sei lá, câncer terminal. Ou o apocalipse.

Mas ela sabe cuidar de si mesma e minha cabeça está cheia demais dos meus próprios problemas para ficar me preocupando com os dela. Talvez ela tenha contraído alguma coisa no hospital. Acontece.

Quando eu chego à escola, estou nervosa. Estou realmente determinada a procurar Vince e falar com ele sobre meu pequeno incidente de ontem, mas não sei muito bem por onde começar. Mesmo que Vince saiba que eu sou uma Ceifadora, ainda é difícil falar sobre isso com alguém.

Eu estou indo em direção ao meu armário quando alguém me puxa pela gola da blusa para dentro do banheiro, fazendo-me engasgar. Meu primeiro instinto é tentar agarrar os braços do meu agressor, mas ele me empurra em direção à parede de azulejos antes que eu possa fazer qualquer coisa.

Eu deslizo até o chão, completamente desorientada. Pisco o mais rápido que consigo, tentando focalizar em alguma coisa, qualquer coisa.

Assim que meus olhos se acostumam, eu vejo que Eric está parado, ofegante, usando uma camisa preta que mostra exatamente o quanto seus músculos estão tensos.

– Eric, que diabos? Qual é o seu problema?

Ele abre a boca para responder, mas naquele momento a porta do banheiro se abre e um dos caras do time de futebol, Scott alguma coisa, entra, olhando para nós dois sem entender nada.

– Cara, que mer...

– Saia daqui – Eric diz, seus olhos tão furiosos que Scott dá um passo atrás – Agora!

O garoto dá um pulo, sai correndo e Eric tranca a porta, frustrado.

– Desculpe por ter te jogado desse jeito, mas eu tinha que garantir que você não ia tocar em mim.

– Você sabe? – pergunto, atordoada.

– É claro que eu sei! Quanto tempo você acha que uma Ceifadora consegue ficar escondida?

Ah, sei lá. Dezessete anos?

– E fora sua demonstração gratuita de agressividade, tem algum motivo para você ter me trancado no banheiro masculino?

– Eu não deveria estar aqui. Roxie acha que você já escolheu, mas eu não, não posso acreditar nisso – Eric parece um louco, como se falasse consigo mesmo. – Eu estou quebrando todas as regras aqui. Espero que você se lembre disso no futuro.

Regras.

– Essas regras... são as mesmas que Vince mencionou aquele dia na festa? O que está acontecendo?

Eric cerra os punhos. – Será que dá pra ficar *uma* conversa sem falar do Vince? Você acha que consegue fazer isso?

Eu não respondo. Não é o Vince que está sempre agindo como se tivesse fugido do manicômio e não foi ele quem me trancou no banheiro. Ele sempre está lá quando eu preciso. E onde está Eric? Dando em cima da minha melhor amiga.

Eric cobre a distância entre nós dois em passadas largas, parando tão perto do meu rosto que eu acho que ele vai me beijar. Minhas pernas ficam moles.

Eu preciso rever minhas prioridades.

– Kat, eu preciso daquele pen drive de volta.

Ops.

– Que pen drive? – eu pergunto, inocente.

– Por favor, não me faça de idiota. Eu realmente *odeio* isso e nós não temos tempo. Agora, o pen drive.

– Não está comigo.

Os olhos de Eric se arregalam e ele se aproxima ainda mais de mim.

– Como é?

– Não. Está. Comigo – eu enuncio as palavras devagar – O cliente estava com pressa. Eu entreguei logo depois do... roubo.

Eric esfrega os olhos, *muito* impaciente. Dá para ver que ele está segurando a raiva.

– Que cliente? – ele pergunta, os dentes cerrados.

– Eu não sei. O Chefe nunca disse.

Eric dá um soco tão forte no azulejo bem ao lado da minha cabeça que ele trinca e eu me encolho.

– Que droga! Eu sabia que devia ter mordido sua perna e te aleijado quando tive a chance!

Ok. Definitivamente é a primeira vez que eu escuto isso.

Espera um pouco.

– Você! – eu digo, me recuperando do susto de quase ter sido socada na cara. – *Você* era o lobo? O Metamorfo? Que diabo você estava fazendo lá?

– Tentando evitar que alguém roubasse o que foi roubado! Mas não, eu tinha que ficar com pena... Meu Deus, eu estou *muito* ferrado. Se Valentina já estiver com aqueles arquivos... – Eric está murmurando para si mesmo de novo.

– Valentina? Você conhece a Valentina?

Eric olha diretamente para mim, chocado. Seus ombros desabam de cansaço ou tristeza e ele passa a mão pelos cabelos loiros, como faz toda vez que está nervoso.

– Ah, não... *Você* conhece Valentina? Como? Você não está trabalhando pra ela, certo?

– Não, eu...

– E você *não* roubou o drive pra ela, certo?

– Eu já disse, não sei quem era o cliente – eu respondo. Eric está andando de um lado para o outro, resmungando. – Eric, o que está acontecendo? O que tinha naquele drive?

– Se Valentina usou você, ela quebrou as regras – Eric me agarra pelos dois ombros – Kat, eu preciso que você preste muita atenção em mim, ok? Eu preciso fazer umas ligações, mas eu quero que você me encontre depois da aula, no ginásio. Não fale com ninguém sobre isso, não seja vista, e não fale sobre a nossa conversa, especialmente com Vince.

Eric não parecia perigoso agora. Só muito desesperado.

– Depois da aula, Kat. Você entendeu?

Eu concordo e ele me larga, respirando fundo e indo para a porta. Ele está prestes a sair quando para e olha para mim por cima do ombro.

– Por favor, esteja lá. É importante.

– E se eu não estiver? – eu pergunto, meio desconfiada.

– Muita gente vai morrer – ele diz sombriamente, deixando a porta bater atrás dele.

Ótimo. E agora?

Vince me disse para não confiar em ninguém e Eric me diz para não confiar em Vince. E que regras são essas? Eu passei minha vida inteira sobrevivendo, cuidando de mim mesma, e agora estou me sentindo como um peão em um jogo que nem era para estar participando.

Eric poderia ter me matado, mas não o fez. Isso quer dizer que ele está do meu lado, certo? Mas de que lado *eu* estou? Eu não faço a menor ideia do que está acontecendo.

Meio tonta e dolorida, eu saio do banheiro, andando devagar até a sala, tentando entender tudo que aconteceu. Obviamente, quando eu entro uns bons vinte minutos atrasada, o professor me olha como se eu estivesse brincando.

Ele abre a boca para falar, mas eu o interrompo.

– Eu estava vomitando no banheiro – eu digo, sem nem olhar para ele e andando como um zumbi até a última carteira. A sala inteira fica em silêncio antes de irromper em murmúrios do tipo "ela é tão esquisita" ou "ela deve estar grávida".

O professor pigarreia, ainda meio atordoado e a sala lentamente volta a ficar em silêncio. Eu estou olhando para a minha carteira, tentando compreender como é possível organizar meus pensamentos. Eu literalmente não sei o que fazer.

Eric nunca me deu nenhum motivo concreto para confiar nele. Como eu sei que ele não vai me levar para um beco e me torturar ate que eu diga onde o pen drive está?

Tudo bem, isso é meio viajar demais, mas não é impossível, certo? Por outro lado, ele pareceu sinceramente preocupado. De alguma forma, por mais maluco que ele seja, eu não acho que Eric seria capaz de me machucar.

Eu vou arriscar. Quero dizer, não tem muito jeito de as coisas ficarem piores, tem? A não ser que eu morra. Mas eu estou realmente tentando manter essa possibilidade afastada da minha cabeça. Pessoas já enlouqueceram por menos.

Meu dia só fica pior quando eu almoço sozinha, sem sinal de Rebecca, Eric ou mesmo Vince. Aparentemente eu sou a única que não pode escapar dessa rotina idiota quando problemas aparecem. E com certeza eu tenho minha cota de problemas. Talvez a minha e a dos outros também.

Além do almoço solitário, ainda tenho que enfrentar uma prova oral para a qual eu obviamente não me preparei. Eu nem me importaria com a humilhação de não saber nenhuma resposta se isso não significasse estudos no verão – e menos tempo para trabalhar.

Isso supondo, é claro, que eu sobreviva até lá.

A tortura pode demorar a acabar, mas quando o sinal indica o fim do dia letivo, eu sou invadida por todo uma nova sensação de pânico. Eu enrolo um pouco pelos corredores enquanto todos os outros alunos riem e conversam, guardando livros nos armários e discutindo os mesmos problemas de sempre.

Usando o meu muito-bem-treinado talento de ficar invisível, tomo a direção contrária do fluxo de alunos, andando pelos corredores que estão se esvaziando, a caminho do ginásio. Eu olho em volta, e me certifico de que não estou sendo observada antes de abrir as portas vermelhas.

Sem as *cheerleaders* sacudindo pompons ou os atletas suados com seus tênis guinchando no piso de madeira, o ginásio é meio fantasmagórico. As arquibancadas escuras parecem capazes de esconder qualquer coisa, inclusive um certo maníaco que pode pular sobre mim a qualquer momento.

– Eric? – eu chamo, nervosa. Minha voz ecoa no espaço amplo do ginásio vazio, o que não ajuda minha ansiedade em nada. – Eric pelo amor de Deus, isso não tem graça!

– Paciência é uma virtude, sabia?

Eu me viro e vejo alguém recostado na arquibancada. Mas não é Eric. Eu cavo minha memória em busca do nome de que eu preciso.

– Roxie? – eu pergunto, meio insegura.

A garota se desencosta da arquibancada, seus cabelos pretos balançando quando ela vem na minha direção, seus quadris sacudindo sob uma calça de couro justa. Seu hálito cheira a morango, provavelmente o chiclete que ela está mascando.

– Ah, você se lembra de mim – ela diz com um sorriso impossivelmente branco. – Legal.

– Como você entrou aqui?

– Nossa, sério? *Essa* é sua primeira pergunta? – ela ri. – Eu tenho meus métodos. Vem, eu já cansei de ficar no escuro.

– E o Eric? Ele deveria me encontrar aqui.

Roxie revira os olhos. – Eu sei, garota. Ele está esperando no carro. E exatamente como você, ele não é muito paciente.

Eu ia perguntar para onde a gente ia de carro, mas Roxie já estava indo em direção à porta dos fundos. Além disso, se eu começasse a fazer perguntas agora, eu não ia conseguir parar. Então, simplesmente sigo Roxie pelas portas e pelo estacionamento vazio atrás do ginásio.

Bem, vazio exceto por um New Beetle amarelo estacionado na vaga mais distante.

Eric esta tamborilando os dedos no volante quando eu me espremo no banco de trás. Ele não sorri quando eu entro, mas parece ficar um pouco aliviado.

– Carro... legal – eu digo quando Roxie fecha a porta do passageiro.

– Viu? – ela diz, olhando para Eric. – Eu disse. Agora você vai parar de implicar com o meu brinquedinho?

Ela acaricia o painel e eu reparo nos muitos apetrechos coloridos pendurados no retrovisor. Eric revira os olhos e arranca, saindo da escola em direção ao centro.

– Ah, perfeito. Tudo o que Rox precisava era de uma cúmplice. Valeu, Kat.

– Não ligue pra ele – Roxie diz. – Eric ainda não aprendeu a acordar do lado certo da cama não é, totó?

– Roxie, pare com essa coisa de totó! – Eric se irrita, mas não do jeito quase assassino que ele se irrita comigo. É um jeito brincalhão, de amigos. Ou namorados. – Eu não estou de mau humor, eu só não entendo como alguém pode ficar tão calmo com tudo o que está acontecendo.

– Ei, se eu não posso mudar, não vale a pena me preocupar. Além disso, eu estou animada demais para ficar nervosa. Você tem noção de quanto tempo eu estou esperando pra quebrar a cara do Vince? Eu nem acredito que a Valentina seria boa o suficiente para...

– Rox – Eric diz, firme. – Já chega.

– O que foi? – ela diz dando de ombros e olhando as unhas vermelhas e perfeitas. – Ela vai ter que descobrir mais cedo ou mais tarde.

– Vlad vai resolver isso. Não você.

Roxie faz um biquinho e se encolhe na cadeira, resignada. Eu estou realmente tentada a perguntar do que diabos eles estão falando, mas duvido que fosse receber uma resposta. Eu nunca recebo.

De uma maneira ou de outra, não fecho os olhos hoje sem receber uma boa explicação.

Ou várias.

10

Meu coração gela quando o carro para diante do mesmo prédio que eu invadi ontem. Não era exatamente o lugar onde eu escolheria estar, mas não acho que minhas escolhas estejam sendo muito consideradas no momento.

Roxie salta do carro com a delicadeza de um gato e eu me sinto perfeitamente jurássica quando a sigo em passos duros até o prédio. Eric continua sério, com as mãos nos bolsos, enquanto toca o interfone muitas vezes em poucos segundos.

– *Alô?* – uma voz atende depois da milésima vez que ele toca.

– Somos nós – Eric responde.

O interfone fica em silêncio por alguns momentos e então eu escuto uma campainha que indica que a porta foi aberta. Eric entra e Roxie faz sinal para que eu o siga, entra atrás de mim e bate a porta.

A memória de descer correndo aquelas escadas volta em um *flash* assim que começamos a subir. Ainda há algumas gotas de sangue nos degraus. Isso é muito bizarro.

Assim que chegamos ao terceiro andar, Eric bate na porta de um jeito estranho, como se o som que ele faz fosse um código. Bom, talvez seja. Escuto passos vindos do lado de dentro e meu corpo fica ainda mais tenso quando os passos param e o som é substituído pelo barulho de várias trancas sendo abertas.

O homem que abre a porta não se parece em nada com o que eu estava esperando. Ele é alto e magro e está usando um terno preto com riscas de giz e sapatos de bico fino. Seu cabelo vermelho fogo está penteado para trás de uma forma antiquada e formal, mas apesar da aparência sóbria e escura, seu sorriso é gentil e seus olhos quase se fecham quando os cantos dos seus lábios se levantam.

– Você deve ser Katherine – ele diz, ainda parado na porta. Felizmente, ele não faz nenhuma menção de estender a mão para mim. – É um prazer finalmente conhecê-la pessoalmente. Por favor, entre.

Ok, talvez seja porque eu só ando com maus elementos, mas é bem suspeito que o cara que foi roubado por mim seja tão simpático. Parece-me uma daquelas conversinhas amigáveis que os mafiosos fazem antes de cortar fora seus dedos ou algo assim.

De qualquer forma, eu não tenho alternativa a não ser obedecer e entrar. Só não consigo sorrir de volta. É pedir demais.

O apartamento não é grande, então da porta eu consigo ver que a sala super segura está aberta. O que faz sentido, já que ela não tem mais nada para guardar. Lembrar disso faz meu estômago dar um nó náutico. De novo.

– Eu tenho certeza de que você tem muitas perguntas, Katherine – diz o ruivo quando chegamos a uma sala com três sofás pequenos e uma mesa de centro –, e devo dizer que também tenho as minhas. Por que você não se senta? – ele faz um gesto elegante em direção a um dos sofás, sobre o qual despenco, sem tirar os olhos do seu rosto.

– Roxanne, querida, você nos serviria umas bebidas? – ele pede, tranquilamente. Roxie dá uma piscadela e sai, enquanto ele se senta no sofá em frente ao meu e Eric permanece de pé, feito um guarda-costas.

– Antes de começar, eu preciso pedir um favor e eu sei que vai soar um pouco estranho, mas posso garantir que é necessário.

– Tudo bem – eu digo com a voz meio rouca, porque francamente, que opção eu tenho?

– Eu preciso que você olhe nos meus olhos e jure que não roubou aqueles arquivos para Valentina, Vincent ou nenhuma outra pessoa da Legião – ele não está sorrindo mais e seus olhos parecem estar em chamas.

– De onde? – eu pergunto, confusa.

– Só jure, Katherine. Se for verdade.

– É claro que é verdade! Eu já disse, eu nunca soube quem era o cliente.

– Você jura? – ele pergunta, seus olhos quase fazendo buracos nos meus. Eu suspiro.

– Sim, eu juro.

Ele fica me olhando por alguns desconfortáveis segundos e então suspira, sorrindo e se recostando no sofá enquanto cruza as mãos sobre as pernas.

– Tudo bem. Primeira pergunta. Por que você roubou os arquivos?

– Espera aí. Você nem me falou seu nome.

– Ah, claro. Desculpe-me. Meu nome é Vladimir Noreyev.

– E você é um Ilusionista – eu digo. Vladimir ergue uma sobrancelha.

– Fascinante. Como você soube?

– Olhos de Ilusionista têm aquele fogo quando eles estão tentando olhar dentro da mente de alguém. Não é minha primeira vez.

– Ah – ele sorri. – Interessante. Bem, sim, eu sou um Ilusionista.

– Como Valentina.

Sua expressão se fecha. – Nós dois podemos ser Ilusionistas, senhorita Brown, mas eu garanto que as minhas semelhanças com a minha irmã param aí.

– Irmã?

– Tenho certeza que você notou a semelhança – ele diz, passando a mão pelos cabelos. É, ele tinha mesmo me lembrado alguém. E já que eu nunca tinha visto ninguém com o cabelo daquela cor, é meio vergonhoso que eu não tenha pensado nela logo de cara. – Sim, nós somos gêmeos, mas isso pode ficar para depois. Agora, de volta à minha pergunta...

– Eu roubei aquele drive pelo mesmo motivo que faço todos os outros trabalhos. Dinheiro.

– Uau. Direto ao ponto hein? – Roxie está de volta com uma bandeja de refrigerantes gelados que ela coloca sobre a mesa, sentando-se ao meu lado. Ninguém toca nas bebidas.

– E foi um Intermediário que pediu, certo? – Vladimir pergunta.

– Meu empregador no Noturno. O Chefe. – eu coro quando ele ergue a sobrancelha. – Eu não sei o nome dele.

– Você trabalha para um homem sem saber o nome dele? – Eric nem tenta esconder a acusação na sua voz.

– Ei, ele paga minhas contas. É tudo que eu preciso saber.

– Trabalha matando os outros? Sua bússola moral está seriamente desajustada – Eric diz.

Eu olho para ele esperando que meus olhos mostrem exatamente quanta raiva eu estou sentindo. Eu trinco os dentes.

– Nem todo mundo pode fazer carreira como bichinho de estimação, totó.

– Ha! – Roxie diz, dando uma risada – Eu já gosto dela!

Ela levanta a mão para que eu bata e eu fico olhando para ela meio sem graça.

– Ah é! – ela ri ainda mais. – Ops!

– Já chega! – Vladimir diz. – Você nunca viu esse Intermediário conversar com ninguém às escondidas? Nada suspeito?

– Tudo é suspeito naquele lugar – eu digo, dando de ombros. Então eu paro e fico séria. Vladimir parece notar.

– O que foi? – ele pergunta, ansioso.

Eu não tinha certeza se queria dividir informações com Vladimir, afinal, eu mal sabia quem ele era, mas a verdade era que Valentina também não tinha me dado motivos para mentir por ela. Quem eu estava tentando proteger? E se ela realmente estivesse planejando alguma coisa pelas minhas costas? Talvez esse cara pudesse ajudar.

– Pode não ter nada a ver, mas eu acabei de me lembrar. Na primeira vez que esse cliente foi mencionado, Valentina estava no Noturno. Mas eu não sabia quem ela era.

Como eu tinha me esquecido disso? Ela poderia ser o cliente? Como ela podia querer minha confiança se não me contava isso?

– Falando nisso – Eric interrompe. – *Como* você conhece Valentina?

– Ela estava no apartamento de Vince quando...

Eric se vira para mim, realmente bravo agora.

– Apartamento do Vince? Kat, você é doente?

– Eric, por favor – Vladimir pede com calma e se vira para mim. – Por que você estava lá? Se não for pessoal...

– Não! – eu me apresso em me explicar. – Não, ele me salvou. Eu estava muito machucada e ele me levou para o apartamento para cuidar de mim. Eu teria morrido se não fosse por ele.

Eric agora só parece preocupado.

– O que aconteceu?

Eu suspiro. Talvez não seja uma boa ideia falar sobre o episódio do felino gigante, mas agora que eu já abri minha boca grande, fica meio difícil despistar.

– Eu tive um pequeno incidente com uma Metamorfa.

– O quê? Quando?

– Depois da festa de sábado. Eu estava sozinha e acabei topando com uma... ahm... *gata.*

– Você esta vendo, Vlad? – Eric diz, nervoso. – Eu disse que ela não podia ficar sozinha.

– É, foi o que Vince disse também.

– Na verdade – Vladimir diz –, o que me preocupa é que se a Metamorfa não era nossa...

– Só pode ser deles – Roxie completa –, mas por que eles mandariam alguém para matar Kat?

– Valentina deve saber que é difícil matá-la. E minha irmã seria perfeitamente capaz de correr esse risco se isso fosse significar a confiança de uma Ceifadora. E isso é algo de que ela realmente precisa no momento.

– Ok, minha vez – eu interrompo, impaciente. – Qual é a do "nossa" e "deles"?

– A primeira coisa que você precisa entender, Katherine, é que nós estamos em uma situação... complicada – Vladimir diz, levantando-se. – Teoricamente, nós não podemos "recrutar" ninguém, só observar as tendências e deixar que a própria pessoa decida de que lado vai ficar.

– Lado? Tipo bem ou mal?

– Não. Eu não poderia falar de nada disso com você antes que ficasse totalmente claro a que lado você pertence, mas Valentina quebrou as regras quando usou você para roubar aqueles arquivos, então vale tudo agora.

– Você não sabe se ela me usou.

– Acredite em mim. Eu conheço minha irmã. Infelizmente, isso não vai ser suficiente para o Conselho. E é aí que você entra.

– O quê?

– Vlad, eu acho que você está indo um pouco rápido – Roxie diz.

– Claro. Desculpe, Kat. Faz tempo que eu não faço isso – ele respira fundo, como se estivesse se preparando para contar uma história bem longa. – Valentina e eu somos lados opostos de uma mesma moeda. Nós existimos, assim como você, para honrar um equilíbrio que sempre existiu e deve continuar a existir.

– Então nós voltamos ao negócio de bem ou mal?

– Eu adoraria dizer que é simples assim. Eu tive um professor uma vez que dizia que o bem não passava da verdade contada pelos vencedores. E ele estava certo. O equilíbrio de que eu estou falando é o yin e o yang do oriente, a luz e escuridão da Bíblia, não importa. É o tipo de equilíbrio que precisa existir.

– E o que isso tem a ver com vocês?

– Valentina faz parte, uma grande parte, na verdade, de um grupo que se chama Legião. E eu, assim como Roxanne e Eric, faço parte de outro grupo, conhecido como a Ordem. Nós não começamos estas organizações, elas existem desde o principio da civilização, como abrigo para seres humanos... incomuns. Especiais. Como você, Katherine.

– Ceeeerto – eu não estava vendo muito objetivo naquilo. As pessoas adoram dar nomes às coisas, acham que isso as torna mais palpáveis, mais reais. – E o que exatamente vocês fazem?

– Acho que se pode dizer que somos uma espécie de força de apoio. Resumindo bastante, ao longo da história, nós estivemos presentes em todos os acontecimentos importantes da humanidade, dando apoio ao lado em que acreditávamos, assim como qualquer grupo faria. Mas uma coisa que nunca mudou é que nós e a Legião sempre estivemos em lados opostos.

– Tudo bem, vamos parar um pouquinho. Por que você está me falando nisso?

– Existem regras entre nós – Vladimir continua. – E uma delas é que não podemos interferir no livre arbítrio. Cada membro destes dois grupos deve entrar por conta própria, deixar que suas ações digam a que lado ele pertence. Mas Valentina quebrou as regras quando fez com que você roubasse algo para a Legião.

– E o que acontece? Já que ela quebrou as regras?

– Em um mundo perfeito, ela seria julgada e expulsa. Mas o mundo não funciona mais assim. A trégua está fraca. Valentina está ficando mais ousada e sua sede de poder assusta até o Conselho.

– Eu pensei que vocês ficassem meio escondidos. Tipo, ajudando sem ser vistos, não é isso?

– Deveria ser assim. Mas Valentina, assim como muitos outros, não acha que devemos fazer todo o trabalho e não ter nenhuma recompensa. Ela está planejando alguma coisa grande, mas sem provas, a Ordem não pode fazer nada. Se eu interferir nos assuntos da Legião, vai ser guerra. Se a trégua acabar...

– Olhe, eu tenho certeza que você sabe que isso é muita informação pra digerir – eu digo e me levanto. – Quero dizer, e todas as pessoas trabalhando no Noturno? Vendendo seus talentos? Elas não são boas o suficiente, é isso? Elas merecem ficar sozinhas? – eu estou nervosa e isso está ficando óbvio pela minha voz meio gritada.

– Cada um tem a hora de fazer sua escolha, Kat – Roxie diz, mais séria. – A hora dessas pessoas vai chegar.

– Roxanne tem razão. Mas o problema que nós enfrentamos agora é que a sua hora chegou.

– O quê?

– Você não deveria ter que escolher, não assim. Suas ações deveriam falar por você. Mas as coisas mudaram. Valentina vai fazer de tudo para ter você e, francamente, eu também. Por mais de um motivo.

– Por quê?

– Ceifadores são raros. *Muito* raros. E hoje, eles estão praticamente extintos. Até onde a Ordem e a Legião sabem, você é a última.

Eu provavelmente deveria ter ficado feliz por não existir mais nenhum monstro igual a mim lá fora. No entanto, saber que eu posso ser a única só faz com que eu me sinta ainda mais como uma aberração. Eu me sinto sozinha.

Como sempre.

– E o que *vocês* querem comigo?

Vladimir parece surpreso com a amargura na minha voz, mas a expressão não demora a se desfazer.

– Nós precisamos que você *entre* para a Legião.

– Como é? – agora é minha vez de ficar surpresa. – Por quê?

– O arquivo que você roubou é uma lista, com os nomes e localização de todos os membros da Ordem.

Uau.

– Ele estava sendo transportado para um lugar seguro, mas teve que passar por aqui, só por uma noite. Valentina descobriu e te deu as instruções. Aparentemente, nós temos um traidor, mas esse é um assunto do qual eu posso tomar conta sozinho. Eu estou errado em presumir que você tinha uma janela de tempo bem curta para agir?

– Não – eu respondo secamente. Acho que eu realmente me ferrei dessa vez.

– Ela sabia que eu estaria fora porque eu estava seguindo uma pista falsa que eu tenho certeza que foi ela mesma quem plantou.

– Tudo bem, mesmo que tudo isso seja verdade, eu ainda não vi minha utilidade. O que exatamente vocês precisam que eu faça?

– Com a identidade de todos os nossos membros comprometida, você é a única que pode se infiltrar na Legião e pegar a lista de volta. – Eric diz, sério. – Especialmente porque Vince confia em você e Valentina já está de olho em você. Não deve ser difícil.

– Espera aí um instante – digo. – Eu não tenho como saber se tudo isso é verdade. E se vocês forem os caras maus? Nem Vince nem Valentina nunca me deram nenhum motivo para que eu resolva trair a confiança deles. Talvez seja em vocês que eu não posso confiar.

Se isso fosse mesmo verdade, eu acho que não iria conseguir sair dali viva. Tudo bem, não é a melhor hora para apontar suspeitas, mas eu não consegui me segurar. Eu não ia me meter em uma briga que não é minha sem antes saber o quanto eu podia me ferrar no processo.

Vladimir me olha parecendo cansado e compreensivo ao mesmo tempo.

– A escolha é sua, Katherine. Ninguém pode ser forçado a se juntar à Ordem. Mas eu posso garantir que, quaisquer que sejam os planos da minha irmã para você, eles não são bons. Ela vai distorcer o seu dom, vai manipular você.

– Você fala como se eu não tivesse escolha.

– E você esquece que eles têm Ventríloquos. Incluindo seu amigo, Vince.

– Vince nunca faria isso. Ele nunca iria me controlar. – quando eu escuto as palavras saindo da minha boca, eu percebo que não tenho certeza nenhuma de que elas sejam verdadeiras. Mas Vince não faria isso.

Faria?

– Valentina disse que te ajudaria, certo? Que te treinaria e ensinaria tudo sobre a sua habilidade?

Eu concordo, meio receosa de onde isso vai chegar.

– Agora me responda isso – Vladimir diz, parecendo estranhamente satisfeito consigo mesmo. – Ser uma Ceifadora é manipular a morte, tenho certeza que ela te disse isso. Mas ela também disse que você pode *prevenir* a morte? Que você não nasceu para matar?

Eu estou mais ou menos consciente de sacudir a cabeça negativamente, mas eu me sinto completamente fora de órbita. Por mais que seja bom ouvir algo que me dê esperança para um futuro diferente, é horrível saber que eu não precisava ter passado todos estes anos fazendo o que eu faço.

Eu não faria isso, se tivesse opção. Eu acho.

– Como? – eu pergunto, simplesmente porque de tudo o que está passando pela minha cabeça agora, essa é a resposta que eu realmente preciso ouvir.

Mas Vladimir sacode a cabeça.

– Eu não posso ensinar isso a você. Não agora. Eu entendo que é novo, estranho e provavelmente difícil, mas nós precisamos de você, Kat. Cada minuto que aqueles arquivos passam longe de nós, aumentam as chances de coisas muito ruins acontecerem.

A questão comigo é a seguinte: eu sempre evitei me colocar em situações onde a minha vida dependesse do meu bom julgamento, em especial com relação a outras pessoas. Essa coisa de ato de fé nunca foi uma boa opção. E sempre funcionou muito bem.

Até agora.

– Eu entendo que é muita informação e é claro que você precisa de tempo para pensar. Mas eu espero que você também entenda a urgência do assunto.

– Ok, Vlad, ela entendeu – Roxie diz, ao se levantar e sacudir a cabeça em um claro gesto de impaciência. – Eu acho que ela já teve pressão o suficiente para fazer com que afunde em algum teste amanhã ou algo assim. Venha Kat, eu levo você em casa.

Eu ia dizer que podia voltar sozinha de metrô, mas com tudo que tem acontecido nos últimos dias, acho que é mais esperto aceitar uma carona. Todas as pessoas que eu conheci recentemente parecem estar certas de que *alguém* vai acabar me matando, então eu não recuso a gentileza.

– Valeu, Roxie.

Ela me dá um sorriso e dá de ombros, rebolando até a porta daquele jeito sensual, mas não vulgar que só alguém como ela conseguiria fazer e mandando beijos no ar para Vladimir ou Eric. É difícil dizer. Talvez seja para os dois. No momento eu não consigo me importar muito.

Roxie salta com agilidade para o banco do motorista enquanto eu me sento com a mesma falta de jeito de sempre. Para ser bem sincera, eu não acho que teria notado se tivesse sentado em alfinetes naquele momento.

Ela dirige ainda mais rápido do que Eric, mas parece bem mais relaxada do que ele, seus dedos deslizando pelo painel e trocando de estação o tempo todo. Quando paramos em um sinal vermelho, ela para de tamborilar os dedos no volante, percebendo que eu estou bem abalada – e possivelmente ainda mais pálida. Ela suspira.

– Escuta, o Vlad é meio apocalíptico. Eu não estou dizendo que a situação não é séria, mas ele surta por qualquer coisa. Valentina suga toda a alegria dele. Acho que ele nunca superou o que aconteceu entre eles.

– Eles são bem diferentes – eu digo, pensando no sorriso confiante de Valentina. – É meio difícil acreditar que sejam irmãos, muito menos gêmeos. E eu não gosto da ideia de escolher entre um dos dois.

Roxie arranca o carro, seu rosto em uma expressão pensativa.

– Você não tem que escolher entre os dois, Kat, isso é bem maior do que eles. O equilíbrio é uma coisa séria e é meio… transcendental, sei lá. Um dos caminhos vai parecer certo pra você, mas nunca vai ter certeza se é ele mesmo que quer tomar. É estranho.

– Mas eu não consigo ser imparcial nessa escolha. Quer dizer, eu estou me sentindo bem culpada com essa história de lista. O que os meus clientes fazem é problema deles, mas isso é meio ir longe demais.

Roxie sorri – O fato de você estar se sentindo culpada por isso já diz muito sobre quem você é.

Ela para o carro diante do meu prédio, desligando o motor e olhando para mim.

– Eu não sei muito sobre Ceifadores, mas eu imagino que deve ser muito difícil. Ter controle sobre a morte é uma responsabilidade enorme e você vai passar o resto da sua vida tendo que tomar cuidado com as pessoas que vão querer te usar, não importa qual lado você escolha.

– Se você está tentando me animar, está fazendo um péssimo trabalho.

Ela ri. – Eu estou sendo sincera. Minha vida e a de Eric não são fáceis. A sua também não vai ser. Mas ela pode ser *sua* e de mais ninguém. Lembre-se disso.

Eu concordo, meio distraída e abro a porta do carro.

– Ei, Mortícia – Roxie chama. Eu me viro. – Se você precisar de uma amiga, eu estou aqui, ok?

Ela me dá um sorriso que mistura sinceridade e compreensão de uma forma tão sutil que nem mesmo eu sei como consegui captar. E por mais que uma vozinha dentro da minha cabeça esteja tocando o alarme da desconfiança, eu nem me importo. Eu não *quero* me importar.

Tudo que eu quero, por mais infantil e estúpido que isso pareça, é uma amiga.

* * *

Rebecca está fazendo espaguete com carne quando eu chego ao apartamento. Se eu duvidava da possibilidade de ela estar doente antes, depois de ver seu rosto eu não duvido mais. Seus cabelos loiros estão murchos e sem brilho e sua pele normalmente perfeitamente corada está tão pálida quanto a minha. Círculos escuros debaixo dos seus olhos azuis tornam o sorriso que ela me dá extremamente cansado.

– Meu Deus, Becks – eu digo, sem me aproximar. Eu não posso confortá-la com um abraço, ela já se acostumou com isso, então simplesmente paro do outro lado da mesa, tentando expressar minha preocupação com os olhos. – O que aconteceu? Você nunca faltou um dia de aula desde que eu te conheci.

– Eu não sei – ela diz se virando de costas para mim e voltando sua atenção para a panela –, eu me senti muito enjoada, tipo uma queda de pressão, sei lá. Deve ter sido alguma coisa que eu comi. E você?

– O que tem eu? – a melhor técnica para evitar perguntas: fazer perguntas. Boa, Becks. Se eu fosse esperta, teria feito o mesmo.

– Onde *você* estava? – ela pergunta e me olha por cima do ombro, sacudindo uma colher. – Nem detenção ia segurar você até agora.

– Você sempre presume que eu estava em detenção? – eu pergunto, tentando mudar de assunto. – Isso é tão deprimente.

– É verdade. E então?

Ok, obviamente minha brilhante técnica não funcionou.

– Eric me chamou para um café – pode ser impressão minha, mas Rebecca parece ficar tensa de repente. – Eu já tinha recusado uma vez, não ia pegar bem recusar de novo.

– E por que você recusaria? – ela pergunta, de costas, mexendo o molho ferozmente.

– Sei lá, Becks. Eu não tenho cabeça para esse tipo de coisa. Você sabe que eu quero sair daqui depois da formatura.

Ela dá de ombros. – Tudo bem, eu só acho que você devia sair mais. Confiar mais nas pessoas. Eric parece legal.

– É, você parece achar isso.

Agora a tensão é obvia. – Como assim?

– Eu vi vocês conversando, Becks. Sério, eu não me importo. Nós nem amigos somos.

Rebecca se vira para mim, parecendo realmente chocada.

– Ah, meu Deus, não, Kat! Nós somos parceiros de laboratório, só isso!

– Becks, você não precisa se explicar pra mim! Eric é um amigo, no máximo. Nem isso, pra falar a verdade. Eu nem sei o que ele é.

– Tudo bem, tudo bem. Se você insiste, eu acredito. Eu não vou começar a discutir a sua vida pessoal agora, Kat. Não se preocupe.

– Não foi isso que eu quis dizer. Eu só...

– Ei – ela me interrompe com um sorriso. – Eu sei, tá? Sério, vamos deixar isso pra lá. Eu estou doente e com fome e acho que bem em breve também vou ficar com sono.

Ela tem razão. Essa discussão toda me soa monumentalmente estúpida, já que nenhuma de nós duas tem de fato alguma coisa com Eric. E nós éramos amigas muito antes dessa confusão toda. Só me preocupa um pouco que, se Rebecca estiver mesmo a fim dele, ela está prestes a encarar um pacote realmente estranho. E aparentemente perigoso.

Mas já que não há forma de explicar isso sem soar completamente infantil e ridícula, eu aceito deixar para lá. Que mal vai fazer, afinal de contas?

Eu sorrio de volta enquanto Rebecca serve porções generosas de macarrão para nós duas. Embora eu goste de pensar que está tudo tão normal quanto sempre foi – o que não é muito –, o clima enquanto comemos é meio estranho, como se alguma coisa ainda precisasse ser dita. Mas eu tinha certeza que o incômodo não vinha da minha parte. Rebecca, por outro lado, parecia bem mais quieta do que o normal, o que para alguém tão extrovertida era bem preocupante.

Depois de finalmente dizer boa noite, escovar os dentes e tomar um banho, eu me pego encarando o teto mais uma vez. Meu cérebro está fazendo o possível para processar tudo o que tem acontecido nos últimos dias, mas a verdade é que eu nunca estive tão confusa. O que Vince fez para merecer que eu virasse uma traidora? Mas o que eu fiz, a lista que eu roubei, está realmente pesando na minha consciência. Eu não posso ignorar a possibilidade de ser responsável pela morte de pessoas inocentes, certo? Não seria correto.

No fim das contas, eu realmente só tenho uma opção: reparar o meu erro. Eu não tinha nenhuma intenção de me envolver em nada dessa confusão megalomaníaca de Ordem e Legião, mas agora que eu tinha sido arrastada para isso contra a minha vontade, eu tinha que arrumar uma forma de zerar o placar novamente. Talvez recuperar essa lista estúpida seja minha forma de lavar as mãos, deixar que eles resolvam seus problemas e sair enquanto ainda dá tempo. Depois disso, eu só espero poder seguir o meu caminho e esquecer Eric, Vince e todas as outras pessoas que andam me deixando louca. Se tudo der certo, eu não vou precisar fazer nenhuma escolha, nem trair ninguém.

O problema é que raramente as coisas dão certo para mim.

11

No dia seguinte, o ambiente da escola me parece particularmente idiota. Eu não consigo me importar com as tarefas que não fiz, com as provas para as quais não estudei e nem com os professores que me odeiam só de olhar para os meus olhos – isso acontece bastante. Tudo parece pequeno se comparado com a decisão que eu tomei, provavelmente pelo motivos mais errados.

Para piorar a situação, Vince está de volta e Eric também e os dois parecem sentir que alguma coisa está acontecendo. Obviamente, sou eu quem recebo todos os olhares intensos e questionadores durante a aula e pelos corredores. De uma hora para outra, eu, que nunca pensava muito nas consequências do que ia fazer, me sinto com o peso do mundo nos ombros. Não é uma sensação agradável e nem facilita o fato de que eu vou ter que mentir para duas pessoas ao mesmo tempo, e assim, para várias outras que estão por trás delas. Então eu faço tudo o que eu posso para não pensar nisso.

Eric não para de me olhar. Ele parece tão ansioso por uma resposta quanto Vladimir estava no dia anterior, o que é compreensível. Eu tento o máximo possível não olhar na direção dele, porque eu fico nervosa e porque pensar que Vince pode estar sabendo de tudo me deixa assustada de uma forma que eu não consigo explicar muito bem.

Durante o intervalo, eu localizo Vince na multidão, esperando que Eric me veja e entenda o que eu estou fazendo, já que não tive nenhuma oportunidade de conversar com ele em particular. Vince sorri para mim daquele jeito impossivelmente atraente que por um instante faz com que eu me esqueça do que ia fazer.

– Ei – ele diz, casualmente. Eu estou esperando que minha tensão não esteja tão transparente quanto sinto que parece estar.

– Oi – eu respondo, sorrindo também. – Como está sendo o seu dia?

Eu não tenho exatamente tempo para papo de elevador, mas não achei que seria educado começar uma conversa com algo apocalíptico.

– O mesmo de sempre. Tedioso. Especialmente porque não vi você o dia todo.

– Aahh – eu gaguejo, incerta de como reagir a esse comentário e ele parece achar muito divertido. – Você andou meio sumido. Eu não te vi nos últimos dias. Aconteceu alguma coisa?

Seu rosto fica duro, mas ele logo sorri de novo. – Eu tive uns problemas pessoais, nada demais. Você ficou preocupada? – ele tem um tom de flerte na voz.

– Não. Eu sei que você sabe cuidar de você mesmo.

Ele ri.

– Escute – eu digo, baixando a voz. – Eu quase matei uma pessoa no metrô no outro dia. Eu preciso de ajuda, Vince. Eu não consigo pensar em mais ninguém para pedir além de você.

Vince me olha com seriedade, mas o violeta dos seus olhos fica subitamente mais intenso.

– Claro. Você pode me encontrar depois da aula? Eu vou ligar para Valentina.

Eu aceno positivamente com a cabeça, ainda ridiculamente nervosa.

Ele toca meu rosto de um jeito completamente inesperado e se vira para ir embora, na direção oposta da sala de aula. Eu não duvido que ele vá desaparecer de novo, já que parece que ninguém nunca questiona o que ele faz. Deve ser bom.

Eu, por outro lado, não tenho opção a não ser encarar as próximas aulas, ansiosa. Eric está em uma delas e acena para mim, de uma forma que indica que ele entendeu o que eu falei com Vince, ainda que não tenha ouvido. Ele sabe que eu tomei minha decisão, embora não seja exatamente o que ele pensa.

Realmente me impressiona que Eric esteja confiando tanto em mim. Eu podia simplesmente ter contado tudo a Vince ou ao menos planejar contar quando me encontrasse com ele. Por que Eric está tão certo de que estou do lado dele? Quando na verdade eu não estou do lado de ninguém.

De qualquer forma, Eric entende o que eu fiz e agora a perspectiva de enganar Valentina está realmente começando a me assustar. Ela foi muito gentil, mas alguma coisa no seu sorriso e no seu olhar me faz acreditar que ela seria capaz de me matar se descobrisse que eu estou planejando traí-la. O que não é inteiramente verdade. Eu só preciso do que eu roubei de volta.

Vince está me esperando do lado de fora da sala, bem na porta, como se não tivesse saído da escola no meio de um dia letivo. Todos os alunos passam por ele na saída sem nem reparar, mas Eric bate o ombro no dele e rosna na sua direção. Vince só ri.

– E aí? Você está pronta?

– Meio nervosa, mas tudo bem – é melhor eu já preparar o terreno dando uma desculpa por estar nervosa do que levantar suspeitas depois quando eu estiver *realmente* nervosa.

– Por quê? Você não precisa ficar insegura, Kat. Valentina pode ajudar.

– Eu sei, é só que... eu nunca pensei que tivesse que aprender sobre isso. Eu só queria não ter que conviver com isso.

– Kat... – Vince começa, mas então olha em volta e para. – Esse não é o melhor lugar para falar sobre isso. Vamos.

* * *

Menos de vinte minutos depois, nós estamos de volta ao apartamento de Vince, mas Valentina ainda não está lá. O que é melhor do que ter que olhar diretamente nos olhos de uma Ilusionista e mentir. Aliás, eu ainda estou pensando em como exatamente vou fazer isso.

– Kat, antes de Valentina chegar, eu preciso falar com você – Vince diz assim que fecha a porta atrás de mim. Eu olho para ele e assinto. – Valentina tem coisas que ela não gosta de dividir. Segredos pessoais da vida dela que nem mesmo eu sei. E no começo pode ser difícil se convencer a entregar sua habilidade nas mãos dela, mas é justamente isso que você precisa fazer.

– Como ela pode saber tanto sobre Ceifadores? Quer dizer, se eu sou a última...

– O quê? – Vince se vira para mim, seu olhar duro. – Quem disse que você é a última?

Ah, droga.

– Ninguém – eu digo, passando por ele em direção à cozinha. – Eu só presumi, já que você disse que nós somos raros. Isso quer dizer que você conhece outros?

Vince está me olhando com suspeita, eu consigo sentir isso, mesmo que não esteja olhando para ele. Ele demora desconfortáveis segundos para finalmente responder à minha pergunta, temporariamente convencido a deixar de lado o que ouviu.

– Não. Eu não conheço nenhum outro. Mas Valentina conheceu.

– Quem? – eu pergunto.

– Sua mãe.

Eu me viro e vejo Valentina parada na porta, seus cabelos caindo longos sobre os seus ombros magros. Ela está elegante e imponente como sempre.

– O quê? – minha voz está rouca. Eu nunca me perguntei sobre os meus pais e nunca quis saber nada sobre eles. Eles saíram da minha vida no dia em que me largaram naquele orfanato. Mas isso é grande demais para ignorar.

Valentina sorri e entra no apartamento.

– Sua mãe, Selene. Não existem Ceifadores do sexo masculino, Kat. Foi sua mãe quem passou o gene para você. Ela era a melhor. Eu nunca vi ninguém que tinha tanto controle sobre os próprios poderes como ela. Nem mesmo eu.

– Como... minha mãe... – eu quero perguntar alguma coisa, mas eu nem sei o que é.

– Eu não sabia sobre você. Selene desapareceu antes de você nascer. Quando achamos seu corpo, quase um ano depois, eu imaginei que...

Ela não termina, e eu mal consigo ouvir. Então minha mãe está morta. Isso não deveria fazer diferença, já que eu resolvi cortar qualquer possibilidade de relação com meus pais quando eu tinha cinco anos, mas de alguma forma sempre pensei que eles estivessem vivos, em algum lugar. Saber que minha mãe está de fato morta faz alguma coisa dentro de mim ficar dormente. É como se uma porta tivesse sido fechada sem nem mesmo me dar a chance de descobrir o que havia do outro lado.

– Selene era uma amiga próxima. Quando descobri que você tinha nascido, eu precisava te achar. Eu não tinha certeza se você teria as habilidades dela, mas eu precisava descobrir.

– Por quê?

Valentina arregala seus olhos violeta, aparentemente pega de surpresa pela minha pergunta.

– Katherine, sua habilidade é perigosa. Você era uma órfã completamente sozinha, sem nenhuma orientação, capaz de matar pessoas com um toque. Por que você acha?

– Órfã?

Valentina respira fundo. – Seu pai morreu antes da sua mãe, querida.

– Como? – eu nem sei por que isso importa, mas é o que sai da minha boca.

– Ele… – Valentina olha para Vince e sacode a cabeça. – Isso não importa. Você está aqui agora e tem muito o que aprender.

– Antes disso, eu tenho uma pergunta. E eu realmente quero que você seja sincera.

– Claro – ela responde. Mas seus olhos ficam apertados.

– Naquela noite, no Noturno, o que você estava fazendo lá?

Seus lábios se crispam de um jeito nervoso, o que me deixa confusa, já que ela deixou bem claro para mim naquela noite que ela tinha me visto e que eu a tinha visto.

– Eu estava fazendo negócios. Eu suponho que você estivesse fazendo o mesmo.

– Obviamente. Mas... – eu respiro fundo, tentando reunir a coragem que preciso. A verdade é que Valentina me assusta um pouco. – Naquela noite eu recebi um serviço incomum. De um cliente que eu não conheci.

– E você acha que eu sou esse cliente, é isso?

Meu silêncio fala por mim.

– Por que você acha isso? – ela pergunta. De alguma forma, eu sinto que ela está tentando me encurralar. Mas eu não estou prestes a morder a isca.

– Só me pareceu uma coincidência que valia ser estudada.

– Ah – ela levanta as sobrancelhas. – Bem, coincidências acontecem. Infelizmente, eu não sou seu cliente. O que ele tem de especial?

– Nada – eu dou de ombros, tentando soar casual. – Só fiquei curiosa.

– Vamos falar do motivo pelo qual você está aqui, sim, Kat? – Valentina está determinada a mudar de assunto. E embora eu devesse achar isso bom porque tira a suspeita de mim, eu só penso que ela está tentando afastar a suspeita *dela*. E ela tem que ter uma razão para isso.

Do que você está falando, Kat? Você não tem prova, nenhuma prova. Só está disposta a acreditar nisso pelo que Eric e Vladimir falaram. Idiota.

– Certo – eu respiro fundo. – Eu tive um pequeno incidente no metrô, uma coisa que nunca tinha acontecido antes.

– Sim? – se Valentina está ansiosa, ela sem dúvida é boa em esconder isso.

– Um garoto tocou em mim. Eu estava usando luvas e o toque não durou mais de um segundo, mas...

– Você o matou? – ela pergunta, seus lábios cheios estranhamente curvados. Ela não pode estar sorrindo, pode?

Eu não conto sobre o garoto não ter de fato morrido, simplesmente porque não confio nela. Não ainda.

– Você está ficando mais forte, Katherine! Isso é bom – ela dá passos longos em direção à janela, seus cabelos ondulando enquanto anda. – Tudo que você precisa é aprender a controlar isso, aprender a usar esse dom a seu favor.

– Como eu posso usar isso a meu favor? – eu pergunto, indignada. – Eu não quero matar mais ninguém! Já chega!

Valentina se vira para mim e eu juro ver um lampejo de fúria passar pelos seus olhos. – Katherine, você nasceu para isso. Exatamente como sua mãe.

– Como alguém pode ter nascido para matar?

– Katherine, de uma maneira ou de outra, todos nós manipulamos alguma coisa. Eu manipulo a mente, Vince o corpo e você a morte. Você precisa aceitar isso. Enquanto não aceitar, não vai conseguir se controlar. Você já imaginou o que é ter esse poder?

– Eu não preciso imaginar. Eu sei o que é.

– Não. Você não sabe. Você não domina sua habilidade. Ela domina você e não é assim que tem que ser.

– Tudo bem. E o que eu preciso fazer?

Valentina ri, daquele jeito aveludado que não soaria natural em ninguém além dela. – No momento, relaxar. O que você sente quando alguém morre pelas suas mãos?

– Tristeza? – eu respondo, com uma pontada de ironia.

– Não, Kat. Eu estou dizendo fisicamente. O que você sente?

Eu penso um pouco. Eu não deveria ter que pensar, eu já fiz isso vezes suficientes para saber exatamente o que eu sinto, mas é diferente ter que descrever isso em voz alta.

– Eu sinto frio, mas minhas mãos ficam quentes. Sinto gelo formando na ponta dos meus dedos. Depois tudo fica em silêncio e parado, como se eu estivesse passando por dentro de uma névoa fria. E quando a pessoa morre, eu consigo sentir... acho que a alma dela deixando o corpo. Meu estômago dói, dá nós e depois eu sinto uma fisgada e estou de volta. Mas eu ainda fico fraca por muito tempo, enjoada. Na verdade, tem ficado pior. Da última vez eu...

– O quê? – Valentina pergunta, ansiosa.

– Eu quase não voltei. Eu acho.

Valentina e Vince trocam olhares rápidos e depois ela volta a me olhar.

– Isso é importante. Quando você aprender a se controlar, a direcionar o seu toque, os efeitos vão diminuir. Obviamente, você vai precisar testar suas habilidades.

– O quê? – eu pergunto, incrédula.

– Escute, Kat, eu gostaria de dizer que você pode treinar como todos nós, mas sua habilidade é diferente. E só existe um jeito de saber se você está ganhando controle sobre ela.

Eu vejo minha oportunidade no meio do horror que ela está sugerindo.

– Nós? Nós quem?

Valentina arregala os olhos rapidamente e suspira.

– Nós. Digamos que nós somos um grupo de pessoas como você. Especiais. Únicas. Você pertence ao nosso grupo mas antes disso precisa aceitar o que você faz. Você é uma assassina, Kat. Tire força disso.

– E em que tipo de pessoa você sugere que eu faça esses "testes"?

– Não se preocupe. Eu tenho a lista ideal.

Ah, Deus.

– Lista? Você tem uma lista preparada pra isso? Isso não é meio sádico?

Valentina ri.

– Não exatamente. Kat, você precisa confiar em mim. Você prometeu que confiaria.

– Eu confio. É só que… parece estranho.

– Sempre é, no começo. Mas você vai se habituar.

Dificilmente.

– Tudo bem. Eu vou confiar em você. Mas eu preciso ver essa lista.

– Por quê?

– Eu não quero fazer isso completamente às cegas. E se for alguém que eu conheço? Eu só não me sinto bem com a ideia toda.

Vince me olha com suspeita e eu temo ter cruzado a linha que não podia ter cruzado, a que revelaria as minhas intenções.

– Não acho que isso seja necessário, não até que você esteja pronta para o seu primeiro teste, o que pode demorar.

– Tudo bem – eu falo como se não me importasse tanto. Ainda não tenho prova alguma de que a lista da qual ela está falando é a mesma de que eu preciso, mas sinceramente, qual é a chance de não ser?

O celular de Valentina toca, não uma música nem nada, mas aquele *trim trim* padrão de telefones que já vêm configurados desse jeito. Ela pede licença com um sorriso e atende a ligação, andando um pouco mais para longe de mim e de Vince. Ela não tem para onde ir, já que o apartamento é pequeno, e eu desconfio que seja por isso que sua conversa não passe de algumas afirmativas e negativas vagas.

Assim que desliga o telefone, ela volta para ficar de frente para mim e eu desvio os olhos dos seus instantaneamente, fingindo não ter prestado atenção à sua conversa que não resultou em nada.

– Infelizmente, eu tenho um problema para resolver. Melhor assim. Vince vai levar você para casa e nós nos encontramos amanhã, mas não aqui. Não se preocupe, Vince também pode trazer você de volta.

– Na verdade – eu digo, pensando rapidamente em uma desculpa que sirva ao meu propósito –, eu não estou indo para casa e prometi para minha colega de quarto que encontraria ela na casa de uma amiga. Eu prefiro ir sozinha.

– Eu posso deixar você lá – Vince insiste, mas eu sacudo a cabeça.

– Não. Eu agradeço, de verdade, mas acho que preciso ficar um pouco sozinha. De qualquer forma, eu vou te ver amanhã na escola, certo?

Ele sorri naturalmente como sempre. – Claro.

– Ótimo – Valentina diz. – Nesse caso, eu também vou.

Valentina se despede de Vince com um abraço completamente desnecessário, que eu desconfio que tenha servido para disfarçar alguma coisa que ela sussurrou no ouvido dele. Ela me dá um sorriso, indicando a porta com um gesto de sua mão pálida e bem cuidada e eu sorrio de volta, saindo do apartamento, com ela logo atrás.

Nós pegamos o elevador juntas e o tempo todo ela fica parada com uma expressão neutra que indica que provavelmente ela tem coisas demais na cabeça para tentar sorrir para mim. Elevadores são naturalmente situações desconfortáveis, mas estar em um elevador com Valentina me parece muito pior do que o normal. Ainda que eu não saiba bem o porquê.

Quando finalmente estamos na rua, Valentina joga um xale preto sobre os ombros nus e acena para um carro preto que espera do outro lado da rua. O carro gira rapidamente e em segundos está parado diante do prédio e um homem de terno desce do banco do motorista para abrir a porta para ela.

Antes de entrar, ela se vira para mim.

– Tem certeza que não precisa de carona, querida?

– Tenho – eu respondo. – Eu gosto de andar.

Ela concorda sombriamente e entra no carro. O homem de terno bate a porta e olha para mim, seus olhos violeta ficando óbvios por um segundo sob as luzes dos postes. Seu olhar se demora em mim por alguns instantes e depois ele dá a volta no carro, entrando no banco do motorista e indo embora.

Eu observo enquanto o veículo escuro desaparece na rua e então fecho a jaqueta em volta do corpo e começo a andar, procurando pela estação de metrô mais próxima. Mesmo que não soubesse para onde estava indo, eu sabia que não queria Vince comigo. Eu não precisava dele ciente de cada lugar onde eu ia ou com quem eu falava e já era ruim o suficiente ter que mentir e me esconder quando estava na casa dele. Eu não queria prolongar o sofrimento.

Olhando para o painel no túnel do metrô – que afinal era a

apenas duas quadras de distância – eu me decido sem pensar bem no que eu estou fazendo. Eu não podia ir para casa, não agora. Não ia conseguir encarar a animação de Rebecca. Muito menos podia ir ao Noturno. Algo me dizia que o Chefe não ia me procurar tão cedo.

Só restava um lugar para onde eu podia ir.

E ele servia bem ao meu propósito.

* * *

Aperto o interfone ansiosa. Eu ainda tenho a impressão que cada pessoa nesse prédio seria capaz de me reconhecer da outra noite, quando eu saí correndo feito um rato pelas ruas. Eu troco o peso de uma perna para a outra, tentando me manter aquecida e ao mesmo tempo lidando com o nervosismo de estar aqui mais uma vez.

Eu toco o interfone de novo. O que eu estou fazendo aqui mesmo? Eu deveria ser capaz de resolver meus problemas com Valentina sozinha, mas minhas pernas vieram para cá sem que eu decidisse. E agora que eu comecei a pensar, parece idiota. Pensar sobre tudo que eu faço sempre faz com que eu me sinta idiota.

Eu estou prestes a ir embora quando escuto o clique do interfone.

– *Quem é?* – a voz do outro lado pergunta. O som do interfone é tão distorcido que eu não consigo identificar quem está falando.

– Kat – eu respondo, esperando que isso seja suficiente.

Quase que imediatamente o portão apita e se abre. Eu entro, olhando em volta, porque ainda tenho a impressão de que estou sendo seguida.

A porta se abre e Roxie me recebe em um jeans justo e uma camisa de seda vermelha com rendas brancas. Seu cabelo escuro está preso em um rabo de cavalo alto, o que torna seus olhos ainda mais felinos. Ela tem uma aparência perigosa, mas sorri para mim amigavelmente.

– Oi, Kat! – ela diz, animada. – Entre.

Eu obedeço e ela fecha a porta atrás de mim, trancando umas três fechaduras diferentes.

– Vlad e... – eu tento, mas como sempre, ela é mais rápida.

– Não. Só as meninas hoje, eu acho. Meu Deus, como eu sinto falta da Sede. Esse lugar é deprimente – ela cai em um sofá e agarra uma caneca enquanto cruza as pernas. – E então, em que posso ser útil hoje?

– Ah, bom, eu não tinha para onde ir e eu pensei que devesse conversar com Eric sobre...

– Vince? – ela pergunta, bebericando da caneca e sorrindo. Eu arregalo os olhos e ela dá de ombros – Eric me contou. E aí?

– Eu conversei com Valentina hoje. Sobre... ajuda.

– Ela não mencionou a Legião, certo? – ela pergunta.

– Não. Eu acho que ela não confia em mim.

– Valentina não confia em ninguém, não se preocupe com isso. É esse o problema?

– Ah, não. Ela concordou em me ajudar, em me ensinar como fortalecer as habilidades de Ceifadora e tudo mais. O que é bom.

– Certo – Roxie me olha como se esperasse algo mais.

– O problema – eu digo, meio sem pensar – é que eu acho que ela quer que eu teste as habilidades. Sabe... em pessoas.

Roxie arregala os olhos e descansa a caneca no colo. – Sinceramente, isso não me surpreende. O que você disse?

– Eu disse que não me sentia bem com isso. E depois eu perguntei que tipo de pessoas ela tinha em mente.

– Essa eu quero ver.

– Pois é. Ela disse que tem a lista perfeita.

Roxie, que tinha voltado a bebericar de sua caneca, engasga e se levanta.

– Como é? Você não acha que...

– Claro que acho! O que mais poderia ser?

– Ah, merda.

– O que eu faço? Eu não posso negar nada a ela, não quando eu preciso que ela confie em mim o suficiente para que eu descubra onde a lista está.

– Kat – Roxie diz, colocando a caneca em uma mesa e se aproximando de mim. – Escute bem o que eu vou dizer, ok? Eu não me importo como, mas você precisa enrolar. Treinar muito, ou tentar conseguir a lista por Vince, eu não sei. Mas você não pode, sob nenhuma circunstância, matar ninguém daquela lista, você entendeu?

– Roxie, é claro que eu não faria isso! Você acha que...

– Não – Roxie diz sacudindo a cabeça devagar. – Você não entende.

Se você matar alguém da Ordem, acabou. Você está fora. Para sempre. Não tem nenhum argumento que vença essa regra. A lista está criptografada, ainda vai levar um tempinho para que Valentina consiga acessar os nomes. Aproveite este tempo para enrolar o máximo que puder.

Eu engulo em seco. Eu nunca tive nenhuma intenção de me juntar à Ordem, mas saber que isso jamais poderia acontecer é assustador. Talvez seja a ideia de ter um "lado" escolhido por mim desse jeito. Suas escolhas não parecem importantes até você descobrir que não tem nenhuma.

– Kat, houve um tempo em que membros da Ordem e da Legião se matavam só de se encontrarem na rua. Mas isso é proibido agora. Faz 100 anos que nós estamos em trégua e ela nunca esteve tão frágil. Qualquer sangue que for derramado, vai ser a guerra. E muita gente vai morrer no processo.

– Então por que vocês estão preocupados com a lista? Se eles não podem matar ninguém...

– Valentina não liga para a trégua. Ela acha que qualquer um que é fraco o suficiente para achar que deve servir os humanos e não dominá-los, merece morrer. E eu tenho certeza que ela não pretende deixar ninguém provar que ela é responsável por algum assassinato até que ela esteja acima de todo mundo. A liderança da Legião acabou de passar para as suas mãos. Ela vai destruir tudo.

– Quem era líder antes?

– O pai deles. Dela e do Vlad.

– Uau.

– É. Foi difícil demais para ele escolher a Ordem e deixar o pai e a irmã para trás, mas Vladimir é uma pessoa muito especial. Ele... viu além. Eu acho. Ele nunca concordou com os métodos da Legião.

– Quais exatamente são os métodos deles? – eu pergunto, mas não tenho certeza se quero saber a resposta.

– Por favor, Kat! O que Valentina acabou de te pedir? Usar humanos como cobaias! Isso não diz o suficiente?

– Tudo bem, eu entendi – eu respondo. – Você parece se ressentir mais deles do que Eric ou Vlad.

A expressão de Roxie se fecha pela primeira vez desde que a conheci. É muito assustador.

– Cada um tem sua história. E seus motivos. Eric prefere odiar Vince do que a Legião, Vlad prefere se ressentir de Valentina. Eu sou mais... democrática.

Ah, claro.

– Então, qual é a história entre Vince e Eric?

Os ombros de Roxie caem e ela deixa sair um suspiro pelos lábios. – Ai, Kat. Sério, eu não quero contar essa história. Não é a minha vida e Eric passa metade do tempo dele fingindo que nada aconteceu mesmo que ele passe cem por cento do tempo pensando no que aconteceu.

– Eles eram amigos, certo? – eu forço. Curiosidade é meu ponto fraco. Bom, além do óbvio, é claro.

– É. Muitas pessoas seriam amigas hoje se o Equilíbrio não tivesse entrado no meio.

– Como assim?

– Por mais deprimente que seja pensar nisso, o destino das pessoas está mais ou menos decidido. Ao menos é nisso que a Ordem acredita.

– E o que isso tem a ver?

– Não sei. Ninguém consegue ser o mesmo depois de saber quanta responsabilidade o Equilíbrio envolve. Quero dizer, você vê caras de quarenta anos brigando porque torcem para times diferentes ou porque são de países que foram inimigos em uma guerra há não sei quantos zilhões de anos. É difícil imaginar o que as pessoas fazem nas relações. Pessoas são difíceis.

– Eu não consigo imaginar. Na verdade eu não consigo imaginar qualquer relação nesse nível de intimidade. – Eu não tive a intenção de soar fraca ou com pena de mim mesma, mas parece que é isso que Roxie entendeu.

– Eu sinto muito, Kat – ela diz, com uma expressão triste. – Mas ao menos isso é bom nessa confusão toda. Você nunca vai se sentir sozinha com a gente.

– Mesmo sendo uma Ceifadora?

Roxie parece tomada de surpresa, mas ela logo se recupera. – Claro. Você é a coisa mais rara que a Ordem teve em muito tempo. Nada de Ilusionistas, ou Deslocadores. Deve ser legal ser você, ao menos... você sabe...

– Eu entendi. O que me lembra de que eu não sei o que você é.

– Nada se comparada com você. – ela sacode os ombros, mas não consegue esconder um sorriso que levanta o canto dos lábios.

– Ah, por favor Roxie.

– Tá, tá, tudo bem. Eu sou uma Artista.

Oi? Eu sacudo a cabeça, confusa.

– Isso quer dizer que você desenha muito bem?

Roxie ri, mas seu riso é engasgado e meio debochado. – Você está falando sério? Você nunca conheceu um Artista? Poxa, na minha época de Intermediária tinha um monte.

– Sua época de quê?

– Ah, Vladimir pode explicar isso depois.

Roxie pega uma bolsa na mesa de centro, uma bolsinha pequena e preta, exatamente igual à que eu vi amarrada na sua cintura no dia da festa da Fay. Ela abre a presilha sorrindo, sabendo que tem minha total atenção e se sentindo particularmente orgulhosa disso. Ela tira lá de dentro um instrumento estreito de metal que parece um pincel de ponta muito fina.

Ela desliza uma alavanca pequena na lateral do pincel e revela uma lâmina do outro lado, como um estilete bem caro. Antes que eu possa impedi-la, ela faz um corte no antebraço com a lâmina, rindo quando eu dou um gritinho de pavor que definitivamente não combina com uma "manipuladora da morte".

Ela molha a ponta do pincel no próprio sangue, e eu não posso deixar de reparar que o corte que ela acabou de fazer já está praticamente cicatrizado. Ela começa a rabiscar com velocidade impressionante na mesa de madeira. Eu fico completamente hipnotizada ao vê-la mexer o pincel e formar um desenho, completo com sombras e dimensão.

O ato todo não dura mais de cinco segundos, o que me deixa particularmente tonta, e quando ela termina, Roxie guarda o pincel de volta na bolsa e sopra levemente na mesa que levanta uma poeira vermelha. Ela passa a mão pela poeira e quando ela reaparece, está segurando uma pistola automática, perfeita, e aparentemente bem real.

– Nããão! – eu digo, completamente atordoada. – Você fez isso?

– Pois é. Legal, né? Eu sempre gostei de desenhar, acho que tinha um motivo, certo?

– Meu Deus, Roxie, é muito legal! Você pode fazer qualquer coisa?

– Não – ela diz, meio triste. – Só armas.

– Ah. – Isso é estranho. Não que eu seja a melhor pessoa para julgar. – Qualquer arma?

– Basicamente.

– Não tem nenhum limite?

– Bom, eu não consigo fazer uma bomba atômica. Nem, sei lá, um tanque. Acho que o maior que eu já consegui foi uma bazuca, mas não foi uma boa ideia... Eu fiquei anêmica durante três dias. Vladimir quase me matou. Bom, depois que eu quase me matei.

Eu rio, simplesmente porque a ideia de Vladimir quase matar Roxie porque ela fabricou uma bazuca é ridiculamente irreal e engraçada.

– Existe um limite de tamanho porque existe um limite de sangue que eu posso dar na fabricação, entende? Não é exatamente uma ciência, então eu aprendi isso do jeito difícil. E você, Kat? Como você descobriu que podia...

– Matar? – eu digo, quando ela pausa, sem graça. Eu dou de ombros. – Eu tinha cinco anos. Tentei salvar um passarinho.

– Ai.

– Pois é.

– E quando voce começou a... você sabe, fazer de propósito?

– Faz três anos que eu trabalho para o Chefe – eu digo, estranhamente impassível. Não é bonito e nem eu me orgulho disso, mas é o que eu faço. Para que mentir? Além disso, não existem palavras para descrever o alívio que eu sinto em poder falar disso com alguém. – Mas a primeira vez que eu usei minhas mãos em outra pessoa de propósito foi no orfanato.

– Você cresceu em um orfanato? – ela diz. A pena em sua voz me irrita. Pena é uma coisa que sempre me irrita.

– Podia ser bem pior. *Era* bem pior, para muita gente. Tinha um cara, ele era um dos supervisores e um tarado. Em um orfanato só de meninas, isso é bem pior do que poderia ser em qualquer outro lugar. Ele já tinha feito muita coisa com muitas das meninas, mas até parece que alguém ia acreditar no que a gente dizia. Uma garota tentou uma vez e ela apanhou de vara da supervisora.

– Meu Deus. Isso ainda existe?

– Ah, existe. Pode ter certeza. Enfim, o idiota entrou no meu dormitório uma noite enquanto eu estava dormindo. Eu nunca tive um sono pesado, pelo que eu sou muito grata. Eu tinha treze anos. Ele prendeu as minhas mãos pelos pulsos, o desgraçado, e sorriu pra mim. Eu nunca senti tanto ódio na minha vida.

Roxie estava com os olhos arregalados, mas eu só estava mais ou menos consciente disso. Eu nunca tinha falado daquela noite com ninguém, talvez porque ela fosse uma lembrança dolorosa demais para revisitar, ou talvez porque não houvesse como dividir aquela história sem contar o que eu fazia.

– Eu me lembro do cheiro do hálito dele, do rosto magro e nojento e do jeito que ele tentou me beijar, mas eu ficava tirando o rosto da frente dele. Então ele teve que usar uma das mãos pra segurar o meu rosto. Não foi a ideia mais esperta.

"Eu nunca tinha matado ninguém antes, mesmo que naquela idade já tivesse entendido que um dia, inevitavelmente, eu ia fazer isso. Eu me lembro dos seus olhos, do jeito como eles ficaram arregalados assim que a palma da minha mão tocou a pele da sua testa. Era como se ele estivesse entendendo o que ia acontecer antes de mim. Eu devo ter segurado durante uns cinco minutos, meus dedos ficaram azuis de gelo e eu mal estava me aguentando de tanto enjoo, mas eu estava com tanto ódio..."

– Kat...

– Eu acordei no dia seguinte, pálida, com uma dúzia de meninas olhando para mim como se eu fosse um ovo de dinossauro. O corpo do infeliz estava caído do lado da minha cama, duro e cinza. Eu fugi naquela mesma noite. E nem sei o que aconteceu depois. Francamente, eu não me importo.

– As meninas não ficaram, sabe, felizes? – Roxie pergunta.

– Ninguém gosta de um assassino, Roxie. Eu eliminei uma ameaça e tudo que isso fez foi me transformar na próxima.

– Kat, você é quem você é por uma razão. Todos nós somos. Você só precisa acreditar nisso.

Eu me levanto, tirando rugas invisíveis da minha roupa e tentando agir casualmente. Eu sei que Roxie está tentando ajudar, mas eu não gosto que as pessoas presumam que eu preciso de ajuda. Eu estou bem do jeito que estou.

– Eu tenho que ir – eu digo, interrompendo Roxie antes que ela protesté de novo – Conte pro Eric e pro Vlad o que eu contei pra você, ok? Talvez eles tenham uma ideia sobre como lidar com isso.

Roxie não parece feliz, mas também não protesta quando eu me despeço e vou embora, andando a passos duros pelo corredor, depois pela rua, de volta para o metrô. Nem um dia de mentiras e eu já estou cansada. Sem falar no fato da minha boca incontrolavelmente grande estar realmente começando a me irritar. Se eu estragar isso porque não consigo ficar de boca fechada, eu vou ficar zangada de verdade comigo mesma.

Obviamente, eu preciso fazer tudo o que Valentina mandar. Ela pode não ser tão ruim assim, talvez ela só esteja, sei lá, tentando deixar a situação mais dramática. Afinal de contas, ela tem um pouco de razão. Matar é o que eu sei fazer melhor e eu nem precisei me esforçar pra isso. Não haverá algum recado do divino embutido nisso tudo?

12

Eu estou no metrô, sacudindo com cada estação que passa, olhando em volta para um mundo preto e branco. Eu não estranho o fato de o mundo estar preto e branco, no fundo eu sinto que ele sempre foi assim. Os bancos estão congelados e estou descalça, meus pés deslizando sobre um líquido negro viscoso.

Sangue.

As pessoas nos bancos congelados estão vivas. Ando pelo corredor do metrô, olhando no rosto delas, rostos que não parecem assustados. Ao menos não como deveriam estar. Mas mesmo sem tocar em ninguém, basta que eu passe na frente delas e elas desabam como bonecos de pano, uma após a outra.

O sangue sobe. Está nos meus tornozelos agora. O cheiro é inconfundível. Eu continuo andando, as pessoas continuam caindo e o metrô não para. Eu não sei aonde ele está indo, só sei que está indo muito rápido.

Subitamente, eu quero descer. Eu *preciso* descer. Eu começo a correr, em direção à cabine, com intenção de pedir ao motorista que pare. Metrôs têm motoristas?

Com cada corpo que cai ao meu lado, fica mais difícil andar. O sangue já está nos meus joelhos, quente, ainda que minha respiração faça uma fumaça branca aparecer no ar. Eu estou andando como que em um lamaçal. Eu preciso sair.

Sem nem pensar no que estou fazendo, eu forço as portas a se abrirem. Mas não há nenhuma estação lá fora, só um vazio preto, um lugar onde eu não consigo ver nada. É como se o metrô estivesse andando no espaço.

Não tenho para onde ir.

"Kat", uma voz me chama.

Eu levanto o rosto e vejo Eric no vazio. Ele está sorrindo, seus cachos estão brilhando com uma luz que parece vir de dentro dele. Ele estende sua mão e eu sorrio, debruçando-me perto da porta, tentando alcançar sua mão. Mas ele está longe demais.

"Pule, Kat. Confie em mim", ele diz. Eu olho para trás, para o carro de aço cheio de sangue e corpos, para o estrago que eu fiz, mesmo sem tocar em ninguém. E Eric está ali, oferecendo ajuda como um anjo.

Mas como eu posso tocá-lo? Nós dois vamos morrer.

"Kat", ele repete.

Eu sorrio e, respirando fundo, salto com as mãos estendidas. Nesse momento, as linhas tatuadas nelas parecem ganhar vida e se espalham, ficando prateadas e depois vermelho vivo. Eric dá um grito e recolhe as mãos, colocando-as perto do peito como para se proteger.

E eu não tenho nada em que me segurar.

* * *

Eu estou ofegante quando acordo. Realmente suando. Eu não sonho muito, não que eu me lembre pelo menos, e meu primeiro instinto é pensar que isso poderia ter sido trabalho de um Ilusionista.

Mas o sonho parecia perfeito demais. Era como se ele tivesse entendido os meus medos. Nenhum Ilusionista seria capaz de entrar na minha cabeça assim, seria?

Meu Deus, o que está acontecendo comigo?

Vou direto para o chuveiro, ligando a água gelada e esperando que isso seja suficiente para recuperar a cor do rosto que eu perdi Meus cabelos parecem particularmente mais brancos do que loiros e meus olhos estão escuros.

Eric me largou. Foi só um sonho, mas poderia ser verdade. É fácil ser simpático quando você não é obrigado a lidar com a realidade esmagadora de ser amiga de alguém como eu. O que ele faria se eu realmente confiasse minha vida a ele?

Não importa. Porque eu não vou fazer isso. Está decidido. Quanto antes eu puder me tirar da linha de fogo, melhor.

– Kat? – Rebecca está na porta, vestida com um pijama que parece ser de criança. Mesmo na luz baixa eu percebo que seus olhos estão estranhos, quase como se estivessem desfocados, fora do lugar. É realmente esquisito.

– Oi Becks – eu respondo, já sabendo o que ela vai perguntar.

– Está tudo bem?

E aí está.

– Tudo. Eu tive um pesadelo, só isso.

– Você nunca tem pesadelos.

– Pois é.

Em muitos momentos durante nossa convivência, eu gostaria que Rebecca não me conhecesse tão bem. Além de ser meio assustador, só torna mais difícil contornar assuntos que ela sabe que são importantes. Eu realmente preciso sair dessa casa.

– Você quer conversar?

– Ah, não, pode deixar. O que você está fazendo acordada?

Rebecca parece meio desajeitada por alguns instantes, olhando para todos os lados menos pra mim.

– Eu não estou dormindo bem. Acho que aquela virose ainda está dentro de mim. Não sei.

– Certo – eu digo. Minhas palavras são seguidas de um silêncio desconfortável e ela continua parada na porta, a luz do corredor tornando-a uma silhueta incômoda para tão tarde da noite.

– Bom, acho que então eu vou dormir agora – eu digo, esperando que isso encerre qualquer assunto. Rebecca concorda sem sorrir e se vira para ir ao próprio quarto, silenciosa como um gato. Ela sempre anda assim. Eu culpo seu peso de top model.

Surpreendentemente, apesar do pesadelo e do pânico que recentemente envolve o "dia seguinte", eu consigo dormir de novo em pouco tempo. Minhas pálpebras estão pesadas e minha cabeça anuviada.

Efeitos de uma Ilusão.

Valentina tinha acabado de cometer seu primeiro erro.

* * *

Pela primeira vez na minha vida, a normalidade de Eastern High é um sopro de ar fresco. Sim, eu continuo odiando cada segundo que passo dentro daquelas paredes, mas mesmo com Vince e Eric circulando ali, tentando se encaixar, eu quero me afogar naquela normalidade. Fingir que o restante da minha vida foi fruto da minha imaginação.

Eu nunca quis ser normal. Isso não quer dizer que eu queria ser uma Ceifadora, porque falando sério, que tipo de pessoa doente ia querer isso? Não. Mas eu também sempre fiquei assustada com a perspectiva de ser como todas as outras pessoas. É engraçado como em filmes onde as pessoas têm poderes elas dizem "eu só queria ser normal." E eu sempre pensei, *por quê?*

Por que alguém iria querer fazer isso? Por que alguém ia querer ser medíocre, trabalhar em um emprego medíocre, aguentar as luzes falsas de escritórios todos os dias, as festas com os vizinhos que você não suporta e os amigos que mal suportam você? Essa ideia sempre me assustou mais do que a morte. A morte eu consigo aceitar.

É a vida morta que me assusta.

Mas agora, vendo pessoas reclamando de suas notas ou da forma como os pais os tratam, ou das festas a que eles não vão poder ir, dos garotos ou garotas que não os notam e do corpo que queriam ter, eu não posso evitar de desejar isso, ainda que seja só um pouco. É estranho, mas é verdade.

Obviamente, querer não é poder, então, tão rápido quanto eu me permiti um breve momento na realidade paralela de Katherine Brown, eu estou novamente no chão, duro, frio e dolorosamente real.

Rebecca está de volta à Eastern, o que é no mínimo reconfortante. A pressão de ter que lidar com Vince ou Eric todos os dias está ameaçando seriamente me deixar louca. Mas Rebecca não está se comportando normalmente. Seus olhos estão realmente vagos e ela não diz uma palavra durante o almoço todo.

Por algum tempo eu acho que ela pode ter brigado com Brad ou alguma coisa assim, mas não é isso. Eu sei que não é, mesmo sem perguntar. Porque se fosse um problema com Brad, por mais sério que pudesse ser, ela falaria sobre isso comigo.

O que me faz imaginar: que tipo de problema poderia deixar a sempre-elétrica-e-extremamente-festiva Rebecca desse jeito? Parecendo doente e desfocada?

Quero perguntar, eu realmente quero, mas Rebecca parece não estar nem um pouco disposta a falar sobre isso. Ela passa o almoço olhando para baixo, os cabelos loiros caindo sobre seus ombros, remexendo a salada com o garfo de plástico, mas sem levá-lo à boca nem uma vez.

Isso quase me faz perder o apetite.

Quando o sinal toca e é hora de voltar às salas, Rebecca se levanta com sua bandeja, sem falar comigo ou esperar. Eu observo, paralisada, enquanto ela anda como um zumbi pelo refeitório, sumindo entre a multidão de vozes e corpos que se misturam no lugar extremamente iluminado.

Que diabo é isso?

Será que a culpa é minha? Eu fiz alguma coisa? A possibilidade me tortura. Talvez ela finalmente tenha se cansado de todos os meus segredos, de todas as coisas que eu não conto, da forma como ela se entrega muito mais a essa amizade do que eu. Ou talvez eu tenha feito algo bem pior e nem tenha percebido.

Meus olhos encontram os de Eric no caminho de volta para a sala, mas ele desvia antes que eu sequer possa entender o que está acontecendo. Por um momento eu acho que ele está me evitando por algum motivo tão obscuro quanto o de Rebecca, mas então eu sinto a respiração de Vince tão perto do meu pescoço que eu coro.

Eu me viro, tentando sorrir, mas minha expressão deve estar meio tensa porque as sobrancelhas de Vince se unem e ele coloca as mãos nos meus ombros.

– Ei – ele diz, preocupado – você está bem?

– Aaah… – eu baixo os olhos, tentando despistar o fato de que eu não sei o que dizer, e ele interpreta o gesto como tristeza.

– O que aconteceu?

– Nada – eu respondo, dessa vez sorrindo. Ao menos tentando ao máximo sorrir. – Eu só estou tendo umas dificuldades com uma amiga.

– Sua colega de quarto? – ele pergunta, sem dúvida nenhuma sabendo que ela realmente é minha única amiga. Eu concordo silenciosamente e sacudo a cabeça tentando mudar de assunto.

– Então – eu digo, virando-me para o meu armário e desajeitadamente mexendo nos meus livros –, tudo em pé pra hoje?

– Ah, claro. Eu não posso ficar, mas Valentina disse pra te deixar lá, então não se preocupe. Você quer ir direto da aula?

Obviamente eu não queria. Eu não queria ir hora nenhuma, mas já que essa não era uma opção, ir direto da aula me parecia melhor do que ter que encarar Rebecca e seus motivos obscuros. O que quer que eu tivesse feito, eu não acho que ia melhorar minha situação dizer que eu ia sair com Vince sem nenhum motivo em particular. principalmente porque ela achava que eu estava saindo com Eric.

Uau, quando as coisas tinham ficado tão confusas?

– Kat?

A voz de Vince me traz de volta à realidade e eu percebo que fiquei um longo tempo em silêncio.

– Ah, claro, direto. Isso.

Ele ri da minha completa distração e eu percebo, não pela primeira vez, como Vince parece uma pessoa completamente diferente quando ri. E ainda que ele seja bonito quando sorri, alguma coisa parece estranha. Fora do lugar.

Vince me dá a constante impressão de saber de alguma coisa que eu não sei. E isso me irrita quase tanto quanto me assusta. Quase.

– Encontro você depois então – eu digo, batendo a porta do armário e já andando em direção à sala. Vince concorda brevemente com um olhar e vai na direção oposta.

Eu sei, mesmo sem ver, que Eric está observando de algum lugar, vigiando, assegurando-se de que eu não vou traí-lo.

E se eu sei, Vince com certeza também sabe.

* * *

– Você não está se concentrando – Valentina diz, seus lábios vermelhos unidos em uma linha firme no seu rosto. Estou ofegante, ajoelhada em um jardim que, sinceramente, eu nem sabia ser possível existir em Nova York. Ao meu redor, uma dúzia de sapos mortos me encaram com olhos vazios.

– Eu estou concentrada. Eu só não faço a menor ideia do que você quer que eu faça.

– A morte tem controle sobre você, Katherine. E essa situação tem que ser invertida. Rápido.

Olho para cima, encarando seu rosto que me olha como se eu fosse um inseto irritante.

– Por que rápido? – eu pergunto, minha respiração pesada. – Qual é o compromisso urgente?

Eu não pensei muito bem na minha estratégia de pressionar Valentina por respostas. Não parece ser uma boa ideia.

Os olhos de Valentina faíscam por um breve momento e então ela agarra minha blusa pela gola e me põe de pé.

– De novo – ela diz. Eu suspiro.

Valentina tem certeza de que eu sei como controlar a morte, ou sei lá, mas por alguma razão eu estou bloqueando o acesso a esse conhecimento.

Estou convencida de que ela é louca, mas não sou idiota o suficiente para verbalizar meus pensamentos. Eu preciso ser obediente se quero a confiança dela e, quanto mais rápido eu conseguir que ela confie em mim, mais rápido eu consigo a lista, se é que eles ainda não decodificaram a coisa toda.

Supondo, é claro, que eu sobreviva tempo suficiente para ver isso acontecer.

Valentina me entrega outro sapo em uma bandeja, onde minhas mãos não precisam tocá-lo. Elas estão quentes com toda a vida que eu já tirei hoje e, mesmo que eu não seja exatamente fã de sapos, estou me sentindo meio mal. Eu entendo que pode não fazer muito sentido uma pessoa que já matou mais de vinte pessoas na vida sentir remorso ao matar sapos. Mas a verdade é que eu tenho pensado mais sobre isso. Desde que Valentina demonstrou interesse em utilizar minhas habilidades, eu tenho revivido cada vida que já tirei, perguntando o porquê de ter feito isso. Só porque eles eram inimigos de alguém? Isso os tornava pessoas ruins? Quem era eu para decidir o destino final de tanta gente?

Essa situação toda me forçou a pensar sobre coisas em que nunca pensei. Me fez parar de racionalizar e justificar todos os atos terríveis que eu já cometi. Uma criança pode não saber o peso das suas atitudes, mas eu já não era uma criança há muito tempo. Muito mais tempo do que eu gostaria de admitir.

– Você já fez isso antes – ela diz, com toda a certeza do mundo, interrompendo meus pensamentos. – Você precisa se lembrar. O conhecimento está bem aí. É como andar ou respirar. Você tem que saber, porque isso é simplesmente o que você *faz*.

Ok, isso é deprimente.

Mas talvez eu consiga me lembrar. Não de algum conhecimento inato enterrado no fundo do meu ser, mas daquela noite no metrô. O que eu senti?

Medo, eu acho. Não medo de ser descoberta em um lugar cheio de gente. Quero dizer, ainda que aquelas pessoas não fizessem ideia do que havia acontecido elas nunca iriam imaginar *isso*. Não, eu tive medo de matar outra vez, ainda que já tivesse feito isso muitas vezes. Medo de que minha vida fosse ser assim para sempre.

Medo de que, depois de tanto matar, aquele mundo cinza e frio se tornasse mais minha realidade do que o meu próprio mundo. E isso era mais assustador do que qualquer coisa.

Respirando fundo, eu pego o animal nas minhas mãos, sabendo o que vai acontecer, mas determinada a fazer com que isso não aconteça.

Minhas mãos esquentam, mas gelo se forma na ponta dos meus dedos e cabelos. As cores são sugadas do mundo e tudo subitamente parece duro, parado. Aqui, o tempo não existe, nada existe além do vazio. E de mim.

Eu sou a única coisa viva aqui. E se consigo sobreviver, é porque eu pertenço a esse lugar. Eu o controlo.

Esse, por mais horrível que pareça, é o *meu* domínio.

Eu vejo a vida se esvaindo do animal como uma nuvem de poeira, uma fumaça estranhamente descontrolada, disforme, mas ao mesmo tempo contida. A forma com que ela escapa de mim, da minha consciência, é como água escorrendo pelos meus dedos e eu não sei como parar.

Mesmo dentro desta névoa, eu fecho os olhos, tentando expandir meu controle ou, não sei, exercer meu controle. Eu penso no motivo pelo qual eu estou fazendo isso, em por que preciso ser bem sucedida. Porque isso pode ser minha liberdade.

E, de repente, eu sinto. A energia vital desacelerando, voltando para mim, como se a água estivesse virando areia e eu subitamente pudesse segurar com mais força, ainda que fosse debilmente. Eu conseguia guiá-la de volta, de maneira meio desajeitada, mas ela estava me obedecendo, de alguma forma.

Mas não é isso que Valentina quer. Ela quer que eu mate parte daquela vida e não que eu a salve. Na verdade, agora eu não sei se quero que ela saiba que eu descobri que *posso* não matar as pessoas. Bom, mais ou menos.

Abro os olhos, sabendo que o sapo vai estar bem. Relativamente. Mas eu não estou. Eu ainda estou aqui. Meu trabalho terminou, eu não sinto nenhuma alma, nenhuma vida, nada.

Por que eu ainda estou aqui?

O desespero me atinge, tão forte quanto da última vez, quando eu passei mais tempo do que deveria nesse lugar. Eu dou dois passos para trás, cambaleando, agarrando meu peito com uma das mãos, sentindo-me completamente sufocada.

Ao meu redor, tudo é branco, vazio, cada vez mais. Sem nem pensar no que estou fazendo, eu corro, sem ter nenhuma direção ou controle. Eu estou tonta e desorientada, já que não há nenhum referencial onde eu possa me apoiar. É muito assustador.

Eu também não consigo sentir o tempo. Eu posso ter corrido quilômetros ou metros, segundos ou horas, mas chega um momento em que eu não consigo mais ficar de pé. Minhas pernas viram macarrão debaixo de mim e eu caio, primeiro de joelhos, depois com o rosto no chão.

Eu estou cansada. Literalmente exausta, como se a minha bateria tivesse acabado. E eu não sinto nada. Absolutamente nada. Talvez eu já esteja morta.

"Katherine".

Eu escuto meu nome quase como um sussurro, como algo que o vento diria ou um louco escutaria se estivesse alucinando. Eu pisco, devagar, porque não consigo me mexer, mas nada muda.

"Katherine".

A voz é mais alta agora e decididamente masculina. De início, eu não vejo nada, mas então uma forma escura fica mais ou menos visível, ao longe de início e depois cada vez mais perto.

A primeira coisa que eu vejo são os olhos violeta, encarando-me com ferocidade e preocupação ao mesmo tempo. Os olhos, no entanto, não estão em um rosto humano. Eles estão em um rosto de pelagem escura, em um animal que se move, silenciosamente, perigosamente, mas não me assusta.

Um lobo.

Eric.

O lobo se aproxima de mim e se senta ao meu lado. Não tenho forças para falar, mas eu não preciso. Ele deita sua cabeça enorme no meu ombro e o calor do seu corpo invade o meu como uma onda e então eu sei que não estou morta.

Eu sorrio.

"Eric". Assim que a palavra sai dos meus lábios, o mundo volta ao normal com força total, todos os sons, cores e cheiros. Eu não estou deitada, estou de quatro, ofegante e tossindo.

A tosse queima meus pulmões ao ponto de eu achar que não vou conseguir respirar, mas de repente, ela para. Por tempo suficiente para que eu note que ela veio acompanhada de sangue. De novo.

O que está acontecendo?

– Katherine! – Valentina grita. Subitamente eu percebo que a voz que me chamou esse tempo todo era, na verdade, a dela. Não tenho palavras para explicar a decepção.

– O que... – eu digo, tentando ficar de pé. Mas o esforço prova ser demais e eu caio de novo, minhas mãos indo instintivamente para a minha cabeça. – O que aconteceu?

Agora que Valentina vê que eu estou viva, ela volta a ter a emoção de uma rocha.

– Eu deveria perguntar isso, você não acha? Considerando que era você que estava usando seus poderes.

– Funcionou? – eu pergunto. Talvez não seja a pergunta mais inteligente, já que eu tenho bastante certeza de que eu quase morri, mas não tenho nenhum controle sobre as idiotices que saem da minha boca.

– Por um momento. Ele não morreu, mas não conseguia andar.

– Aah... – como eu deveria reagir a isso? Era só um sapo e mesmo assim eu me sinto cruel.

– Mas não durou nem um minuto. Ele morreu de novo e você simplesmente ficou imóvel. O que aconteceu?

Eu quero explicar, quero dizer exatamente o que aconteceu, mas não faço a menor ideia. E pior do que isso, não é a primeira vez. Está ficando difícil lidar com isso e ainda mais difícil tentar entender.

– Eu não sei. Eu fiquei presa, do, ahm, outro lado? Não sei.

– Outro lado? – Valentina parece assustada. – Você quer dizer o mundo dos mortos? Era lá que você estava?

– Acho que sim. Antes eu nem via que passava por lá e agora, cada vez que eu faço a travessia, eu fico lá mais tempo. Eu não sei quanto tempo, eu só sei que eu corri por horas.

– Horas?

– Foi o que pareceu.

– Você não se moveu aqui – Valentina diz virando as costas para mim – e certamente não se passaram horas. Eu achei que você tinha morrido, você ficou cinco minutos sem respirar.

– O quê? – eu pergunto, ainda que Valentina não esteja olhando para mim – Como... o que isso quer dizer?

– Eu não sei.

– Minha... mãe – a palavra ainda é estranha para mim. Eu nunca tive uma mãe e nem sei qual é a sensação de saber de quem eu estou falando.

Valentina nota minha hesitação e adivinha minha pergunta.

– Eu nunca a vi ter esse tipo de problema. Mas ela já sabia de muita coisa quando nós nos conhecemos.

– E o que eu vou fazer? – eu não pretendia confiar em Valentina, muito menos entregar um segredo a ela, mas a verdade é que eu estou assustada e preciso saber o que tudo isso quer dizer.

– Hoje, descansar. Tire um dia de folga e volte depois de amanhã. Eu vou tentar descobrir o que está acontecendo.

Eu concordo, mas só por fora.

Valentina pode tentar fazer o que quiser. Mas eu pretendo descobrir por conta própria qual é o meu problema. Ela é exatamente o filtro de informação de que eu não preciso no momento.

* * *

Dessa vez, estou sozinha. Esse problema é meu e a solução só pode vir de mim. Tudo bem, eu não faço a menor ideia de onde começar a procurar, mas eu estou determinada a não envolver mais ninguém. Ordem, Legião, não importa. Eu estou como sempre estive. E há um certo alívio nisso. Em saber que eu só dependo de mim.

O problema é que eu não posso simplesmente ir até a biblioteca e pesquisar nos livros ou digitar Ceifadora no Google. E, se eu não quero envolver nenhum dos dois lados, só existe uma pessoa que pode me ajudar.

Eu realmente achava que não ia ver o Noturno tão cedo. É engraçado que depois de tão pouco tempo, ele possa parecer tão diferente, quase como se eu não fizesse parte do mundo lá de dentro. Por outro lado, eu também não me sinto parte do daqui de fora.

Perfeito.

– Ei garota – Leo me cumprimenta, com a mesma simpatia de sempre, como se nada estivesse diferente. Mas até ele sabe que alguma coisa está diferente. – Faz um tempinho.

– Oi, Leo.

– Não achei que fosse te ver tão cedo.

Talvez eu devesse perguntar exatamente o que ele quer dizer com isso, mas minha cabeça está desorganizada demais para considerar esse tipo de coisa.

– E o Chefe?

Leo sorri e assente. – Ele está lá dentro.

Eu agradeço, passando por ele e silenciosamente rezando para que nem Valentina nem nenhuma das pessoas que eu conheci nos últimos dias esteja lá, porque eu não tenho uma boa desculpa para estar ali e não em casa. Onde eu disse que estaria.

Ao menos dessa vez a sorte parece estar do meu lado. Os únicos olhos violeta que me parecem familiares essa noite são os do Chefe. Ele parece genuinamente surpreso – e um pouco assustado – ao me ver, mas imediatamente dispensa o homem que está com ele e faz sinal para que eu me aproxime.

Depois de tantas vezes andando sob as luzes fracas do Noturno, parei de reparar nas pessoas que estavam trabalhando ali, mas hoje cada rosto me chama atenção. Tantas pessoas como eu, perdidas, provavelmente abandonadas. Algumas são quase crianças.

Que tipo de Equilíbrio estúpido é esse?

– Katherine – a voz do Chefe me impede de trombar na mesa dele, no canto onde ele sempre senta. – O que você está fazendo aqui?

Eu não tinha como não notar o nervosismo na voz dele. Pela primeira vez, em três anos, ele não parecia inteiramente no controle das coisas.

– Obrigada pela recepção calorosa – eu digo, puxando uma cadeira. – Por mais idiota que isso seja, eu preciso de ajuda.

– E isso é problema meu desde quando? – o Chefe se reclina,

cruzando as mãos sobre a mesa. Seu rosto fica meio coberto pelas sombras, o que já foi assustador quando eu tinha catorze anos, mas não me intimida mais.

– Você é a única pessoa com quem eu posso falar.

– E você ainda não respondeu à minha pergunta – ele repete, parecendo entediado.

– O que você sabe sobre Ceifadores?

O Chefe se mexe um pouco na cadeira, parecendo tenso, mas finge estar à vontade. – Eu sei que eles fazem perguntas impertinentes. E que eles gostam de aparecer onde não deveriam estar.

– Eu estou falando sério – eu digo, impaciente.

– Eu também.

– E por que eu não deveria estar aqui?

– O Noturno é neutro. Você não pertence mais a ele.

– O quê? – eu estou perdida de novo.

– Nós observamos. Não temos obrigação de apoiar ninguém. Na verdade, nossa única obrigação é *não* interferir.

– Do que diabos você está falando?

O Chefe se inclina sobre a mesa, sua cabeça virando de lado como um animal curioso.

– Você *foi* recrutada, certo? – seu tom é de suspeita e, por um instante, eu não sei o que fazer. Meu disfarce é que eu já escolhi a Legião, mas ainda não é exatamente... oficial.

– Praticamente. Mas eu não recebi muita informação.

O Chefe se reclina de novo, mas eu posso ver que ele não abandonou completamente a suspeita.

– Então permita que eu explique. Eu sou um Intermediário, o que significa que eu não pertenço a lado nenhum. Minha função é observar. Talvez direcionar. *Nunca* interferir.

– E isso significa que você não pode me ajudar?

– Por que você não pede ajuda a alguém na Legião?

– Como você sabe que eu entrei para a Legião?

Por um milésimo de segundo, o rosto do Chefe mostra arrependimento por ter falado demais, mas ele não demora a se recuperar.

– É para onde os Ceifadores sempre vão – ele dá de ombros. – Além disso, minha função é observar, lembra?

– Ah, certo. Então você sabe uma coisa ou outra sobre Ceifadores.

– Obviamente.
– Algum Ceifador já… ahm… ficou preso?
O Chefe levanta uma sobrancelha em questionamento.
– No mundo dos mortos, eu quero dizer.
Agora seus olhos se arregalam e ele olha em volta para garantir que ninguém me ouviu. Então ele se inclina sobre a mesa, os dentes cerrados, seu rosto a centímetros do meu.
– Eu não sei do que você está falando. E mesmo se eu soubesse, eu não posso ajudar. Não é a minha função.
– Mas…
Em um raro momento em que eu escuto minha cabeça antes de abrir a boca, eu paro de falar. Eu pretendia perguntar como ele pôde ajudar Valentina, mas então me lembro que ninguém pode saber disso. Se Valentina descobrir que eu sei sobre a lista, o plano todo irá por água abaixo.
– Mas o quê? – o Chefe nota minha hesitação.
– Mas eu só quero informação. Eu não estou pedindo para você fazer nada, só me responder.
– Não – ele responde, resoluto. – Eu acho que você devia ir.
– Por quê?
– Porque esse território é neutro e não é mais o seu lugar, entendeu? – o Chefe se levanta, alisando o terno em um gesto que é nervoso demais para parecer de desprezo. – Agora, se você me dá licença, eu tenho negócios para tratar, como eu tenho certeza de que você se lembra.
Eu poderia protestar, mas além de ser inútil, o Chefe some na escuridão antes que eu possa formular uma frase na minha mente.
Droga.
Como eu podia fazer parte de um lugar em um momento e, no outro, ser como se eu nem tivesse existido? Eu não posso contar com o Chefe porque ele é um Intermediário – seja lá o que isso queira dizer –, mas também não me sinto bem falando com Valentina ou Vladimir sobre isso.
Nessa hora seria útil ter mais alguns amigos. De preferência alguns que entendessem o mínimo sobre o assunto. Não acho que Rebecca seria de grande ajuda.
Eu olho em volta, para os rostos de todas as pessoas que, de uma

maneira ou de outra, ainda vão se envolver com o Equilíbrio, o que quer que isso signifique. São tantas. O bar inteiro subitamente parece menor, quase como se as paredes estivessem se fechando.

Eu não consigo respirar. As vozes ficam mais altas, os sons mais confusos, tudo parece ampliado, umas dez mil vezes. Eu me levanto, derrubando a cadeira e tentando me afastar da mesa, das pessoas, mas minha visão está embaçada e minhas pernas estão bambas. Eu chamei atenção, muito mais do que queria, e agora todos os olhos estão em mim. E eu não posso me arriscar a desmaiar, especialmente no meio dessas pessoas..

Que droga.

Empurro todos no meu caminho para a saída, meus ombros topando com os dos outros, mas apesar da força, eu não sinto dor. Não consigo, não com a sensação de enjoo que ameaça me dominar a qualquer minuto.

Graças ao meu comportamento agressivo e um pouco de sorte, eu consigo empurrar a porta e tropeçar para a noite fria. Mas não consigo ficar de pé. É pedir demais.

Apoiando-me na parede úmida de tijolos, eu escorrego para o chão, tomada por mais um acesso de tosse. Acompanhado de sangue. Claro.

Meu peito está queimando e meus ouvidos pulsando com o barulho da tosse quando eu sinto uma mão no meu ombro, pressionando de leve. Eu penso em uns dez nomes para o dono daquela mão, mas estou errada em todos.

– Ei, garota, você está bem? – Leo está me olhando, preocupado como eu nunca o vi antes. Eu tento responder, mas a tosse me domina de novo e eu estou cuspindo sangue na calçada. Muito elegante. – Meu Deus! – Leo diz quando vê o sangue. Ele se afasta.

– Foi mal – eu digo, a voz arranhada, limpando a boca na manga do meu casaco.

Leo se agacha do meu lado, olhando em volta. – Você veio pedir ajuda, não é?

Levanto os olhos para ele, completamente surpresa. Leo sempre foi o segurança calado do Noturno. Até onde eu sei, ele não faz ideia de nada que acontece lá dentro. Parece que eu estava errada. De novo.

Ele baixa a voz uma oitava.

– Ninguém aqui vai te ajudar, garota. Ninguém vai interferir nos assuntos da Valentina.

– O quê? – eu tento perguntar, bem na hora em que Leo me força a ficar de pé.

– Sua mãe não conseguiu ajuda. Você também não vai conseguir. Vá embora enquanto você ainda pode.

Leo se vira para voltar à sua posição na porta, mas eu não posso deixar as coisas desse jeito.

– Leo, do que você está falando? – eu sibilo, indo atrás dele. Seus olhos estão assustados quando ele se volta para mim de novo.

– Vá embora, garota. As coisas nunca acabam bem para pessoas como você.

Seu tom é definitivo e, com o número de pessoas entrando e saindo do Noturno, eu duvido que ele vá abrir a boca para falar mais alguma coisa.

O que realmente me incomoda é: se o Noturno é supostamente um território neutro, por que Leo está tão assustado?

* * *

No fim da semana, eu estou exausta. Sim, aguentar as babaquices escolares diárias é exaustivo, mas nada comparado a ter que mentir para Rebecca, Vince e Eric, além de suportar o treinamento insano de Valentina todos os dias.

Não estou fazendo progresso, por razões óbvias. Meu medo de ficar presa do outro lado só aumenta e agora o aviso de Leo também está pendurado na minha cabeça. Com quem exatamente eu tenho que tomar cuidado? Valentina? Mas eles não acham que eu estou trabalhando para ela? Isso não faz o menor sentido.

E o que a minha mãe tem a ver com isso? Ela teve o mesmo problema que eu, afinal de contas?

Eu não estou acostumada com a ideia de ter uma mãe e a noção de que mesmo depois de me abandonar e me deixar sozinha a minha vida inteira, ela ainda consegue interferir em um fator tão importante. É extremamente irritante.

Talvez eu devesse ir embora. Talvez o meu plano de sair de NY não tenha uma hora mais perfeita para ser executado, então por que me parece tão errado?

Ao menos no meio de toda essa confusão, Rebecca parece ter me perdoado, por algo que eu nem me lembro de ter feito, mas não importa. Ela parece menos cansada e definitivamente menos zangada, mas eu ainda não criei coragem para perguntar o que fiz. Eu acho que não aguento mais más notícias.

– Você estudou, certo? – Rebecca pergunta, enquanto andamos em direção ao colégio, o vento frio cortando meu rosto.

– Sério? – eu pergunto, porque, bom, sério? Estudar para o quê? É óbvio que eu não estudei. O pouco tempo que eu tenho passado em casa tem sido cuidadosamente dividido entre comer e dormir, que é o que eu preciso para sobreviver.

Rebecca revira os olhos e suspira quando paramos em um sinal, esperando para atravessar a rua lotada de táxis. Muito me admira que depois de tanto tempo ela ainda se surpreenda com minhas constantes demonstrações de irresponsabilidade.

Uma garotinha de mais ou menos uns oito anos está bem ao nosso lado, sua mãozinha enluvada coberta pela mão grande de uma mãe falando nervosamente ao telefone. Eu sorrio para a garotinha, mas seus olhinhos azuis não estão no meu rosto.

Eles estão fixos em minhas mãos, que ultimamente andam tão quentes que eu nem preciso usar luvas. Sigo o olhar da garotinha e também fico paralisada. As tatuagens na minha pele, as linhas, estão alaranjadas como metal derretido e estão… se *movendo*.

Como cobras, elas estão passando por entre os meus dedos, se enroscando nos meus pulsos de um jeito bizarro. A garotinha levanta sua mão livre para tocar meus dedos e eu arquejo, dando dois passos cegos para trás, sem nem perceber que eles me levaram para o meio da rua.

Eu ainda estou olhando para as minhas mãos quando uma buzina me faz pular e eu me vejo a centímetros do capô de uma BMW preta. Rebecca me puxa pelo casaco enquanto o motorista xinga e arranca, mas eu demoro a recuperar a compostura.

– Kat! – Rebecca grita, apertando meu ombro. – Meu Deus, o que você está fazendo? Você acordou com tendências suicidas?

Olho em volta, procurando pela menina, mas ela já sumiu. Sacudindo a cabeça, eu puxo minhas mangas para cobrir minhas mãos e olho para Rebecca, que tem a expressão de quem espera, *impacientemente,* por uma resposta.

– Ah, Becks, foi mal, eu me distraí.

– Jura? – Rebecca diz, sarcástica. O sinal abre e ela me puxa atrás dela, marchando como ela faz quando está com raiva – Por Deus, Kat, daqui a pouco você vai precisar sair de casa de coleira.

Eu rio da piada. Rebecca não.

Ok, então.

Durante toda a manhã, o que inclui exames bem importantes para os quais eu não estou preparada, eu não consigo me concentrar. Minhas mãos ainda estão loucas e eu estou fazendo muito esforço para não ser notada.

O que tem exatamente o efeito contrário.

– O que diabos é isso? – Eric diz, olhando para as minhas mãos. Ele está sentado ao meu lado e parece muito assustado.

– Ah que droga! – eu puxo as mangas mais para baixo. – Eu não sabia que dava pra ver. O que eu faço?

– Por que você está *me* perguntando? – ele sibila. – Eu não faço a menor ideia!

– Eric, eu preciso de ajuda – eu digo essas palavras e, embora Eric entenda que eu esteja falando apenas do problema imediato, na verdade é bem mais do que isso.

– Kat, eu não posso te ajudar – ele sussurra, parecendo triste. – Se Vince sequer desconfiar, se Valentina descobrir... pode acabar muito mal. Pra nós e especialmente pra você.

– Eu sei... – e eu realmente sei. Mas eu também estou ficando totalmente apavorada, sem saber para onde correr.

Pela primeira vez na minha vida, eu não me basto. Eu me virei sozinha por tanto tempo que cheguei a acreditar que nunca iria precisar de mais ninguém.

Obviamente, eu estava errada.

Eric está me olhando, meio triste, o violeta dos seus olhos tão escuros que quase podem ser confundidos com azuis. Quase normal. Quase.

Naquele momento, eu *quero* me apoiar nele. Eu *quero* revelar tudo o que está acontecendo e o quanto eu estou apavorada, mas eu não posso. Eric pode parecer legal e compreensivo, mas e se ele não for? E se ele também quiser alguma coisa? Todo mundo sempre quer alguma coisa. Disso, ao menos, eu tenho certeza.

Roxie tinha razão. Alguém sempre vai querer me usar e eu nunca vou saber. Talvez esse seja o verdadeiro fardo de ser uma Ceifadora.

– Katherine, – a professora chama. Que droga. Eu não posso nem me lamentar na minha própria cabeça sem ser interrompida. – Alguma coisa que você queira dividir com a classe?

Eu realmente odeio essa pergunta.

– Não – eu digo, de uma forma impaciente o suficiente para soar arrogante.

– Então se você não se importa...

Eu baixo os olhos, fingindo me concentrar no caderno, que está praticamente em branco, mas pelo canto do olho eu vejo que Eric ainda está me vigiando, talvez tentando entender por que eu preciso de ajuda.

Embora Vince não esteja nessa aula, Eric tem razão. Eu não posso arriscar a levantar qualquer suspeita de um relacionamento amigável com Eric. Eles são inimigos.

E até onde Vince sabe, eu estou do lado dele.

* * *

Eu estou guardando meus livros no armário quando Vince se materializa bem atrás de mim. Eu nem me viro, simplesmente porque já me acostumei com o jeito dele de fazer as coisas.

– Pronta? – ele pergunta, perto do meu ouvido. E, embora eu não esteja vendo seu rosto, eu sei que ele está sorrindo.

– Na verdade, não – eu me viro, meu rosto a centímetros do dele. – Eu estou cansada e tenho um milhão de coisas da escola... – minha voz diminui gradualmente quando eu vejo a expressão no rosto de Vince.

Seus olhos estão faiscando e seus lábios estão crispados, seu maxilar duro. Eu nunca o vi tão sério.

– Você virá – ele diz. E eu sinto. Eu sinto a névoa nas suas palavras, a forma com que elas penetram cada fibra do meu corpo até que eu me sinta compelida a fazer o que ele manda.

Sem mais uma palavra, ele se vira e eu ando atrás como se estivesse amarrada a ele com fios invisíveis. Eu não acredito que Vince está me Controlando. É assim que ele trata os seus aliados?

Ninguém no corredor parece notar o que está acontecendo. Essa é a beleza de ser um Ventríloquo. Mesmo se a sua vítima for treinada para saber quando está sendo controlada – como eu – ninguém nota que você está tentando se livrar dos fios invisíveis que te transformam em um fantoche.

Ou quase ninguém.

Nós estamos passando por um mar de estudantes no corredor quando meus olhos encontram os de Eric. Bem ao lado de Rebecca de novo, mas eu não tenho tempo para pensar nisso agora. Eu não consigo pensar em nada com clareza, na verdade. Eric fica tenso e eu sei que, naquele breve momento, os meus olhos deviam dar ao menos um sinal mínimo de pânico.

Ele empurra os outros estudantes a caminho do corredor, ignorando os protestos e parecendo furioso. Vince está quase na porta quando Eric o intercepta, parando bem diante dele.

– Aonde você pensa que vai? – Eric pergunta, seus punhos cerrados.

– Não é da sua conta, Frost. Sai da minha frente.

– Não é com você que eu estou preocupado – Eric diz, olhando rapidamente para mim. Vince segue seu olhar, parecendo entediado, e sorri quando me vê.

– Ah – ele diz, voltando a ficar cara a cara com Eric. – Você deve estar cansado de ver suas garotas atrás de mim, hein?

Eric rosna, literalmente rosna e eu posso jurar que seus caninos ficam mais afiados. – Isso é contra as regras, Owens. É a segunda vez que você…

Vince o interrompe – Eu já disse pra você esquecer as regras, seu imbecil. E Kat já fez a escolha dela. – Vince olha para mim outra vez, sorrindo ainda mais. – Ela *me* escolheu.

Ele bate seu ombro contra o de Eric e marcha prédio afora, comigo logo atrás. Eu vejo nos olhos flamejantes de Eric que ele quer fazer alguma coisa, mas não pode. Eu supostamente fiz a minha escolha. Não por uma pessoa, mas por algo muito maior.

Assim como eu, ele está de mãos atadas.

* * *

Só depois que o carro já está em movimento Vince me solta. A névoa na minha mente se dissipa e meus músculos parecem ser reconstruídos aos poucos. Eu testo meu controle sobre todos os meus membros e fecho o punho, acertando um murro bem no meio do rosto dele.

O carro desliza quando ele perde o controle do volante e eu ouço buzinas de carros que precisam se desviar de nós para evitar uma colisão.

Assim que Vince recupera o controle, ele começa a xingar, e se vira para mim, exasperado.

– Qual é o seu problema?! – ele grita. Eu nem pisco.

– O meu problema? O *meu* problema?! Eu não acredito que você me Controlou, Vince! Que porcaria foi aquela?

– Escuta aqui – ele diz, ainda furioso, estalando o maxilar e esfregando o queixo com uma das mãos – Valentina não é uma pessoa paciente. E você não está fazendo muito progresso. Nós não temos tempo para as suas dúvidas e nem…

– Por quê? – eu interrompo.

– O quê? – Vince parece confuso.

– Por que vocês não têm tempo?

Vince é pego de surpresa. Ele franze o cenho e desvia os olhos de mim, seus dedos apertando o volante. Ele não olha para mim quando volta a falar.

– As coisas estão mudando, Kat. Rápido. Ou você está com a gente ou…

– Ou estou contra vocês, é isso? – eu sinceramente espero que a minha raiva pareça ser maior do que o meu medo. Vince não é uma pessoa fácil de pressionar.

– Eu espero que não – ele responde, vagamente.

Infelizmente, eu não tenho tempo para fazer mais nenhuma pergunta, já que o carro para bruscamente diante do prédio de vidro que eu já aprendi ser a sede da Legião em NY. Supostamente um escritório de advocacia. Apropriado. Eu só conheci os jardins no décimo andar, então não posso avaliar a situação da Legião, mas pelo tamanho do prédio, tenho certeza que é mais do que impressionante.

Por um tempo, eu espero que Vince diga alguma coisa, se desculpe, ou ao menos se explique, mas ele nem olha para mim.

– Por que você nunca fica? – todos os dias, ele me traz até aqui para treinar com Valentina e vai embora. E eu nunca sei para onde ele vai.

– Eu tenho outros assuntos para tratar.

– Que assuntos?

Vince não responde, nem se vira. Ele está *realmente* sério. Tudo isso porque eu dei um mínimo sinal de rebeldia? Minha reação foi extremamente moderada considerando o que ele fez.

Suspirando, abro a porta e saio do carro, andando em direção à porta. Eu não estou nem na metade do caminho quando escuto os pneus do carro cantando no asfalto, afastando-se em alta velocidade.

Como sempre, Valentina está me esperando na porta, um *tailleur* preto ajustado ao seu corpo, os braços cruzados e o rosto passivo. Agradeço, silenciosamente, por Ilusionistas não serem capazes de ler mentes com um olhar, ou eu estaria *muito* ferrada.

– Katherine – ela diz, com a voz aveludada de sempre. – Alguma coisa errada?

Ela não lê mentes, mas meu rosto deve tornar essa tarefa completamente desnecessária. Eu sacudo a cabeça.

– Vince mencionou que eu não estou fazendo progresso – eu digo, tentando soar frustrada.

Valentina sorri, daquele jeito que é gentil e malicioso ao mesmo tempo.

– Vincent é... jovem – ela diz, virando-se e escaneando seus dedos na porta. – Ele não entende o quanto isso é difícil, mas eu sei como pode ser frustrante. Além do mais, eu tenho algo para você. Eu espero que ajude.

– O que é? – eu pergunto, como uma garotinha ansiosa por um presente de Natal. Nós entramos no elevador, onde ela digita mais umas duas senhas e depois sorri para mim. Ela não vai responder. Claro que não.

Nós paramos no segundo andar, como sempre, onde passamos por um corredor de portas fechadas e pelas quais eu não consigo ver o interior. De lá nós passamos para o jardim de inverno que, sem dúvida, é uma das coisas mais bonitas que eu já vi nessa cidade.

Eu me sento em um dos bancos de madeira clara, escondido entre canteiros de rosas e arranjos de orquídeas púrpuras. O lugar parece estranhamente bonito demais, deslocado em um prédio de vidro no centro da cidade.

Valentina se senta ao meu lado, próxima o suficiente para dar uma sensação de intimidade, mas longe o suficiente para mostrar que ela ainda não sente que estamos do mesmo lado. O que é uma má notícia para mim.

Sorrindo, Valentina tira uma caixa pequena da bolsa de mão que eu nem tinha visto que ela estava carregando. A caixa é retangular, prateada e relativamente simples. Alguns entalhes nas beiradas, possivelmente flores, um padrão em torno da abertura e nada mais.

Valentina me entrega a caixa, ainda com um sorriso nos lábios vermelhos e eu pego, incerta.

– O que é isso? – eu digo, abrindo a tampa. Lá dentro está uma corrente prateada e um pingente de um apanhador de sonhos, do tipo usado por tribos nativas norte-americanas. Eu levanto o colar, observando o padrão colorido das linhas que se cruzam de forma complexa, pequenas pedras capturando a luz do sol que entra pelas janelas.

– A única coisa que eu ainda tenho da minha melhor amiga. Selene.

Eu levanto os olhos para Valentina. Ela está falando sério?

– Minha mãe? – ela confirma com a cabeça e meu olhar cai de novo no pingente. – Por quê? Por que me dar isso agora?

– Sua mãe era uma pessoa especial e ela tinha um controle fantástico sobre as suas habilidades. Eu pensei que talvez ter algo dela possa ajudar você a se concentrar. Além disso, esse colar sempre pertenceu a ela e, se ela pudesse, ela o daria para você. Eu tenho certeza disso.

Eu concordo, distraída, e prendo o colar em volta do meu pescoço, sentindo o metal gelado quando encontra a pele abaixo da minha clavícula. A sensação é reconfortante, de um jeito que eu não esperava.

Pode ser minha imaginação, mas eu sinto uma energia emanando do colar, como se alguma parte da mãe que eu nunca conheci estivesse lá. Valentina pode ter razão. Talvez isso ajude.

Eu me viro para agradecer, mas ao invés do rosto de Valentina, eu vejo duas presas enormes, indo diretamente em direção ao meu rosto. Sem nem pensar, eu me jogo de peito no chão, ouvindo o sibilar de alguma coisa que passa zunindo por cima da minha cabeça.

Ofegante e meio zonza, eu tropeço para ficar de pé, minha cabeça girando de um lado para o outro, tentando achar o que me atacou.

Meus olhos finalmente param em uma forma gigante no chão, a

alguns metros dos meus pés. Rastejando. Olhando para mim através de duas fendas amareladas, está uma cobra imensa, sua cabeça no formato de uma flecha, seu corpo coberto por manchas amareladas que parecem estar borradas.

Seu corpo está tenso, em formato de "S" e sua boca está aberta, as presas afiadas extremamente ameaçadoras.

Como diabos esse bicho chegou aqui?

– Valentina! – eu grito, ainda encarando a cobra. Eu não ouso me mover. E ela parece estar avaliando seu próximo movimento. – Valentina, o que é isso?

– Um incentivo – ela responde, sua voz vinda de algum lugar que eu não consigo identificar.

– Incentivo?! – meu grito indignado provoca alguma reação na cobra, porque naquele momento ela dá outro bote e eu rolo para o lado, indo de encontro a uma das paredes do jardim.

Eu me recupero antes que ela possa atacar de novo e simplesmente corro, escondendo-me atrás dos canteiros que se posicionam como paredes de um labirinto no chão de pedra. O barulho da cobra ainda está atrás de mim, mas eu nem ouso olhar por cima do meu ombro.

– Valentina! – eu grito de novo, ainda correndo. – Que diabo é isso?

A voz dela parece mais distante agora.

– Vida ou morte, Katherine. É você ou ela. E você não pode matar.

– Você está brincando? Eu não vou pensar nisso *agora!*

– Se você matar esse animal, eu mato você.

Vindo de qualquer outra pessoa, essa ameaça teria parecido vazia, mas se alguém é capaz de me matar por uma razão tão idiota, essa pessoa é Valentina. E se Vince estiver falando a verdade, ela está desesperada por progresso.

Meu Deus, como eu consigo me colocar nessas situações?

O barulho do meu coração batendo é tão forte que eu nem reparo que os sons da cobra sumiram de trás de mim. Aos poucos, eu desacelero, e quando finalmente crio coragem para olhar em volta, a cobra sumiu.

Merda.

Eu giro nos meus calcanhares o mais rápido que posso, mas não é o suficiente. A cobra agarra meu tornozelo e literalmente me dá uma rasteira, fazendo-me bater a cabeça no chão e ficar tonta no mesmo instante.

Antes que eu possa me recuperar, eu sinto o corpo gelatinoso da cobra na pele dos meus braços e pescoço, acompanhada da pressão esmagadora da sua carne me comprimindo. Meus braços estão presos ao lado do corpo e, obviamente, eu não consigo mexer minhas mãos.

A cobra está apertando cada vez mais e eu juro que em breve vou sentir meus ossos estalando. Minha visão já está escurecendo e mesmo assim estou em dúvida sobre o que fazer. Obviamente eu preciso libertar minhas mãos antes, mas tudo que eu estou pensando agora é: e se eu falhar?

Bom, se eu morrer vai ser a pior falha de todos os tempos, então acho que minha escolha está feita por mim.

Por favor, que isso funcione.

Eu mexo meus braços com muita dificuldade, sentindo o suor escorrer na minha testa pelo simples esforço de tentar deslizá-los. Obviamente, eu não consigo, mas meu pulso desce o suficiente para que meus dedos fiquem mais ou menos livres. Com um movimento, eu os flexiono e toco a pele gelatinosa. A reação é imediata.

O corpo inteiro do réptil estremece e ela me solta. Eu respiro fundo, feliz por ter escapado, mas meu trabalho ainda não acabou. O contato seria suficiente para matar alguém, mas eu não quero matar.

Não mais.

O gelo se forma nos meus cabelos e nas pontas dos meus dedos. Eu estou de volta ao mundo cinza, mas desta vez alguma coisa parece diferente. Eu *sinto* algo diferente. Como se eu ainda pudesse tocar o mundo real, de alguma forma. Eu não perdi o contato como das outras vezes.

A névoa branca sobe do corpo da cobra. Que não é mais uma cobra.

É uma garota. Baixa, de cabelos pretos curtos, caída como uma boneca de pano sem cor. Meu Deus, Valentina é louca. Como ela pode arriscar a vida de outra pessoa assim? Por causa de um treinamento? Isso não faz sentido.

Mas um pensamento pior do que esse me invade. Se essa garota for da Ordem… os efeitos de falhar vão ser muito piores. A culpa não vai ser a única consequência dos meus atos. Eu fico desesperada, muito mais desesperada do que estava há alguns minutos, quando um réptil de dois metros estava quase me esmagando até a morte.

Concentro-me o máximo que eu consigo, colocando intenção no meu pensamento, uma *enorme* quantidade de intenção. Eu me lembro dos outros dias de treinamento, mas mais do que isso, eu me lembro da sensação de não matar. De como eu me senti quando descobri que essa não precisava ser a minha vida.

A névoa para no ar, já fora do corpo, mas definitivamente sob o meu controle. Ainda é estranho fazer isso, como tentar carregar uma gelatina, nunca completamente firme em minhas mãos. Eu sei que se perder o controle, eu perco a oportunidade.

Como eu faria com uma boneca de papel, eu movo meus dedos no ar, sentindo-me um pouco idiota, mas ao mesmo tempo sei que isso está funcionando. Embora a forma flutuando acima do corpo seja um pouco disforme, eu consigo reconhecer cada parte e eu penso no que seria menos prejudicial para essa garota, que eu nem conheço.

Com um movimento rápido, eu puxo meu braço no ar para o lado, fazendo dois dedos da mão esquerda da menina-névoa desaparecerem, como areia sendo soprada pelo vento. Gentilmente eu abaixo os braços e reposiciono a névoa no corpo, como um daqueles brinquedos de bebês onde você tem que encaixar os objetos nos buracos de formas correspondentes.

Instantaneamente, ela fica colorida de novo, sua pele se torna rosada, seu moletom vermelho vivo. Ela desaparece aos poucos da minha vista, como se nunca tivesse existido. Ela não tem mais por que ficar aqui.

Eu consegui. Eu realmente consegui.

A alegria seria completa, não fosse o fato de que eu ainda estou aqui. De novo.

Vamos lá, Kat.

Eu tento identificar a fonte do sentimento que tive há pouco tempo, o sentimento de ainda estar presa ao mundo real. Como se fosse uma âncora, uma corrente…

O colar.

Será possível? Agora que eu penso a respeito, parece ser isso mesmo. Como se um anzol estivesse amarrado a ele, mantendo-me na superfície, impedindo-me de me perder. Como isso pode ser? Minha mãe realmente deixou alguma energia para trás?

Imagine estar em uma caverna no escuro, sem poder achar o caminho para o lado de fora. Era assim que eu estava me sentindo. Mas imagine ter uma corda amarrada à sua cintura, uma corda que você se lembrou de amarrar à saída. Você se segura nela e a segue até a saída, ainda que não consiga enxergar, ela está bem ali para te guiar.

É assim que eu me sinto. E, ainda que eu não consiga *ver* a minha "corda", eu me seguro nela da mesma forma que me seguraria a uma de verdade. Ela está ali, eu sei que está, e eu consigo segui-la de olhos fechados.

Eu me concentro na linha que me conecta à superfície e ando, literalmente, em direção ao que espero que seja a saída. Eu não preciso ver para onde estou indo. Meus ouvidos estalam e eu sinto um golpe no peito, o ar sendo expulso dos meus pulmões à força.

E eu sei que estou de volta. Antes mesmo de abrir os olhos, eu sei que as cores voltaram, eu sei pela forma que o ar quente se cola à minha pele, pelos sons da rua abaixo de mim. Mas embora a volta tenha sido mais fácil, a dor e o enjoo ainda estão ali, como sempre estiveram.

Fico de joelhos, com os olhos fechados, esperando que a náusea passe, o que demora um pouco. Eu ainda me sinto pesada e desconfortável, mas por enquanto eu não posso pedir mais nada de mim mesma. E eu preciso dizer uma coisa ou duas a Valentina.

Assim que abro os olhos, ela está diante de mim, o canto dos seus lábios levantado de leve em uma sombra de sorriso.

– Hum – ela diz, olhando para mim com um leve interesse –, parece que eu tinha razão.

– O quê? – eu aparentemente ainda não encontrei minha voz, que sai só pela metade, fraca e arranhada.

– Sua mãe deixou mesmo alguma coisa para trás.

– A garota…

– Ah – o tom de Valentina é de alguém que acabou de se lembrar de que esqueceu de passar no supermercado. Eu nunca fiquei tão irritada com a casualidade dela. – Ela está viva, mas alguma coisa me diz que alguma parte dela nunca vai se recuperar, ou eu estou errada?

– Por quê? – eu pergunto, levantando-me para olhar nos olhos dela. – Por que você fez isso? Eu poderia ter matado a menina, quem é ela?

– Ninguém importante. Não se preocupe, eu mesma vou cuidar da memória dela, ela não vai se lembrar de nada que aconteceu.

– Você pode fazer isso? – eu pergunto, infelizmente impressionada.

– Claro que eu posso, querida. Um bom Ilusionista pode fazer quase tudo com a mente das pessoas.

– Muito reconfortante saber disso – eu murmuro, mas Valentina não escuta.

– Você está se concentrando na coisa errada, Katherine. Você conseguiu, não é? Eu sabia que você podia controlar seu talento, ainda que eu prefira não ter que me utilizar de métodos extremos no futuro.

– Valentina, como você pode esperar que eu confie em vocês quando você quase me faz matar alguém? Isso foi uma armadilha.

Valentina joga a cabeça para trás e ri, um riso fascinante e assustador ao mesmo tempo. Quando ela finalmente para de rir, seus olhos púrpura contornados de maquiagem preta travam nos meus e eu sinto um calafrio percorrer minha espinha.

– Quem disse que você tem que confiar em mim, Katherine? Essa nunca foi a questão.

– Como?

– Katherine – ela dá um passo à frente, ficando próxima o suficiente de mim para que a vantagem de sua altura fique evidente. – Sou eu que tenho que resolver se confio em você. Se isso não ficou claro, que fique agora.

Eu não respondo, mas também não tiro os meus olhos dos dela. Valentina não é uma pessoa que aceita insubordinação, o que é sempre um mau sinal. Eu preciso sair de perto dela o quanto antes, o que só me deixa uma escolha.

– Claro – eu digo, tentando soar confiante. – Isso quer dizer que eu estou pronta? Para ser... testada?

Ela levanta uma sobrancelha levemente e se vira de costas para mim, indo em direção à porta. Eu não tenho escolha a não ser ir atrás dela.

– Talvez. Eu acho que você devia ir para casa agora. Vince vai te informar caso haja qualquer mudança nos planos. Depois da sua iniciação, nós podemos discutir a lista.

– Iniciação? – eu pergunto.

– Ah – ela olha por cima do ombro para mim –, não é nada demais. Só uma formalidade necessária para que você seja apresentada aos outros membros da Legião. Pense nisso como uma... irmandade.

– Então... eu preciso ser aceita antes de começar a... trabalhar?

– Claro. É assim que o Equilíbrio funciona.

Ah, que ótimo.

– Por que tem que ser assim?

Valentina se vira inteiramente para mim e eu percebo que estou levantando suspeitas. Ela parece desconfiada e responde devagar, como se precisasse se assegurar de que eu entendi tudo.

– Porque nós não estamos prestes a confiar nenhuma informação confidencial a alguém que não pertence à Legião. Eu imaginei que isso fosse óbvio para você, Katherine.

– Ah, claro, eu só... eu achei que nós já tínhamos superado a questão da confiança.

Valentina dá um sorriso leve.

– Não é sobre confiança – ela olha para mim. – E nós ainda não superamos. Mas isso vai mudar em breve.

Eu posso estar exagerando, mas o som das portas do elevador fechando diante de nós parecia tão definitivo como o fato de que eu estava total e completamente ferrada.

13

No dia seguinte, eu chego à escola antes de todos os outros alunos. Eu disse a Rebecca que tinha que entregar um trabalho atrasado, o que é completamente plausível considerando meu histórico, mas a verdade é que eu queria garantir que não seria vista por ninguém, o que incluía Vince. Na verdade, especialmente Vince.

Ainda que o corredor esteja praticamente vazio, eu olho em volta umas vinte vezes antes de deslizar o pedaço de papel amarelo para dentro do armário de Eric. Eu sinceramente espero que ele seja cuidadoso ao ler essa mensagem, porque desde a minha conversa com Valentina, eu tenho me sentido ainda mais paranoica.

Eu me afasto do armário antes que o primeiro estudante passe pelas portas duplas que dão acesso ao corredor. Meu ânimo para interação social está ainda menor do que o normal hoje e, por mais que eu queira ficar por perto para me assegurar de que Eric vai receber minha mensagem, isso definitivamente seria considerado comportamento suspeito.

Com toda a intenção de evitar contato com outros alunos, em especial Vince, eu pego minhas coisas no armário o mais rápido possível e vou para a sala da minha primeira aula da manhã.

Minha concentração nos eventos de dentro da minha cabeça é tão grande que eu não percebo nenhum aluno entrando na sala até que ela esteja completamente lotada. Minha cabeça está doendo e, além de me sentir fraca, eu estou *vendo* que a minha pele está mais pálida. Eu preciso resolver a minha vida, antes que a situação se resolva sozinha. Da pior maneira possível.

– Conseguiu entregar seu trabalho? – Rebecca pergunta, sentando-se ao meu lado.

– O quê? – eu ainda estou tentando processar a pergunta, mas ela ergue as sobrancelhas.

– O trabalho? A razão pela qual eu tive que vir sozinha para a escola hoje de manhã? – o tom de voz dela deixa bem claro que ela não acredita na minha desculpa. Ela deve estar se perguntando o que exatamente eu ando fazendo.

– Ah, consegui. Tudo certo.

– Hmmm... – ela diz, sem nem se incomodar em esconder a desconfiança.

Durante a aula, eu recebo olhares cruzados de Rebecca, dos três professores da manhã e dos outros alunos por ficar sacudindo os pés – o que faz a cadeiria guinchar de forma irritante – e apertando o botão da caneta umas dez vezes por segundo.

Quando o sinal do almoço toca, eu praticamente derrubo todas as pessoas no meu caminho para a porta, fazendo mais alguns inimigos no processo. O corredor se apresenta diante de mim como uma espécie de corrida de obstáculos enquanto me desvio das pessoas até chegar ao armário.

Assim que a porta de metal destrava, eu solto o ar que não percebi que estava segurando. Mesmo no meio da bagunça dos meus livros, cadernos e papéis, eu reconheço a folha azul que eu deixei no armário de Eric.

Eu desdobro a folha com cuidado, como se dentro dela estivessem todas as respostas do universo. E mesmo que elas não estejam lá, nada pode ser pior do que a minha realidade atual.

Arrume uma desculpa. Encontre-me no mesmo lugar da última vez.

E.

– Por que você está sempre correndo?

O meu sangue gela e eu sinto cada músculo do meu corpo ficar tenso quando escuto a voz de Vince atrás de mim. Ele realmente precisa parar de fazer isso.

Eu me viro com um sorriso, mantendo as mãos atrás de mim e

amassando o papel devagar, tentando não fazer barulho. Vince vê meu sorriso e instantaneamente sua testa se franze.

– Uau. Qual é a da recepção calorosa? Eu estava preparado para me defender de um gancho de direita ou alguma coisa do tipo.

Eu rio, uma gargalhada rouca e obviamente nervosa. Vince fica ainda mais sério. Meu Deus eu sou muito idiota.

– Eu só… eu não vejo motivo para ficar brava. Contanto que você não faça aquilo de novo.

– Pode ser que eu precise – ele responde. Seu rosto e seu tom são tão neutros que eu não sei se devo responder com seriedade ou rir. O papel está começando a ficar quente nas minhas mãos – O que é isso? – ele diz, apontando a cabeça na direção das minhas mãos.

– O quê? – eu pergunto, como se não tivesse ideia do que ele está falando. Ele obviamente não se convence.

– Kat. Me mostre. Agora.

– Não é nada – eu protesto, mas já estou sentindo o impulso de mostrar o papel para ele. Meu Deus.

– Kat… – ele repete, dando um passo para ficar mais próximo de mim.

– Kat.

O controle de Vince é imediatamente quebrado e eu respiro aliviada quando ele se vira e encontra Rebecca esperando, olhos azuis faiscando, mãos na cintura, o retrato perfeito da impaciência.

– Se você acha que eu vou desperdiçar mais um minuto do meu horário de almoço esperando, pode desistir. Você tinha me prometido, lembra?

Ah… não?

– Eu sei, Becks. – eu digo, enfiando o papel no bolso e batendo a porta do armário. – Desculpa, Vince, a gente se fala depois.

Rebecca me leva para longe dele e eu posso jurar que vejo os dois trocarem olhares furiosos antes de se separarem. Enquanto nós andamos pelo corredor, eu vejo Eric fingindo estar mexendo no seu armário. Ele acena de leve com a cabeça na nossa direção.

Obviamente eu aceno de volta para ele, discretamente, mas ao meu lado, Rebecca é bem menos sutil em responder, deixando muito claro que *ela* entendeu a mensagem.

Que diabos?

– Becks, o que foi isso? – eu pergunto.

– O quê? – ela se finge de boba exatamente como eu fiz há pouco. A velocidade insana com que ela está andando pelo corredor não ajuda na sua tentativa de não parecer suspeita.

– Você. Eric. Vince. – Quando ela não responde eu reviro os olhos. – Eu não tinha combinado de almoçar com você.

– É – ela diz, simplesmente.

Eu continuo olhando para ela, meu rosto deixando bem claro que ainda estou esperando *algum* tipo de explicação.

– Você parecia precisar de ajuda, só isso – ela dá de ombros. – Agora sério, eu estou com fome.

Rebecca aperta ainda mais o passo e eu sou obrigada a deixar o interrogatório de lado. Ao menos pelo breve momento que me leva para alcançá-la. Ela não vai se livrar de mim assim tão fácil.

– Eu *vi* você olhando para o Eric, Becks – eu sussurro enquanto nós empurramos as bandejas do almoço pelos bufês do refeitório. Rebecca está fazendo algo que eu só a vejo fazer quando ela está realmente tensa ou deprimida com alguma coisa: pegando doces.

– E? – ela diz. – Eu agora preciso da sua permissão para *olhar* para as pessoas?

– Nem vem, Becks – eu digo, totalmente não convencida pelo teatrinho de fúria dela. – Você sabe muito bem do que eu estou falando.

Ela solta um suspiro enorme, do tipo que faz com que uma pessoa se sinta mal por estar incomodando a outra. Mas eu não posso me sentir mal no momento. Tenho outras prioridades.

– Kat, eu não sei se você notou, mas aqueles dois garotos te acham... *interessante* e está bem aparente que os dois estão disputando sua atenção. Eu sou sua amiga há tempo suficiente para saber quando você *não* quer estar em algum lugar e era exatamente isso que parecia que estava rolando entre você e aquele Vincent, então eu simplesmente entrei no meio. Eu tenho certeza de que o que quer que você pensou que viu foi simplesmente seu amigo e meu parceiro de laboratório me agradecendo silenciosamente por tirar você dos braços da competição. Agora, chega disso, por favor? Qual é a do drama, afinal de contas?

Rebecca já está se movendo para pegar um lugar em uma das

mesas de plástico azul-claro quando termina de falar e eu percebo que não peguei absolutamente nada, simplesmente fiquei atrás dela o tempo todo conduzindo o interrogatório.

Ainda bem que eu não estou com fome. Rebecca já está comendo, atacando um pacote de cookies de chocolate, quando eu me sento ao lado dela, assegurando-me de que ninguém pode me ouvir.

– Já que você está tão prestativa e generosa hoje...

– Eu sempre sou prestativa e generosa – ela interrompe, mastigando sem olhar para mim.

– Certo. Bem, já que é assim, será que você podia me fazer um último favor?

Ela levanta os olhos, mas não o rosto para mim, suas sobrancelhas arqueadas em desconfiança.

– Eu preciso encontrar com o Eric depois da aula, mas eu tinha combinado de fazer uma... coisa com o Vince. Eu preciso de uma desculpa, de preferência uma que envolva outra pessoa, então eu estava pensando se você podia...

– Ok – Rebecca diz, a boca cheia de comida. Definitivamente nada típico dela.

– "Ok" o quê? – eu estou meio confusa sobre o que eu estava falando.

– Eu ajudo você. Onde você tem que estar depois da aula?

– Anhh... no ginásio?

– Certo. Feito.– ela finalmente nota que eu não estou carregando nenhuma bandeja e que estou inclinada sobre a mesa como se fosse comer a comida dela. – Você não vai comer?

– Eu não estou com muita fome.

Ela dá de ombros de novo e continua comendo. Rebecca pode parecer bipolar e misteriosa para alguém que não a conhece muito bem, mas eu sei que por trás de todo aquele desprendimento e atitude despreocupada está uma pessoa extremamente atenta ao que está acontecendo com quem ela gosta, nesse caso, eu.

Eu sei que ela faria tudo que eu pedisse porque isso me faria feliz. Ela é o tipo de pessoa que gosta de deixar as outras felizes. Eu me sinto mal por envolvê-la nessa confusão toda, mas a verdade é que ter alguém "de fora" ajuda muito na hora de mentir. Especialmente para alguém como Vince.

* * *

Durante as duas aulas da tarde em que Vince está na mesma classe que eu, gasto uma enorme quantidade de energia e concentração fingindo que não estou vendo seus olhos em mim o tempo todo. Se eu conseguisse investir metade dessa energia em estudar e aprender o que o professor está dizendo, acho que seria uma aluna muito bem sucedida.

Mas não é o caso e minha concentração está em sobreviver ao dia e conseguir falar com Eric. Eu realmente espero que Rebecca tenha pensado bem na desculpa que ela vai dar para me tirar das minhas obrigações supostamente inadiáveis de depois da escola.

Ela estaria me ajudando se soubesse o que eu ando fazendo? Se soubesse que tipo de pessoa eu sou? Provavelmente não. Mesmo alguém tão boazinha como Becks a não seria tão tolerante assim.

Estranhamente, acontece que Rebecca não precisa dar desculpa alguma. Ainda que ela esteja do meu lado feito um segurança de celebridade, pronta para estapear Vince verbalmente, ele não aparece. Pela primeira vez em semanas que pareceram meses ele não está ali, pairando sobre mim como uma sombra.

E isso é o que me assusta ao ponto de eu sentir calafrios incontroláveis subindo pela espinha. Ele descobriu? Ou Valentina ainda não sabe se me quer na Legião, afinal de contas? Não faz sentido.

Por mais que todas essas perguntas me incomodem, a urgência do assunto que precisa ser resolvido agora ainda tem potência para silenciar os meus outros pensamentos.

– Hum – Rebecca resmunga ao meu lado, olhando o corredor se esvaziar extremamente rápido. –Vai ver que seu namorado se cansou de você.

– É... – eu ainda estou tensa, olhando para os armários e portas como se elas escondessem algum tipo de bicho papão. – Vamos esperar que sim.

– Cuspindo no prato que comeu, hein?

Eu olho para Rebecca, tentando misturar impaciência, negação e incredulidade em um único olhar. Ela levanta as mãos em um gesto de inocência e desculpa que indica que ela entendeu o recado, ainda que só um pouco.

Nós ficamos paradas ali, olhando para o corredor vazio, sem dizer uma única palavra, só ouvindo a água correndo pelos canos acima das nossas cabeças e o rangido de portas empurradas pelo vento.

Impressionante como um lugar pode mudar tão rápido simplesmente porque não está repleto dos barulhos que normalmente me irritam tanto.

– Acho que você pode ir – eu digo, minha voz soando alta demais.

– Impressionante. Eu realmente fico impressionada com a facilidade que você tem de me transformar em mordomo.

– Claro – eu sei que ela não está zangada, mas Rebecca gosta de vocalizar suas insatisfações só para me fazer sentir culpada. Hoje não funciona.

– Por favor, se você puder evitar desaparecer ou *aparecer* em casa carregada por estranhos de capuz, eu agradeço.

– Vou fazer o possível – eu respondo, ainda incapaz de sorrir.

Rebecca me olha, sem um pingo de ironia ou humor, por um breve segundo antes de se virar para me deixar sozinha. E naquele breve segundo eu vejo nos seus olhos que ela está realmente preocupada comigo. Ela tem medo que alguma coisa me aconteça. Que tipo de coisa, exatamente?

Respirando fundo, eu me viro na direção oposta e ando até as portas do ginásio. Como da última vez, o lugar está escuro, mas dessa vez eu não espero Roxie sair de trás da arquibancada e fazer um comentário sarcástico. Eu marcho até os fundos e empurro as portas com o peso do meu corpo, já procurando pelo mesmo Beetle amarelo que me pegou da última vez.

Mas não é o Beetle que está me esperando.

Não é nem mesmo um carro.

Eric está sentado em uma moto preta, seus olhos violeta brilhando no sol pálido do fim de tarde por entre seus cachos desarrumados. Ele está usando jeans e uma camiseta branca, mas sua mão direita está servindo de cabide para uma jaqueta. Que ele está oferecendo para mim.

– O que é isso? – eu pergunto, parando bem quando a porta bate atrás de mim.

– Uma jaqueta – ele sorri, de leve, e meu estômago cai.

– Eu achei que a gente fosse conversar…

– Nós vamos. Mas não aqui – ele estende o braço, insistindo. Eu suspiro e desço as escadas, tomando a jaqueta dele e vestindo com um pouco mais de raiva do que é necessário. Ele olha para mim, parada ao seu lado usando uma jaqueta que é três vezes o meu tamanho e ri.

Eu deveria ficar brava, mas a verdade é que o riso dele é contagiante e qualquer pessoa conseguiria ver que eu só estou fingindo de zangada.

– Sobe aí, Mortícia – ele indica a garupa com a cabeça. Eu jogo a perna por cima da moto e colo meu corpo no dele. Eu estou prestes a envolver o abdomen dele com meus braços quando lembro quem eu sou. E que eu não posso me arriscar a tocar Eric, mesmo entre camadas de tecido e couro.

Eric percebe minha hesitação e a única reação que ele consegue é ficar em silêncio. Por quê, afinal de contas, o que ele iria dizer? Não havia nada em particular que pudesse mudar aquela verdade.

Eu descolo meu corpo do dele e me reclino, apoiando meus braços no metal atrás da motocicleta, me segurando o melhor que posso. E tudo que passa pela minha cabeça é o que eu não daria para poder simplesmente recostar minha cabeça nas costas de Eric, para cobrir essa distância entre nós que, embora seja de só alguns centímetros no banco, é intransponível no mundo real.

No nosso mundo.

Nós não vamos até o apartamento de Eric, nem ao de Vladimir ou Roxie. Ao invés disso ele estaciona a moto em uma das ruas que dão acesso ao Central Park.

Normalmente eu não me arriscaria a me enfiar no Central Park ao pôr do sol com um Metamorfo, mas eu confio em Eric. Eu escolhi confiar nele quando subi na motocicleta hoje, quando pensei nele imediatamente depois de Valentina dizer que eu tinha de querer ser aceita na Legião.

Eu escolhi confiar nele quando passei a sonhar com os seus olhos quase todas as noites.

– Por que aqui? – eu pergunto enquanto caminhamos por uma das rotas que cortam o parque como serpentes de concreto.

– Por mais irônico que pareça, quanto mais aberto um lugar, mais privacidade ele proporciona. E pela urgência no seu recado, você precisa de privacidade.

Concordo, silenciosamente, andando atrás dele. Eu sei que ele está certo, mas vendo as pessoas ao nosso redor, corredores solitários, turistas em família, eu não posso deixar de desconfiar de cada um deles. Alguém pode me culpar?

– E então? – Eric pergunta, tirando-me dos meus devaneios. Eu respiro fundo e paro, bem quando nós chegamos a uma ponte pequena, que cruza a água gelada do lago central. Eu me inclino sobre a pedra, tentando ver meu reflexo, mas está escuro demais.

Eric se recosta ao meu lado, seu corpo virado para mim. Esperando.

– Acabou, Eric – eu digo, finalmente. – Valentina venceu.

– O quê? – ele se desencosta da pedra, obviamente tenso. – Do que você está falando?

– A lista, eu não posso nem chegar perto dela. Não enquanto eu não for oficialmente aceita na Legião.

– Valentina disse isso? – ele pergunta, seus olhos arregalados. Eu simplesmente concordo. – É um teste. Obviamente. Ela é desconfiada demais, Vlad também é assim.

– E agora? Eu não posso tipo, sei lá, fingir entrar pra Legião, posso?

Eric sacode a cabeça sombriamente. – Não. O juramento é de sangue. Uma vez que você entra...

– Você não pode sair, certo? Típico... – eu reviro os olhos e passo a mão pelos cabelos, tentando descontar minha frustração no meu couro cabeludo.

Não funciona.

– Nada pode mudar – ele diz. – Não ainda. Você precisa tentar se afastar, evitar se comprometer e...

– Eric, sem chance. Eu não consigo enrolar a Valentina, isso precisa de uma solução rápida.

– Eu preciso falar com Vlad – ele diz, parecendo quase desapontado.

– E isso é algo que você não quer fazer?

Eric baixa os olhos. – Vladimir é... prático demais.

– Como assim?

– Ele é racional demais nas suas decisões. As ordens dele podem custar mais do que eu estou disposto a dar.

– Ele não... machucaria você, machucaria? – eu pergunto, preocupada. Eric olha diretamente para mim e eu vejo tristeza nos olhos dele.

– Não. Eu, não.

Um silêncio paira entre nós enquanto eu absorvo o que ele quis dizer. Eric é leal à Vlad, eu tenho certeza disso. Por que ele diria algo assim?

– Mas eu, sim? Você acha que Vlad *me* machucaria?

– A Ordem é a vida dele, Kat. Ele não conhece nada além daquelas regras. Enquanto você não for uma de nós ele não vai colocar você acima do bem-estar da Ordem. Você é perigosa.

– E se eu não quiser ser uma de vocês? – eu pergunto em um sussurro. Essas perguntas têm martelado há algum tempo na minha cabeça, mas eu não acredito que realmente falei isso em voz alta.

Eric também não parece acreditar. Assim que eu pergunto, seus ombros ficam rígidos e ele me olha, surpreso.

– Você está considerando ficar na Legião? – ele pergunta de um jeito que parece que ele mesmo tem medo da resposta.

– Não – eu tento soar calma. – E se… e se eu não me juntasse a nenhum dos lados? Não seria mais fácil? Eu…

– Kat – Eric dá um passo à frente. – Não. Você é importante demais para ficar neutra. Qualquer um pode matar você e, sem treinamento ou proteção, eu garanto que isso vai acontecer.

– Mas e se eu sair de Nova York? Eu posso…

– Não importa! – Eric grita, não de raiva, mas de frustração. Eu dou um passo atrás e ele passa a mão pelos cabelos, parecendo arrependido. – Nova York é só mais uma cidade, Kat. Nós estamos em qualquer lugar, mesmo nos que você menos espera. Por favor, você está mais segura conosco. Comigo.

Ele olha para mim quando diz aquela última palavra, colocando ainda mais peso em cada letra. Eu quero esticar meu braço, tirar os cachos que cobrem seus olhos, olhar para eles sem interferência.

Mas só a ideia de tocar sua pele com meus dedos faz meu estômago embrulhar. Eu quebro o contato visual – o que é ridiculamente difícil – e me viro de costas, concentrando minha atenção nas árvores verde-escuras do Central Park.

– Eu preciso fazer alguma coisa, Eric. – Meus dedos quase sobem para acariciar o colar que descansa abaixo do pescoço, mas a voz dele me impede.

– Eu vou fazer o possível. Enquanto isso, pelo amor de Deus, tome cuidado.

Eu não respondo. Entre um Ilusionista e um Ventríloquo, não há muito cuidado que eu possa tomar.

* * *

Eu estou na escola, nos mesmos corredores vazios em que estive há poucas horas. Mas eu não me lembro de ter voltado para lá. Estranho.

O vazio é diferente agora, de alguma forma... *maior*. Pior. Mesmo o silêncio tem um som, mas eu não ouço nada. É como se eu fosse realmente surda. Todos os armários estão abertos, o mesmo ângulo exato entre as portas.

Exceto por um. O meu está fechado, sua porta vermelha no meio de todas as outras portas pretas. Elas sempre foram pretas? Eu não me lembro. Minha cabeça dói.

Eu tento me mexer, mas não consigo. Meus pés estão colados no chão frio. Como eu sei que ele está frio? Eu estou descalça, usando um vestido vermelho vivo que não me lembro de ter comprado.

O corredor ao meu redor começa a ficar borrado, a girar como se eu estivesse bêbada. Eu continuo colada, exatamente no mesmo ponto e, quando o corredor finalmente para de girar, eu vejo que estou no ginásio.

Mas o ginásio não é mais o ginásio. Ele foi decorado com estrelas, purpurina, fitas prateadas e veludo azul jogado sobre as arquibancadas. O chão é feito de gelo, mas eu ainda estou descalça e o frio não incomoda meus pés.

Meu Deus, como minha cabeça lateja!

De um lado do que normalmente seria a quadra, enfileiradas como bonecas de porcelana em uma prateleira, estão as garotas da minha escola. Eu sei que são elas, mesmo não tendo rosto. Seus cabelos estão arrumados em penteados elaborados e todas usam o mesmo vestido de tafetá azul-claro, um visual que me lembra Alice no País das Maravilhas.

Do outro lado, estão os garotos. Todos sem rosto, impecavelmente arrumados em ternos impossivelmente brancos. Eu me pergunto: se eles tivessem lábios estariam sorrindo? Talvez.

Eu estou no meio do salão, sentindo-me um pouco como Carrie, mas sem o medo de ser atingida por um balde de sangue de porco. Diante de mim, parecendo estar a quilômetros de distância, está o meu armário. Vermelho como o meu vestido.

Linhas douradas estão dançando sobre a superfície metálica. Olho para as minhas mãos. As mesmas linhas, fazendo a mesma dança.

Meus olhos se voltam para cima mais uma vez. Os garotos e garotas continuam no mesmo lugar, bonecos imutáveis.

Mas agora um garoto está diante de mim. Usando um terno preto que realça seus olhos violeta. Aquele mesmo sorriso impossivelmente sexy. Vince.

Ele ergue uma das mãos e, por um instante, eu acho que a está oferecendo para mim. Mas então eu vejo que eu imito seu movimento, como num espelho.

Ele ergue o outro braço e se posiciona como se estivesse dançando com alguém invisível. Eu faço o mesmo.

De repente, nós estamos dançando. Girando, deslizando sobre o gelo, com a elegância de dois bailarinos. Mas eu não estou fazendo nada. Eu não tenho controle algum sobre o meu corpo.

A luz que vem das muitas lâmpadas frias nos ilumina por alguns segundos. E em um lampejo, eu vejo os fios que conectam os membros dele aos meus, finos como teias de aranha, a luz se dividindo como em um prisma colorido.

Eu estou ficando tonta, mas Vince gira cada vez mais rápido. Sempre sorrindo, sempre no controle. Eu peço para que ele pare, ou tento pedir, mas quando abro a boca, nenhum som sai.

O ginásio virou um borrão, um redemoinho de prata e azul-escuro. Quero desmaiar, minha cabeça parece prestes a rasgar e derramar seu conteúdo no piso de gelo. Eu quero gritar.

Um rugido corta o ar. Não, um rosnado. Na minha visão turva eu vejo um borrão preto passando e as cordas se partem. Eu saio cambaleando pelo chão, mas duas mãos me impedem de cair.

Lentamente levanto os olhos e vejo Eric, seus olhos faiscando e seus lábios recuados, mostrando caninos pontudos, dentes não humanos. Vince ainda sorri, alisando o terno.

Eric me carrega e eu estou praticamente cega de dor.

Antes de desmaiar eu ainda consigo ver que meu armário está aberto.

E a porta do ginásio acabou de se fechar, escondendo o último vestígio de um vulto negro.

* * *

Felizmente, Rebecca não vê quando eu acordo e corro para o banheiro, vomitando durante uns dez minutos. Deixo meu corpo escorregar na parede, suando frio, e me pergunto se é assim que uma grávida se sente com toda aquela coisa de enjoos matinais.

Provavelmente nunca vou saber.

O benefício de um sábado é esse: não precisar me preocupar em "usar" uma cara de quem está achando tudo muito normal quando eu me sinto um lixo.

A lembrança de ter sonhado com alguma coisa, provavelmente ruim, está fresca na minha memória, mas *o que* foi exatamente o sonho já sumiu completamente. Acontece muito, eu suponho, aquela sensação de ter um vazio meio perdido na sua mente. Você quer recuperar a lembrança, mas não consegue.

Isso não me incomoda por muito tempo. Vou até a cozinha, ainda de pijama, e percebo porque não estou ouvindo Rebecca. Não porque está cedo demais como eu tinha pensado, mas porque o relógio de números verdes no micro-ondas marca meia hora depois de meio-dia.

Acho que isso não deveria me surpreender, já que eu passei umas boas três horas ontem à noite olhando para o teto, rolando de um lado para o outro, pensando em tantas coisas, que eu nem consigo me lembrar da minha linha de raciocínio.

Mas ainda assim, eu me sinto mal. Com tudo que está acontecendo, como eu consigo dormir? Parece-me ser um desperdício de energia e tempo que eu poderia estar investindo em resolver meus problemas.

Escuto a porta sendo destrancada e, por algum motivo, fico tensa. Por um instante eu acho que não tenho motivos, é só Rebecca, certo? Mas ela está falando.

E não é comigo.

Estico o pescoço para fora da parede da cozinha, para ver a porta de entrada e congelo.

Rebecca olha para mim, assustada e surpresa, seus olhos azuis tentando comunicar um milhão de mensagens ao mesmo tempo.

Vince, por outro lado, parece completamente confortável, as mãos nos bolsos, o mesmo sorriso de sempre.

Merda.

– Vince?! – eu sei que essa deveria ser a menor das minhas preocupações, mas eu não posso deixar de lembrar que eu estou de pijama. Ele também deve notar, porque me olha sem nem tentar disfarçar, inclinando a cabeça na minha direção.

– Kat – ele responde.

– O que você está fazendo na minha casa? – eu pergunto, confusa. Rebecca ainda está calada, olhando de Vince para mim e de volta para ele como se estivesse assistindo a uma partida de tênis.

– É assim que você recebe todas as suas visitas? – Quando eu não respondo, ele dá uma risadinha e continua andando, até chegar à sala. Ele passa os dedos por um porta-retratos que tem uma foto minha e de Rebecca em Long Island. De costas para mim, ele continua. – Já que nós não nos encontramos ontem – ele vira o rosto na minha direção –, eu tenho certeza de que você reparou – ele se senta no sofá, elegante, mas despreocupado –, acabei não tendo a chance de te fazer um convite.

– Convite? – eu estou preocupada. Rebecca ainda está parada no corredor.

– Tem uma festa hoje.

– Eu não sou muito de festas – eu digo. Vince dá um risinho e se levanta, deliberadamente devagar.

– Você vai gostar dessa – ele anda até a cozinha, olhando para mim o tempo todo. – Não é patética como a da sua amiga Fay.

– Fay não é minha amiga.

– Verdade. Vamos lá, Kat, a última vez que você aceitou ir a uma festa comigo as coisas não acabaram muito bem. Eu mereço uma segunda chance. Por favor?

Eu tento olhar para Rebecca, para algum sinal positivo ou negativo, mas Vince está parado entre nós duas.

– Tá – eu falo tão baixo que nem eu escuto. Vince aproxima seu rosto do meu e seus lábios quase tocam minha orelha.

– Eu pego você às oito – ele dá um beijo no meu rosto, sorrindo contra a minha pele. Ele se afasta, olhando para mim, passando por Rebecca, mas ela não olha para ele.

Escuto a porta abrindo e fechando. Mesmo depois de uns quarenta segundos, Rebecca e eu ainda estamos completamente imóveis e minha bochecha está formigando.

– O que diabos foi isso? – Rebecca pergunta, andando até mim devagar, como se estivesse pisando em cascas de ovos.

– Eu não sei! Foi você quem deixou ele entrar! – eu estou zangada, mas não com ela. Comigo talvez.

– Eu não tive opção! Você não atendia o telefone, o cara estava na porta e pediu pra subir. Eu não podia dizer não.

Em se tratando de Vince, eu tenho certeza de que ela realmente não pôde dizer não. E nem faz ideia do porquê. Deve ter sido muito confuso.

Lembrar disso faz com que eu me acalme, ou ao menos aparente estar mais calma, porque por dentro minha cabeça ainda está a mil por hora.

– Ok. Tudo bem – eu respiro fundo e ando até a sala, tentando achar um lugar onde eu possa pensar. – Nada demais. É uma festa, só isso, eu posso simplesmente ir, ficar um pouco e inventar uma desculpa para ir embora. Eu já fiz isso antes.

– Eu não acho que você deveria ir – Rebecca diz, ainda parada no corredor. Eu me viro para olhar para ela, tentando decifrar alguma coisa pela sua expressão, mas ela está tão neutra quanto a sua voz.

– Por quê? – *eu* certamente tenho um milhão de motivos para não ir, mas quais são os dela?

– Eu só... aquele cara me deixa nervosa. E você nem gosta de festas.

– Eu sei. Mas eu posso ir. Eu *preciso* ir.

– Por quê?

– É importante – eu digo, passando por ela no corredor.

– Kat – ela me chama, a voz firme de um jeito que eu nunca ouvi. Eu paro, mas não me viro. Se tiver que mentir na cara dela, eu não vou conseguir. – Eu sei que você tem seus problemas, seus segredos e eu nunca me meto nisso, você sabe. Mas eu realmente acho que você devia me ouvir dessa vez.

– Eu ouvi, Becks – eu digo, tentando fazer com que ela entenda. Eu ouvi, mas não posso fazer nada a respeito. Nem mesmo explicar a ela o que está em jogo.

Rebecca não fala nada.

Eu continuo andando, entro no meu quarto e fecho a porta.

Mesmo sem ter me virado, mesmo sem ter visto o rosto dela depois da minha resposta, eu sei que ela ficou desapontada.

A única coisa que eu não entendo é o porquê.

14

Meia hora antes das oito e eu estou enlouquecendo. Deve fazer uns vinte minutos que eu estou parada, sentada na minha cama, olhando para as minhas mãos. As linhas ainda estão brilhantes, o que me força a usar luvas, algo que realmente não me agrada. A última coisa de que eu preciso é chamar atenção sobre mim mesma. Especialmente no tipo de festa que Vince considera boa.

Claro, eu já pensei em um milhão de motivos para Vince querer sair comigo hoje, entre todas as noites. E por que uma festa? Eu já pensei nisso tantas vezes que não consigo mais me desligar da pergunta, dos giros que minha mente está fazendo ao redor dos motivos dele.

Rebecca saiu logo depois da nossa conversa, sem dizer uma palavra e ainda não voltou. Eu não sei se ela está zangada comigo, mas parece ser o caso. Não posso me preocupar com isso no momento, ao menos por um tempo eu deveria ser capaz de tirar isso da minha cabeça, mas como sempre, os pensamentos que eu tento evitar são os mais persistentes.

A maquiagem escura nos meus olhos está deixando minha visão embaçada. Estranhamente, eu me sinto mais segura debaixo da cobertura da maquiagem, quase como se eu pudesse ser outra pessoa por algum tempo. Estou vestida de preto, a cor mais frequente no meu armário.

Obviamente, eu não estou preocupada com a minha roupa. O preto só me ajuda a ser discreta. Eu estou pensando em um plano, alguma desculpa que seja boa o suficiente para me tirar de lá. Minha melhor ideia até agora é simplesmente fingir que estou passando mal, mas pode ser que essa não seja a melhor solução. Considerando meu histórico com Valentina, ele pode achar que eu passar mal seja algo merecedor da atenção dela.

Bem mais cedo do que eu gostaria, meu celular vibra, uma mensagem de Vince que diz que ele estará na porta do meu prédio em cinco minutos. Respiro fundo e me levanto, fazendo bem mais esforço do que eu deveria ter que fazer.

Pela enésima vez na minha vida, eu amaldiçoo o fato de não ter um senso de autopreservação.

Relaxe, Kat. Você sabe cuidar de você mesma.

Mesmo quando já estou diante do elevador, esperando com o estômago apertado, eu ainda tenho esperanças de que a porta vai se abrir e Rebecca vai estar lá dentro, salvando-me de mim mesma como ela sempre faz. Antes ela pareceu tão séria, tão preocupada. E agora ela sumiu.

A porta abre e Rebecca não está lá. A única coisa que eu vejo é o meu reflexo, um milhão de vezes nos três espelhos dentro da caixa quadrada. E o meu rosto é o que eu menos queria ver agora.

Dessa vez, Vince não está me esperando fora do carro. Eu reconheço o Mustang e, antes que ele possa me ver, eu me transformo. Por mais nervosa, apavorada e infantil que eu esteja me sentindo, por nada no mundo eu vou deixar Vince saber disso.

Valentina quer que eu esteja no controle? Eu vou começar agora.

Reunindo toda a confiança – falsa ou não – que eu tenho, eu saio do prédio, abro a porta do Mustang e me jogo no banco despreocupadamnete, quase entediada. Vince me olha por demorados segundos antes de falar.

– Boa noite – ele diz com a voz grossa. Ele está sorrindo, mas como sempre eu não sei se ele está sendo irônico, se está realmente achando graça em alguma coisa ou se simplesmente percebeu meu esforço patético em parecer no controle.

– Boa noite. Dá pra acabar com o mistério agora? E me dizer aonde a gente está indo?

– Faz diferença? – ele responde, dando de ombros e arrancando.

– Eu gostaria de saber que não estou indo para um bordel ou alguma coisa assim.

Ele ri. – Você não me dá nenhum crédito, Kat. Eu nunca te levaria para uma festa em um bordel. Relaxe.

Fácil para ele falar. Sem poder dizer mais nada, eu encosto o rosto na janela, sentindo o frio do lado de fora na minha pele através do vidro.

Em um sábado à noite, Manhattan está fervendo com movimento. De turistas procurando por restaurantes a estudantes fazendo compras, a cidade está viva, acesa, cheia de energia. O colorido dos painéis de neon e os sorrisos nos rostos das pessoas que se divertem com o frio me parecem deslocados, como se eles fizessem parte de um mundo que eu não consigo alcançar. Ao contrário do que eu esperava – um lugar escondido em algum bairro residencial – Vince para o carro em um prédio oval, todo de vidro, a poucos quarteirões do Rockefeller Center, em um dos pontos mais movimentados da cidade.

Assim que ele desliga o carro, um homem de terno aparece do nada e abre a porta para mim. Eu fico tão surpresa que não sei o que fazer, mas o homem olha para mim como se esperasse alguma atitude, então eu sacudo a cabeça e saio do carro.

Diante do prédio, um grupo de pessoas está conversando, do jeito que as pessoas falam quando realmente não dizem nada que valha a pena ouvir. Homens e mulheres, jovens e bonitos, todos vestidos impecavelmente em vestidos curtos e ternos italianos.

Vince faz um gesto com a cabeça na direção deles antes de se virar para mim. Eu estou imóvel na calçada, completamente desconcertada e me sentindo um lixo.

– Vince, por favor, não me diga que eu estou indo para o mesmo lugar que aquelas pessoas.

– Eu não gosto de mentir.

– Vince! – eu protesto, corando. – Seu único objetivo na vida é me fazer passar vergonha?

Ele se aproxima de mim, passa o braço pela minha cintura e aproxima seus lábios da minha orelha. – Kat, você é a mais bonita daqui, não importa o que você use. Tente se divertir. Afinal de contas, você é a convidada de honra.

Eu teria parado, gritado ou corrido, mas a próxima coisa que eu percebi foi Vince me guiando para a entrada, sorrindo e conversando com um grupo de pessoas que pareciam filhos de bilionários, todos me olhando com curiosidade.

Todos de olhos violeta.

Meu Deus. No que eu me meti?

As pessoas me olham com interesse à medida que Vince e eu nos movemos pelo hall espelhado em direção ao elevador. Mas o interesse deles é mais do que isso, mais do que uma simples curiosidade. Eu sei que parece estranho, mas o brilho nos seus olhares é quase... faminto.

Vince continua a me conduzir dando alguns sorrisos e acenos no caminho. Assim que as portas douradas do elevador se fecham, eu troco a expressão de choque por uma de indignação.

– É agora que você me explica em que diabos você me meteu? – Vince ri. Claro. – Que bom que a minha raiva te diverte.

– Ah, Kat, por favor! Relaxe! A noite é para você. Valentina achou que seria uma boa você conhecer algumas pessoas, só isso. Tente se divertir.

Claro. Me divertir. Eu realmente consigo ver *isso* acontecendo. Por que essa festa não está sendo feita na sede da Legião? Alguma coisa que eles têm a esconder? Acho que eu nunca me senti tão nervosa na minha vida. O fato de o elevador estar subindo num prédio de trinta e cinco andares e ainda não ter parado também não está ajudando.

Mas ele para. Na cobertura. Meu Deus.

A porta se abre e instantaneamente meus ouvidos são invadidos por uma música sofisticada, do tipo que toca em lounges caros demais para a minha presença. O tilintar de copos de cristal, vozes e risadas acompanham a música e eu me sinto ainda mais fora de lugar quando vejo os vestidos passando diante da janela e a elegância das mulheres que os usam.

Eu mal pisei fora do elevador quando um homem vestido de garçom se materializa na minha frente, fazendo uma cortesia que me parece completamente fora de época.

– Senhorita Brown? – ele pergunta olhando para mim.

– Ahm, é?

O homem me entrega uma caixa verde-escura grande, que eu pego, não antes de hesitar um pouco. Vince observa tudo, desinteressado, mas estranhamente satisfeito.

– O que é isso? – eu pergunto, sacudindo a caixa feito uma criança que tenta adivinhar qual é o presente que está debaixo da árvore.

– Um presente. Da senhorita Valentina – o homem gesticula à frente dele – Queira me acompanhar, por favor.

Olho para Vince e ele concorda, assegurando-me de que está tudo bem.

Até parece.

Hesitante, sigo o homem por um corredor perto da entrada do apartamento. Só a distância que nós andamos até chegar à primeira porta é umas três vezes maior do que o meu apartamento.

O homem abre a porta e espera. Assim que eu piso dentro do quarto, ele dá um sorriso breve.

– A senhorita Valentina a aguarda depois que terminar de se trocar. Uma boa noite.

Antes que eu possa responder, ele fecha a porta e eu me vejo sozinha em um dos quartos mais luxuosos que eu já vi na vida. É obviamente feito para visitas, porque não vejo nenhum item pessoal, nada que indique que alguém more ali.

No centro do quarto está uma cama de quatro colunas coberta por lençóis vinho e colchas brancas que parecem muito mais macias do que qualquer uma que eu já tenha experimentado. Uma lareira pequena de mármore se posiciona na parede oposta e, ao lado dela, está um biombo e uma poltrona verde-escura.

Eu ando até a cama, meio com medo de alguma armadilha sair do chão ou do teto, mas consigo alcançar meu destino com segurança. Meus dedos dançam sobre a caixa, pensando se é realmente uma boa ideia abrir um presente de Valentina em um ambiente fechado, cheio de amigos dela.

Obviamente, minha curiosidade ganha do meu bom senso. Eu abro a caixa com cuidado, esperando algo que nem mesmo sei o que é.

Com certeza, não era isso.

Arquejo quando vejo o tecido vermelho-escuro e minhas mãos sentem o quanto ele é macio – e obviamente caro – antes de tirá-lo da caixa com cautela. Um vestido, um dos mais bonitos que eu já vi, a saia cor de vinho caindo delicada até o chão, a parte superior cravejada de pedras pretas e os ombros cobertos por mangas transparentes.

O que é isso? Eu nunca, nunca cheguei perto de uma roupa tão cara ou tão bonita, mas por que isso?

Obviamente, eu não posso reclamar de ter algo bonito para usar. Isso ao menos vai fazer com que eu me misture mais às pessoas lá de fora, ainda que eu não ache que vou realmente me encaixar.

Eu visto o vestido o mais rápido possível, mas com o máximo de cuidado. Ele parece valer o suficiente para manter uma família alimentada por muito tempo. Quando chega a vez das sandálias, eu consigo simplesmente *ver* um desastre acontecendo. Detesto saltos. Não parece nada natural ter que se equilibrar em duas superfícies pequenas.

Acabei de me vestir quando ouço duas batidas de leve na porta.

– Pode entrar – eu grito, não sabendo se estou ou não sendo ouvida. Aparentemente estou, porque a porta se abre devagar e eu me viro, sentindo o tecido rodopiar nos meus pés.

Vince se recosta no batente, uma expressão satisfeita enquanto ele me olha. Eu sinto o sangue subir para o meu rosto.

– Uau – ele diz, simplesmente. Eu me viro mais uma vez, envergonhada demais para olhar para ele. Eu nunca vesti nada assim, tão... caro. É estranho.

E me dá uma sensação incômoda de *déjà vu*.

– É lindo – eu digo, minha voz pouco mais que um sussurro. Eu estou esfregando minhas mãos uma contra a outra, terrivelmente consciente de que elas estão completamente expostas com esse vestido sem mangas. As linhas não estão mais com a cor quente de ouro derretido, mas ainda são evidentes o suficiente para me deixar nervosa.

Dou um pulo quando as mãos de Vince me seguram de leve pelos ombros e me giram para olhar para ele. Com as sandálias de salto eu fico quase tão alta quanto ele.

Seu olhar cai sobre as minhas mãos e eu me mexo, desconfortável. Ele aperta meus ombros um pouco mais forte.

– Ei – Vince diz, em voz baixa. – Você não precisa esconder quem você é, não aqui. Todos nós sabemos como é.

Concordo, sem saber o que dizer. Vince me confunde. Em alguns momentos ele me assusta tanto que eu tenho vontade de correr sem olhar para trás e em outros, ele é... assim.

Seus olhos voltam para o meu rosto e se demoram nos meus

lábios. Continuo imóvel, mas ele sutilmente sobe uma das mãos do meu ombro para o meu queixo, seu rosto se aproximando do meu devagar.

Eu deveria sair daqui, me mexer, fazer alguma coisa, mas eu não consigo. Tenho bastante certeza de que eu nem estou respirando. Seus lábios tocam os meus, de leve, mas antes que ele possa me beijar, alguém pigarreia na porta.

Vince se afasta de mim, impaciente, mas com calma. Eu respiro, ando para trás e quase tropeço, tudo de uma vez.

– Monopolizando a convidada, Vincent? – o homem que está na porta parece um ou dois anos mais velho que Vince e tem o mesmo ar perigoso e confiante. A lateral do rosto dele está coberta de pequenas marcas pretas, tatuagens. Quase como as das minhas mãos.

– Não mais. Muito obrigado, Nicholas.

– Disponha.

– Kat, esse idiota é o Nicholas. Pode chama-lo de Nick. Ou de idiota mesmo.

– P-prazer – gaguejo.

– Igualmente – Nick responde com um aceno de cabeça. – Eu estava começando a me perguntar se você existia mesmo. Ou se você era a namorada imaginária do fantocheiro aí.

– Ah, eu não sou…

Nick ri. – Relaxe garota. Isso é uma festa, lembra?

– É melhor a gente ir – Vince diz, arrumando a camisa e andando em passos duros em direção à porta. Eu vou atrás dele e Nick fica olhando enquanto passamos por ele. Ele parece feliz demais para estar simplesmente achando graça na situação. Fico nervosa. *Mais* nervosa, na verdade. Eu estou uma pilha.

Não fica nem um pouco melhor quando nós saímos dos corredores quietos e voltamos para a sala enorme da cobertura, com todas as pessoas rindo, conversando e bebendo.

Em uma coisa Vince tinha razão: essa festa definitivamente é mais interessante que a de Fay.

Eu não posso deixar de notar que eu sou a única de vermelho entre todas as mulheres espetacularmente vestidas. E duvido muito que tenha sido um acidente. Valentina não é o tipo de pessoa que faz as coisas por acidente.

Falando no Diabo…

– Katherine! – Valentina anda até mim, seus cabelos ruivos brilhantes presos em um coque, um vestido preto se ajustando ao seu corpo, os lábios pintados de vermelho. Ela está estonteante, como sempre. Volto a me sentir o mesmo lixo que estava me sentindo quando entrei aqui. Ela me abraça rapidamente, toda sorrisos e simpatia. – Que bom que você veio. Eu achei que Vince não fosse te convencer.

– Ele não seria muito útil se não conseguisse… – Nick murmura atrás de mim. Valentina lança um olhar furioso para ele e ele se encolhe, saindo de perto.

Uau.

– De qualquer maneira, você está aqui agora. Venha comigo. Está na hora de te apresentar.

– O quê?! – eu pergunto, obrigada a seguir Valentina. É impressionante como as pessoas se separam quando ela passa. E todos, sem exceção, me olham por muito mais tempo do que seria considerado educado.

Tudo que eu queria era achar um buraco e me esconder lá. Ou ficar invisível.

Mas como sempre, eu consigo exatamente o oposto. Valentina sobe as escadas que saem do meio do salão e levam ao segundo andar da cobertura. Naquele momento, eu me lembro da primeira noite em que a vi, subindo as escadas na casa do homem que eu matei.

Ela já está no meio da escada quando faz sinal para que eu suba também. Eu sacudo a cabeça vigorosamente, tentando deixar realmente claro que eu não quero ficar no ponto central da sala.

Valentina dá uma risada, controlada e feminina, insistindo para que eu suba. Que escolha eu tenho?

Ficando mais nervosa a cada passo, eu subo as escadas, e rezo silenciosamente para não tropeçar na barra do vestido. Felizmente, eu chego inteira e Valentina sorri para mim antes de me entregar uma taça de champanhe e erguer a própria em direção às pessoas no primeiro andar.

Aos poucos, a conversa diminui da cacofonia dos salões para alguns poucos sussurros e, finalmente, silêncio. Todos os olhos estão em nós agora, brilhantes, curiosos. Assustadores. Eu me sinto na beira de um precipício. Só espero que não esteja tremendo ou que meu rosto não esteja da cor do vestido.

– Eu gostaria de pedir alguns minutos da atenção de todos – ela diz, com a voz gentil, mas segura. – Vocês sabem que aqui nós cuidamos uns dos outros – os convidados murmuram em aprovação e ela assente com a cabeça devagar. – E vocês sabem que nós temos um código que levamos muito a sério. Por isso, é sempre uma honra receber novos membros, especialmente alguém tão especial e raro quanto Katherine.

Valentina olha para mim e eu me sinto corar, *muito*. Mesmo assim, tento sorrir e parecer à vontade.

– Selene foi uma pessoa crucial para a nossa causa, e eu tenho certeza que qualquer pessoa que compartilhe seu sangue vai se igualar a ela sem nenhuma dificuldade.

Eu vejo sorrisos na multidão, mas não são sorrisos de felicidade ou de alguém que se lembra de uma amiga que já morreu. São sorrisos maliciosos, sorrisos de alguém que esconde alguma coisa.

E eu simplesmente não consigo sorrir, não direito, porque estou percebendo que fui encurralada. Como eu posso recusar fazer qualquer coisa em um salão cheio de pessoas da Legião? Valentina está querendo me deixar sem graça, sem opção. Mas não vai funcionar. Eles não podem me forçar.

Certo?

– Essa festa é mais do que simplesmente uma oportunidade de dar as boas vindas à Katherine. É sobre uma mudança no Equilíbrio, uma mudança pela qual nós estamos esperando há muito tempo. E ela começa agora.

As pessoas concordam, aplaudindo educadamente e eu sinto suor escorrer pelas minhas costas.

Eu dou um sorriso para Valentina e começo a descer a escada, mas ela volta a falar e eu congelo três degraus abaixo dela.

– É claro que Katherine só pode ser oficialmente bem-vinda quando fizer o juramento – ela diz, olhando para mim.

Ops.

– E o juramento requer completa honestidade, porque aqui nós confiamos uns nos outros. – Valentina parou de sorrir agora. Ela desce os degraus que nos separam, devagar mas ainda ficando um pouco acima de mim, olhando-me com uma expressão de vitória e desconfiança ao mesmo tempo. – Você sabe disso, certo, Katherine?

Eu até gostaria de poder falar alguma coisa, mas minha garganta está seca e eu tenho certeza de que nenhum som vai sair da minha boca se eu tentar falar. Então eu só assinto, devagar, sentindo-me cada vez mais encurralada.

– Ótimo – ela diz. – Então por que não começa dizendo exatamente por que queria a lista que você mesma roubou de volta?

Ah, meu Deus.

– O quê? – fingir de idiota normalmente é a melhor saída quando você está sendo encurralada em um salão cheio de pessoas que têm o poder – e a probabilidade alta – de te matar se você der uma resposta errada.

– Não desperdice meu tempo, Katherine. Eu achei que você fosse inteligente o suficiente para saber que é impossível mentir para um Ilusionista. Você pode falar o que quiser, mas sua mente nunca vai mentir.

– Do que você está falando? – eu estou tentando me fazer de vítima agora. Talvez se eu jogar a carta do mal-entendido eu consiga sair dessa situação por tempo suficiente para desaparecer. Mas a dor no meu estômago e o suor frio já são avisos de que realmente estou com um problema.

– Não me diga que você não sabia disso – Valentina dá um sorriso de leve. – Você guarda todos os seus segredos na mente, Katherine. *Todos* eles.

É então que eu me lembro. O sonho. O armário aberto, Vince. O vulto sumindo pela porta nos fundos da escola.

– Era você? Dentro… dentro da minha cabeça?

Valentina assente, satisfeita. – Que bom que nós já passamos da fase de fingir ignorância. Isso facilita as coisas.

– Por quê? O que é tudo isso? – eu pergunto, apontando para o salão e as pessoas que estão em silêncio, sorrindo com crueldade enquanto me observam completamente exposta.

– Eu avisei que eu levava confiança muito a sério, Katherine. Eu também avisei que nós estamos em um momento delicado e eu simplesmente não posso me arriscar a ter alguém mentindo para mim.

Eu olho para a multidão, procurando a forma escura de Vince, tentando ver nos olhos dele se ele sabia disso, se ele faz parte desse plano de me humilhar. Mas eu não o vejo, ao menos não ali, junto com todos os outros.

– Por que não me matar então? – eu pergunto. Tudo bem, provavelmente eu não deveria estar dando esse tipo de ideia, mas eu realmente não conseguia entender e acho que já ficou bem claro que manter a boca fechada não é extamente uma arte que eu domino.

– Informação. E, francamente, isso me diverte.

– Informação? Que informação?

– Obviamente você não está agindo sozinha, eu sei do recrutador deles e da Artista, mas exatamente o que meu irmão espera de você? – Valentina desce dois degraus, olhando-me mais de perto. – O que ele quer que você faça?

– Nada. Eu quis pegar a lista de volta porque você me enganou para roubar aqueles nomes, para começar. Eu só queria deixar o placar no zero a zero e ir embora, só isso.

– É mesmo? – ela diz, obviamente não acreditando em nenhuma palavra. – E você achou mesmo que ele ia te deixar ir?

Não respondo. Eu nunca parei pra pensar sobre isso, mas na minha cabeça eu acho que sim, ele me deixaria ir. Quero dizer, depois que eu recuperasse o que era importante, ele não tinha razão para me manter por perto, certo?

– Essa *lista* que supostamente é tão importante não vale nada, Katherine. Roubá-la foi um teste para mim e roubá-la de volta seria só um teste para o meu irmão. Ele gosta de saber que seus empregados são leais. Que colocariam a vida em risco por ele e pela Ordem.

Meu estômago afunda dentro do corpo. Valentina não está falando da boca pra fora. Eu fui enganada esse tempo todo? Manipulada feito um cachorro treinado?

– A lista é falsa? – eu pergunto, minha voz falhando.

– Ah, não! A lista é bem real. Mas, sinceramente, eu tenho muitos outros métodos de conseguir aqueles nomes. Tudo isso sempre foi sobre você, Katherine. Você acha que aquele garoto Eric e meu irmão estão preocupados com o seu bem-estar, mas você não passa de mais um número. Mais um peão para o jogo dele.

– E não é isso que eu sou pra você? – eu pergunto, incrédula. Por mais que eu odeie admitir, ela tem minha atenção.

– Você é útil, eu não posso negar isso. Rara e muito talentosa. E eu gostaria de vê-la atingir todo o seu potencial, uma coisa que você nunca vai conseguir fazer na Ordem. Mais da metade das pessoas nesse salão acreditam que eu deveria matar você, mas eu acho isso terrivelmente contraproducente. Eu não acredito em perdão, nem de longe, e sua traição não vai passar despercebida, mas eu estou preparada para abrir uma exceção.

– Por quê? – eu pergunto, desconfiada.

– Porque você vale muito para mim. Mais do que uma Ceifadora, Selene era uma... amiga. E eu não acho que ela gostaria de ver você desperdiçar o seu talento com a moral deturpada do meu irmão. Em uma coisa você pode acreditar, Katherine: Vladimir *nunca* vai deixar você usar seus poderes sem a supervisão dele. *Nunca.*

– E Valentina nunca vai deixar você sair da vista dela.

O choque no rosto de Valentina ao ouvir aquela voz foi uma das melhores coisas que eu já tinha visto. Seus olhos se arregalam, ficando escuros e ela olha para cima, para o segundo andar, onde Vladimir está de pé, sorrindo, seus cabelos vermelhos contrastando com uma roupa preta que certamente não se encaixa na vestimenta de gala do restante dos convidados. Ele fez questão de aparecer deixando claro que não está no clima de uma festa.

Um burburinho explode no salão e as pessoas começam a se movimentar, nervosas, sem saber o que fazer. Eu olho para a multidão bem-vestida, agora livre das taças de champanhe, fúria em cada um dos seus rostos.

Eu não consigo imaginar no que Vlad estava pensando para aparecer ali daquele jeito. Eu me pergunto há quanto tempo eles não se falavam, há quanto tempo eles estiveram no mesmo ambiente? Eu espero que essa desvantagem tática não seja um hábito de Vlad. Não parece ser algo muito inteligente a se fazer.

Os olhos de Valentina estão pegando fogo, travados no irmão que está no meio da multidão. Ele está olhando de volta para ela com o mesmo fogo, o mesmo ódio e, estranhamente, os convidados de Valentina não o estão cercando, ao menos não de perto. É como se ele tivesse alguma aura protetora. Talvez essa aura seja medo. Ou talvez Valentina queira matá-lo com as próprias mãos.

As vozes no salão começam a subir de novo, as pessoas estão

reclamando, murmurando, apontando dedos e trocando ameaças. É fácil ver que o caos vai se instaurar logo. Mas Valentina e Vlad não se mexem. Nem um centímetro. Não tiram os olhos um do outro por nem um segundo. Eu estou começando a ter calafrios.

Valentina ergue a mão, pedindo silêncio, seu rosto bonito mal contendo a raiva.

– Essa é uma festa fechada, Vladimir. Você pode ter esquecido da sua linhagem, mas certamente ainda tem algum tipo de noção de boas maneiras, não? – sua voz continua fria.

– Ah, eu não fazia questão nenhuma de estar aqui, acredite em mim – ele responde, sorrindo. – Mas acontece que você tem o hábito de mentir para conseguir o que quer e eu não perderia essa conversa por nada.

– A conversa é particular, assim como a festa. Eu vou te dar a última chance de sair daqui em paz.

– Eu saio. Se Katherine vier comigo. Ilesa.

– Ela vai ficar – Valentina diz.

– Por que nós não perguntamos para ela o que prefere?

Os dois se viram para mim ao mesmo tempo e eu dou um passo atrás, quase rolando escada abaixo.

– Eu… – Há tantas palavras passando pela minha cabeça e competindo pela minha atenção que eu simplesmente não consigo formar um pensamento coerente. Muito menos uma frase.

– Por que você não pergunta a ele por que não mencionou sua mãe, Katherine? – Valentina diz, firme e fria como sempre.

– Não ouse trazer Selene para isso, Valentina. Você realmente não quer fazer isso.

– O que minha mãe tem a ver com isso? – eu pergunto, esquecendo momentaneamente que a minha vida está em risco. Já passou da hora de eu receber ao menos algumas respostas.

– Você sabia sobre Selene, Katherine? – Vladimir pergunta, com suspeita. – Por que você não disse nada?

– Por que *você* não disse nada? – eu respondo, sem me incomodar em esconder minha raiva.

– Porque é isso que ele faz, Katherine – Valentina está falando comigo, mas seus olhos faiscantes estão no irmão. – Mente. Faz promessas que não pode cumprir. Você realmente achou que podia confiar nele?

– Você quer falar de confiança? – Vladimir responde, um toque de desespero na sua voz. Assistir aos dois discutindo é meio como assistir a um duelo de bons tenistas.

– Por que você não conta como Selene morreu, Valentina?

Eu olho para Valentina, seus lábios vermelhos crispados numa expressão de ódio. Os dois estão prestes a pular um sobre o outro.

– Minha paciência com essa brincadeira acabou. Você aparentemente ficou descuidado, porque se tinha alguma esperança de sair daqui vivo...

– E a trégua? – eu pergunto, mesmo sendo provavelmente a pessoa menos qualificada para questionar esse tipo de coisa.

O olhar de Valentina escurece e um sorriso sinistro ocupa seu rosto.

– Sem testemunhas, a trégua não vai ser *realmente* quebrada, vai?

Risinhos de satisfação se espalham pela multidão no salão logo abaixo de nós. Eu olho para Vladimir, o desespero claro na minha expressão. Quão imbecil uma pessoa precisa ser para invadir um lugar como esse sozinho?

– Só você para considerar um crime sem testemunhas como um ato inocente – Vlad diz, a raiva perceptível na sua voz.

Eu me viro para ele e percebo que ele está sorrindo, totalmente alheio ao cenário de ruína iminente. Bom, acho que não é muita surpresa descobrir que Vladimir tem tendências suicidas.

O problema é que *eu* não tenho.

Tentando ser silenciosa ao máximo, eu subo um degrau da escada, com toda a intenção de ir para o lado de Vladimir. Tudo bem, talvez eu devesse ir para a porta, afinal ele é um só. Mas já que ele parece ser o único que *não* quer me matar, o que resta do meu instinto de autopreservação diz que perto dele é onde eu deveria estar.

Infelizmente, Valentina não concorda. E eu não sou tão silenciosa quanto gostaria de ser.

Ela se vira para mim, furiosa.

– Eu não faria isso se fosse você. Nós não acabamos de conversar.

Ela está brincando, certo?

– Você não pode estar falando sério.

Ela está.

Eu me viro com a proximidade da voz de Vince e quase caio de costas na escada.

– Não se mexa, Kat.

A voz dele funciona como uma droga nos meus sentidos, penetrando meus ouvidos até deixar minha mente confusa e fraca. Eu fico tonta, mas não posso me mexer. Vince está me olhando com tanta seriedade, seus olhos estão tão escuros que ele nem parece a mesma pessoa.

Acho que esse é quem ele realmente é. Sempre esteve lá, escondido debaixo de pequenos gestos de gentileza, mas eu fui idiota demais para não me afastar quando devia. E agora eu estou oficialmente ferrada.

– Você virá comigo e deixará Valentina resolver o problema dela – ele diz, sua voz soando deliciosa. – E você não vai tocar em ninguém.

Eu concordo, do mesmo jeito que alguém muito bêbado ou muito drogado faria, mas eu estou tensa e estranhamente alerta. Eu estou mais ou menos consciente de que há alguma coisa errada, alguma coisa fora do lugar, mas fica cada vez mais difícil identificar o quê.

– Vince – uma voz chama do topo da escada. Eu conheço a voz, de algum lugar, ou de algum tempo, sei lá. Parece tão distante...

Ao meu lado, Vince cerra os punhos.

– Eu sabia que o cachorro não ia ficar longe do dono. Você é tão previsível, Eric.

Eric? Eu quero virar meu rosto para onde Vladimir e, aparentemente, Eric estão, mas eu não consigo me mexer. Um Ventríloquo precisa ser muito bom e concentrado para conseguir me controlar com tanta eficiência e manter uma conversa que tenha ao menos o mínimo de stress emocional.

– Kat não é da Legião, Valentina. – eu escuto Vladimir dizer. – Você não pode forçá-la a ficar.

– Ah, meu Deus, você não tem nenhuma imaginação irmãozinho. Quando você vai aprender que eu não jogo pelas regras de ninguém além das minhas? É por isso que os nossos pais ficaram tão desapontados com você. Ao menos assim ela vai ter uma chance de seguir os passos da mãe.

– E acabar como ela – Vladimir diz, sério.

– Melhor do que acabar como você. Vincent, leve Katherine daqui. Eu tenho assuntos para resolver.

Vince concorda, um pouco relutante, e começa a descer as escadas. Eu não tenho alternativa a não ser ir atrás dele. Mas assim que eu piso no degrau de baixo, escuto gritos indignados seguidos quase que imediatamente de um rosnado.

Em choque, Vince se vira e imediatamente o controle dele sobre mim espatifa como cristal. O efeito é tão repentino que eu cambaleio, completamente tonta, agarrando-me ao corrimão transparente. A sensação de voltar a ter controle sobre os meus membros é a pior parte.

Eu estou tão concentrada em não rolar escada abaixo que *quase* não vejo o lobo gigante que salta do segundo andar e erra Vince por um triz.

Quase.

Meu primeiro instinto é gritar, mas eu nem tenho tempo pra isso. O lobo – Eric, eu tenho bastante certeza – está rosnando e subindo as escadas de volta. Vince xinga, recuperando-se, e me agarra, empurrando-me escada abaixo.

– Anda! – ele grita. Ele não está me controlando, mas mesmo assim eu obedeço.

Antes que eu possa me perguntar como Vince espera fugir de um lobo duas vezes maior – e mais rápido – que ele, eu escuto outro rugido. Eu olho para trás por um segundo antes de Vince me empurrar de novo e vejo que Eric foi interceptado por um animal que se assemelha a um tigre, mas eu não tenho muita certeza.

Assim que chegamos ao segundo andar, Vince para, agarrando-me pelo braço. Vladimir está diante de nós e não parece muito disposto a sair do caminho. Eu consideraria isso muito estúpido da parte dele se ele ainda estivesse sozinho.

Só que ele não está mais.

De ambos os lados está um grupo de umas vinte pessoas, todas de preto. Todas com os olhos violeta brilhando de ódio ou antecipação, com essas pessoas é difícil dizer ao certo. Além de Vladimir, a única pessoa que eu reconheço é Roxie, a mão direita descansando na bolsa preta amarrada à sua perna.

A festa certamente acabou. Eu escuto barulhos de pessoas gritando, xingando e – infelizmente – subindo as escadas. Logo, um grupo está atrás de nós e Vince sorri, apertando ainda mais meu braço.

– Vocês estão em minoria, Vlad – o jeito com que Vince fala com ele deixa bem claro que eles se conhecem há algum tempo.

– Nós só queremos Katherine. – Vladimir diz, calmo.

– Nós também – ele responde. De repente me ocorre que eu poderia simplesmente agarrar o pulso de Vince e sair andando, mas eu não quero fazer isso. Eu não acho que *consiga* fazer isso. E, considerando minhas últimas experiências no mundo dos mortos, eu não acho que eu queira voltar para lá tão cedo.

Mas alguma coisa me diz que eu não vou poder evitar isso por muito tempo.

– Você sabe que eu não vou sair daqui sem ela, Vincent.

Vince olha para ele por algum tempo e dá um passo para o lado, puxando-me junto.

– Não vou deixar você vai sair daqui.

Um garoto ao meu lado levanta o braço e Vladimir é arremessado contra a parede. Eu grito e tento correr até ele, mas Vince me segura.

– Não se mexa – ele sibila no meu ouvido. Agora ele *está* me controlando e eu só posso ficar ali e assistir.

Na linha de frente ao lado de Vladimir uma garota de cabelos curtos também abana o braço e joga o garoto rolando escada abaixo.

Depois disso, tudo vira o inferno. Vince me pressiona contra a parede, as costas viradas para mim. Eu sei que ele está tentando me proteger, mas é pelos motivos errados, o que me deixa *muito* nervosa.

Pelo canto do olho eu vejo Roxie em ação, o pincel fazendo desenhos no chão tão rápido que tudo que eu vejo são borrões vermelhos. Dois coiotes estão ao lado dela, rosnando enquanto ela trabalha, mas eles não vão conseguir manter os outros longe por muito tempo.

Fora os Deslocadores, que estão literalmente se jogando sem tocar uns nos outros, está tudo uma confusão tão grande que eu nem consigo entender quem está do lado de quem. Roxie se levanta e eu vejo que ela está segurando duas espadas curtas e os outros ao seu lado estão usando uma armas que vão de facas a correntes, mas nenhuma de fogo.

Talvez seja porque Roxie precisaria de muito mais sangue e força do que ela pode dar para criar armas de fogo, mas eu não tenho certeza.

Meus pensamentos são interrompidos quando Vince acerta um garoto com um soco, fazendo-o girar até o corrimão da escada. Ele se vira para mim, com um olhar agitado no rosto e me empurra para longe da briga, em direção aos quartos do segundo andar.

Ele abre a primeira porta com violência e me empurra para dentro, sem dizer uma palavra. Eu caio no chão, batendo os joelhos na madeira polida, sentindo o vestido rasgar quando se prende no salto de uma das sandálias.

Eu me levanto o mais rápido que posso, mas Vince já fechou e trancou a porta quando eu a alcanço. Eu dou murros na madeira, grito até meus pulmões quase explodirem, mas o barulho lá fora está alto demais.

Frustrada, eu me viro para ver onde estou. O quarto obviamente é daqueles de hóspedes, mas não parece ter sido ocupado há algum tempo. A cama no centro está coberta com um lençol branco e as mesas de ambos os lados estão impecavelmente limpas, mas vazias. Uma janela nos fundos dá vista para os outros prédios imponentes de Manhattan.

Eu vou até o armário, tirando as sandálias para finalmente conseguir andar direito. Eu não sei exatamente o que esperava encontrar, talvez alguma coisa que me ajudasse a sair desse quarto, desse prédio, mas me desaponto, porque está tão vazio quanto o resto do cômodo, exceto por alguns cabides. E eu não acho que seja uma boa ideia fazer uma tirolesa para fora de um prédio de mais de trinta andares.

Mas isso não significa que a resposta não possa estar na janela. Talvez eu consiga passar para o primeiro andar da cobertura e sair por lá.

O problema fica claro assim que abro a janela, o vento frio da cidade sacudindo meus cabelos. Eu respiro fundo, ouvindo o barulho de carros quando me inclino no parapeito para tentar ver a janela de baixo.

É alto. *Muito* alto. Alto o suficiente para me fazer pensar o quanto esse plano suicida tem absolutamente tudo para dar errado.

Enquanto estou considerando as repercussões dolorosas e possivelmente letais do meu plano, eu escuto a voz de Roxie gritando para que Eric saia do caminho. Depois disso vem um baque surdo, seguido de um rugido e um grito de pavor que pode ter sido de Roxie ou não. É difícil dizer com todos os outros barulhos que vêm do outro lado.

Como eu posso estar pensando em fugir? Eric, Roxie, Vladimir e não sei mais quantas pessoas que eu nem sequer conheço estão lá fora, se matando por minha causa. Eu deveria ter saído de NY quando podia, mas agora é tarde. Primeiro preciso tirar essas pessoas daqui, depois eu penso em como vou me salvar.

Eu corro até a cama e arranco os lençóis perolados que, felizmente, parecem resistentes. Com algum esforço consigo rasgar cada um deles, amarrando uns nos outros e reforçando as juntas com nós apertados. É como se uma vontade recém-adquirida estivesse me movendo. O altruísmo é novidade, mas aparentemente fez bem para a minha energia.

O resultado da minha experiência é bem menos impressionante do que se vê nos filmes e é bem mais curto do que eu esperava, mas não parece que eu tenha alternativa aqui. De qualquer maneira, espero que essa corda improvisada seja mais uma medida de segurança do que algo realmente necessário.

A cama é pesada o suficiente para sustentar meu peso, então eu amarro uma das pontas no pé de metal escuro e ando de volta para a janela, segurando firme na outra ponta. Eu dou vários puxões para testar a resistência dos lençóis, mas sei que isso não é nada comparado a ter meu peso completamente dependurado na janela.

Respirando fundo, piso no parapeito estreito da janela, minhas pernas estão tão bambas que é um milagre que eu consiga ficar de pé. Eu até queria seguir o conselho de não olhar para baixo e essa coisa toda, mas isso não é possível quando você está tentando achar um lugar para apoiar os pés.

Claro que o pensamento dominante na minha cabeça é "eu vou morrer", mas consigo empurrar essa ideia para longe por tempo o suficiente para me concentrar na trajetória que preciso fazer.

Eu me agacho no parapeito, minha perna direita dependurada na beirada, tentando achar um apoio como em uma parede de escalada. Meus dedos descalços estão gelados no vento frio e chegam a tocar a pedra, mas naquele momento eu escuto outro grito e a porta explode para dentro do quarto com um barulho ensurdecedor.

A madeira escura vem ricocheteando e, em uma fração de segundo, atinge a janela, fazendo-me desequilibrar. Eu grito e escorrego, ficando pendurada por uma das mãos no parapeito de baixo. Com meu peso, eu não vou conseguir me segurar nem dois minutos desse jeito. O vento está sacudindo meu vestido e eu consigo ouvir as buzinas dos carros lá embaixo. *Bem* lá embaixo.

Meus olhos estão cheios de lágrimas e eu não sei se é por causa do vento ou da força absurda que eu estou aplicando no meu ombro. Que diferença faz realmente? Por mais idiota que seja, minha preocupação no momento é o quanto eu não queria morrer assim.

– Kat! – eu olho para cima, o que é realmente difícil, e vejo Eric, seus olhos brilhando, de volta à sua forma humana. Ele estende a mão, inclinando-se para fora da janela. – Me dá sua mão!

– Você tem algum problema mental? – eu pergunto, gritando.

– Você vai cair! Por favor... – Eric não termina de falar, porque naquele instante ele é arrastado para longe da janela, duas mãos ao redor do seu pescoço. Eu consigo ouvi-lo rosnando, gritos e barulhos, mas tudo está muito confuso e não consigo isolar o que está acontecendo.

Eu tento me sacudir para colocar meu outro braço no parapeito, distribuindo o peso nos dois, mas não chego nem perto. Uma lágrima escorre pelo meu rosto. Eu não consigo mais me segurar, meu braço está queimando, a dor é insuportável. Fecho os olhos, respirando fundo. Para alguém que sempre teve a morte a seu lado, eu tenho medo de estar assim tão perto dela.

Mas eu não tenho opção. Meus dedos se abrem um por um e eu solto o parapeito, tudo ao meu redor acontecendo em câmera lenta. A janela do andar de baixo explode, estilhaços de vidro cortando meu rosto, braços e pernas enquanto eu caio.

E eu paro.

Por um segundo, eu acho que já morri, que a queda foi tão rápida que nem vi acontecer, mas a dor dos cortes e o calor do sangue que escorre por eles me avisa que eu estou bem viva. Parada no ar, flutuando como um balão.

Meu olhar é atraído para dentro do salão onde a briga está acontecendo, vestidos finos voando em todas as direções, taças de champanhe quebradas no chão. Uma garota de cabelos curtos tem a mão estendida na minha direção, seu rosto suado e sangrento, contorcido em uma expressão de dor e esforço.

Uma Deslocadora.

Em um movimento que parece exigir toda a sua energia, ela movimenta o seu braço como se estivesse fechando uma porta e eu sou puxada para dentro, caindo no chão de cacos de vidro e trincando os dentes com a dor de não sei mais quantos cortes na minha pele.

Eu me levanto o mais rápido que meu corpo permite, meus olhos tentando se adaptar ao que acontece em volta, com uma eficiência que me deixa tonta. A garota que me salvou está de joelhos no chão, seu corpo tremendo convulsivamente e sua respiração entrecortada.

E há alguém atrás dela.

Eu nunca acreditei quando as pessoas me diziam que podia acontecer em um segundo, mas é exatamente isso que acontece. Eu sinto como se estivesse presa no mesmo lugar, meus olhos colados em um evento que eu não posso impedir, mas sou obrigada a assistir.

O homem que está atrás da garota se levanta, bolsas amarradas nas pernas e cortes nos braços. Não como os meus, cortes limpos e propositais, feitos por ele mesmo. Um Artista, como Roxie, vestido com um terno preto que indica que ele é um convidado e não um intruso naquela ocasião.

O que significa que a faca brilhante em suas mãos está prestes a matar a pessoa que salvou a minha vida.

Depois de tantos anos lidando com a morte, parte de mim começou a sentir quando ela está próxima. Meu corpo inteiro formiga e eu fico levemente desorientada, mas não o suficiente para não ver a faca que é investida contra as costas da menina.

Eu grito e ela arqueja, mas a faca não achou seu alvo. Ao invés disso, ela está agora enterrada no torso de um lobo preto que estremece e uiva antes de se reintegrar na forma que eu conheço tão bem.

Eric cai de lado, suas mãos agarrando a barriga, uma expressão de dor contorcendo seu rosto agora completamente humano. Dessa vez eu me movo, inteiramente cega para o que realmente quero fazer.

Eu pulo por cima de Eric e me jogo como um gato para cima do homem que ainda segura a faca. Ele tenta me cortar, mas eu salto para trás e seguro seu pulso com a maior intenção de matar que já tive na vida.

Dessa vez é diferente. O mundo fica quieto e minhas mãos ficam quentes, como sempre, mas *eu* me sinto diferente. Talvez seja porque eu esteja no controle, porque eu esteja fazendo isso com intenção, mas tudo acontece com o dobro de intensidade e muito mais rápido. As cores, os sons, as pessoas, tudo some de uma hora para a outra, mas ao invés de sentir a energia vital saindo do corpo do homem lentamente, ela é expulsa com a força de uma explosão nuclear, levantando meus cabelos e me cegando com uma luz branca que nunca vi antes.

Antes que eu possa perceber o que está acontecendo eu estou de volta, de pé no meio do salão, o corpo frio e inerte do homem que eu ataquei aos meus pés. Seu pulso tem uma marca vermelha no exato formato da minha mão.

A luta parou. Tanto os membros da Ordem quanto os da Legião estão gemendo, tentando se levantar. Aparentemente a explosão não aconteceu só na minha cabeça. Eu estou ofegante, meu olhar duro e frio sobre o corpo na minha frente.

Levanto as mãos, as linhas alaranjadas mais brilhantes do que nunca, serpenteando entre os meus dedos. Sinto-me poderosa, como se ácido estivesse correndo pelas minhas veias. Eu me sinto cruel.

Mas não me sinto mal.

E é isso que me assusta.

– Kat…

Eu pisco e sacudo a cabeça, forçando-me a sair do transe provocado pelo que acabei de fazer. Roxie está ajoelhada ao meu lado, Eric apoiado no ombro dela. As mãos dele estão ensopadas de sangue, invisível na roupa preta.

Meu primeiro instinto é me jogar ao lado dele e tentar fazer alguma coisa, mas assim que eu me movo é como se me tivessem injetado um tranquilizante muito forte. Minha pressão cai e eu fico fraca, enquanto a sala vai se tornando um borrão de cores.

A última coisa que eu vejo antes de cair são os olhos de Eric se fechando.

Desistindo.

E a última certeza que eu tenho antes do meu mundo ser envolvido por escuridão é de que a trégua acabou. Um membro da Legião foi morto.

Eu fiz minha escolha.

E comecei uma guerra.

AGRADECIMENTOS

É sempre difícil acreditar que mais um livro terminou. Que mais uma história foi escrita, que mais personagens foram criados. É um sentimento de vitória e apreensão, de alegria e tristeza e que não seria possível, nem de longe, sem a ajuda de pessoas especiais que tornaram essa conclusão possível.

Ao Erick Santos e todo o pessoal da Draco por terem me dado uma nova casa, me acolhido com carinho e atenção e me paparicado ao mesmo tempo em que me corrigiam. O trabalho dos autores só consegue brilhar com o polimento de vocês.

Aos meus pais e irmão por nunca terem considerado isso uma brincadeira ou uma fase. Por fazerem com que eu me sinta brilhante todos os dias, mesmo quando eu tenho vontade de desistir.

À mestre linguista Diva Nogueira, por ter sido meu anjo em tantos momentos, especialmente quando eu pensei que as revisões fossem engolir minha alma. Você me inspira e torna o mundo mil vezes mais inteligente e interessante com a sua presença.

À Thais Maia, por estar sempre lá, com palavras gentis, honestas, brutas, verdadeiras, enfim, com todas as palavras certas nos momentos em que elas me faltam. Ao Caio Bertazzi, por me dar o amor que eu preciso e por me pressionar todos os dias para escrever. Sem você, a inspiração nunca viria.

E finalmente, aos meus leitores. Vocês são a razão pela qual esses livros existem, são as pessoas que eu espero encantar e cativar. Considero cada um que lê estes livros meus amigos e divido com vocês uma parte especial da minha alma.

Obrigada.

A Ordem
(série em 2 volumes)

Um toque de morte (livro 1)

Um beijo de morte (livro 2)

Este livro foi
impresso em papel
pólen bold na
Renovagraf em
Outubro de 2018.